btb

Buch

In der mittelnorwegischen Kleinstadt Hamar gehen seltsame Dinge vor sich: Im See sterben die Fische, und in der Stadt werden Menschen umgebracht. Der Legende zufolge hat der Knecht des Bischofs von Hamar einst eine bedrohliche Seeschlange erstochen. Das Gift tropfte ihr aus den Augen und treibt noch immer im See und kann die Menschen aufs neue ins Verderben stürzen. Soweit die Sage. Daß den Opfern der rätselhaften Mordfälle von heute jeweils mit einem spitzen Gegenstand ins Auge gestochen wurde, fällt der ermittelnden Polizei zunächst nicht weiter auf. Doch schon bald ist klar, daß es einen in der Stadt gibt, der einen neuen Bischofsknecht für notwendig hält …

Autor

Knut Faldbakken, 1941 in Oslo geboren, ist einer der wichtigsten und erfolgreichsten Autoren Skandinaviens. Seine Bücher wurden in rund 20 Sprachen übersetzt und mehrfach verfilmt. Knut Faldbakken lebt heute mit seiner zweiten Frau und seinen fünf Kindern auf dem Land in der Nähe bei Hamar.

Knut Faldbakken

Das Jahr der Schlange

Roman

Aus dem Norwegischen von Gabriele Haefs

btb

Die Originalausgabe erschien 1993 unter dem Titel
»Ormens år« bei Gyldendal Norsk Forlag, Oslo

Umwelthinweis:
Alle bedruckten Materialien dieses Taschenbuches
sind chlorfrei und umweltschonend.

btb Taschenbücher erscheinen im Goldmann Verlag,
einem Unternehmen der Verlagsgruppe Bertelsmann.

1. Auflage
Deutsche Erstveröffentlichung November 1996

Umschlaggestaltung: Design Team München
Umschlagfoto: Superbild/Wood River Gallery
Satz: IBV Satz- und Datentechnik GmbH, Berlin
Lektorat: Regina Kammerer
Herstellung: Augustin Wiesbeck
Made in Germany
ISBN 3-442-72077-X

Darauf erschien abermals die Schlange am Mjøsastrand und stieg eilends auf eine Schäre vor der »Commune«. Ihre Augen waren groß wie Faßdauben, und ihre lange schwarze Mähne hing weit über ihren Hals hinab. Sie war nun so hoch auf die Schäre gestiegen, daß sie so schnell nicht mehr hinunter konnte. Deshalb ergriff einer der Bischofsknechte, der ein wahrer Waghals war, einen stählernen Bogen und schoß der Schlange viele Pfeile ins Auge, aus dem schließlich soviel grüner Eiter quoll, daß sich das Wasser im See grün färbte. Ebendiese Schlange bot einen grausigen Anblick, und ihre Haut wies viele Farben auf. Endlich blieb sie auf der Klippe liegen und starb an ebendiesen Pfeilschüssen.

Aus der Hamar-Chronik

ERSTER TEIL

Frühling

1

Sie fressen meine Wälder!

Vier Bagger, nein, fünf, sechs reißen ihre Rachen auf, kauen Gras, sabbern Erde; und Büsche und Blumen hängen ihnen dabei im Mundwinkel. Die Bäume in Hamars Strandgatepark fallen, einer nach dem anderen, unter dem wilden Chor der Sägenstimmen; die majestätischen Ahornbäume, die Linden, die Birken schwanken und legen sich schräg, zögernd, als wollten sie in die Knie gehen und um eine letzte Gnadenfrist bitten. Aber die Feuerwehr ist schon zur Stelle, mit Leitern und Strikken, die wie Galgenschlingen von den obersten Ästen herabhängen, ehe sie angezogen werden und der Henker mit der Säge sein Werk vollendet. Das Gebrüll erstickt jedes Flehen, die Stahlzähne zerreißen die letzten Verbindungsstücke und Fasern, und die alten Bäume sinken mit tiefem Stöhnen zu Boden, als ob Schande und Erniedrigung dieses destruktiven Tableaus schwerer zu ertragen sind als die eigentliche Zerstörung des ältesten Lebens in der Stadt.

Jetzt, wo ich das aufschreibe, ist es schon Viertel nach fünf, noch steht die Sonne hoch über Tingnes auf Nes, und der Schatten meines Bleistiftes bildet mit der horizontalen Ebene des weißen Papiers einen Winkel von ungefähr vierunddreißig Grad. Ich habe der Zerstörung vor einigen Stunden beigewohnt, aber es macht mir keinerlei Schwierigkeiten, mir das

Ganze wieder ins Gedächtnis zu rufen, ebenso intensiv, ebenso entsetzlich wie in Wirklichkeit. Denn ich lebe nun einmal in allen Zeiten zugleich. Und sollte ich bei meiner ewigen Suche nach dem richtigen Wort in meiner Beschreibung steckenbleiben, dann leihe ich mir eins aus der Zeitung, aus einem Buch oder von einem Dichter.

Von meinem Aussichtspunkt hier sieht es entsetzlich aus. In meinen Augen ist das Fällen der Bäume im Strandgatepark, die der neuen Straße weichen müssen, ein Massaker. Die Baumstämme liegen dort nebeneinander, unbeweglich, wie Kadaver. Strandgateparks uralte Einwohner liegen da in Reih und Glied mit leuchtend weißen Wundflächen, die pure Leichenschau. Und die Kirchturmglocken läuten!

Und dahinter tost das Feuer des Reisighaufens so wütend wie ein Leuchtfeuer. Ein Lindwurmfeuer. Der Rauch legt sich dick und stinkend über die ganze Umgebung, über den Park und die umliegenden Straßen. In der Strandgate sind zwei Autos zusammengestoßen. Ein Ereignis. Ein winzig kleines Unglück: Glasscherben, eingedrücktes Blech, Lackfetzen, die glitzernd auf den Asphalt rieseln, eine Autofahrerin, die mit erregten, unnatürlichen Gesten aussteigt. Sie trägt rot. Die Leute auf dem Bürgersteig bleiben stehen und tauschen furchtsame, aufgeregte Blicke, erschrocken und zugleich ein wenig erregt von der Ahnung, daß hier in Hamar plötzlich vielleicht noch etwas Schlimmeres passieren könnte. Denn darauf warten sie doch, auf ein wirkliches Ereignis, auf etwas Entsetzliches, eine kleine Katastrophe, die sie zumindest vorübergehend aus dem Schlaf rüttelt, die sie aus ihrer leeren Alltagsverwirrung herauslockt, ihre Behaglichkeit mit Leben erfüllt.

Es ist jetzt zwanzig nach sechs, und die Sonne zieht über dem violetten Hügelkamm eine steilere Bahn. Der Schatten des Bleistiftes bildet mit der horizontalen Schreibunterlage einen Winkel von siebenundzwanzig Grad. Aber ich fürchte den

Abend nicht. Ich habe mich im Dunkeln immer schon am wohlsten gefühlt, nachts fühle ich mich sicher, fühle mich weniger gefährdet, wenn sie schlafen und ich sie nicht sehen kann. Schließlich kommen in ihren Gesichtern Gefühle zum Ausdruck, die sich nicht wegdiskutieren lassen. Die Menschen sind so, wie sie aussehen, auch wenn sie ihr Leben mit Mimik und Verkleidungen tarnen. Alle verraten sich. Ein Gesicht, das wir in einem unaufmerksamen Moment einfangen, zeigt alles. In der Menschenmenge sehe ich nur Angst und Sehnsucht, die bittere Not der Einsamkeit, die Deformierung durch den Wunsch nach Liebe, die Wut des Dürstens nach Gerechtigkeit, alle Gesichter sind ein Geflimmer von unzensierten Ausdrükken. Ein Chaos! Und ich muß meinen Blick eine Weile im frühlingsweißen Himmel zur Ruhe kommen lassen, den ziehenden Wolken folgen, während ich meine Tränen wegzwinkere.

Jetzt kann ich zum Beispiel wieder beobachten, wie sich vor meinen Augen, um einen banalen Verkehrsstau unten in der Strandgate herum, ein Gefühlschaos manifestiert. Eine minimale Kollision, die aber doch etwas anderes und Schlimmeres signalisiert und die Aufmerksamkeit der Leute erregt. Ein Streifenwagen ist bereits zur Stelle, rücksichtslos auf dem Bürgersteig plaziert, wo er einen abweichenden Winkel zur normalen Verkehrsrichtung bildet. Noch mehr Zuschauer. Noch mehr Unruhe im Bild: Erklärungen. Gestikulieren. Ob es vielleicht Verletzte gibt? Die Frau in Rot in der Hauptrolle. Ich erkenne sie. Ich erkenne die meisten hier in der Stadt. Die Neugierigen, die dazuströmen und sich immer dichter aneinanderdrängen, mit Gesichtern voller gespannter Erwartung einander ansehen, grüßen, in plötzliches Gelächter ausbrechen, als fungiere gerade dieser Verkehrsunfall als Auslöser eines positiven Gemeinschaftserlebnisses. Das Lokalfernsehen ist auch schon da. Die Kamera läuft, und die Umstehenden verwandeln sich in eine Schar von aufgeregten, unnatürlichen Schauspielern, denen es vergönnt ist, für einige Sekunden in ihrem eigenen Kleinstadtleben die Hauptrolle zu spielen.

Mein Platz aber ist ein Stück entfernt. Hier stehe ich und betrachte, ohne daß meine Anwesenheit irgend jemanden störte. Das hier ist sogar einer meiner Lieblingsplätze, beim Imbiß in der Bekkegate gleich unterhalb der Kreuzung vor der Fußgängerzone. Hier kann ich ganz einfach dastehen und Würstchen essen – ich liebe Würstchen – und gleichzeitig die Ereignisse in drei zentralen Straßen und dem Straßencafé im Auge behalten. Von hier aus blicke ich über die Köpfe der Leute hinweg, die sich in der Strandgate zusammenscharen. Ich versuche, die unheilverheißende Kollision und die Dame in Rot zu vergessen, die ich wiedererkenne. Alles passiert zu schnell, und das beunruhigt mich. Die Bagger verschlingen Hamars Erde, fressen sich immer weiter auf den baufälligen Pavillon zu. Ich sehe, daß die Arbeiter sich über einen weiteren Ahornbaum im Park hermachen, einen der letzten. Das Kreischen der Säge tut meinen Ohren weh. Ich habe das Gefühl, daß das Sägeblatt mein eigenes Fleisch zerfetzt. Die Baumkrone schwankt. Ein Bagger nähert sich jetzt dem morschen Fundament des Pavillons, um ihn einzureißen, wie brutal. Wie brutal! Sie haben keinerlei Pietät! Sie haben keine Ahnung, was sich in Hamars uraltem Boden möglicherweise verbirgt. Die Bretter knacken. Meine Beine zittern, und ich muß mich am schmalen, gefleckten Sims der Imbißbude festklammern, während ich wie besessen kaue und kaue und schlucke, um den ärgsten Schmerz zu betäuben. Würstchen mit Kartoffelfladen, Brot und Zwiebeln. Die Spezialität des Hauses. Mein absolutes Lieblingsessen. Ich lasse meinen Blick in den Wolken zur Ruhe kommen. Ich will erst ruhiger werden, ehe ich neue Würstchen kaufe. Das Sozialamt zahlt. Ich kann so viele kaufen, wie ich will. Es hat eben auch Vorteile, als »Freigänger« zu gelten, als normaler Patient der Psychiatrie, der keine Gefahr bedeutet.

Die Blumen blühen, und der Qualm des Reisigfeuers brennt mir noch hier oben in den Augen. Meine Tränen fließen, und noch immer läuten die Kirchenglocken wie besessen. Denkt denn keiner von denen, die sich da unten versammelt haben, an das Schlangenfeuer, das damals Tag und Nacht brannte, nachdem der tapfere Knecht des Bischofs die Seeschlange durch einen Pfeilschuß ins Auge getötet hatte und die geschäftigen Einwohner des Handelsplatzes einen Scheiterhaufen auftürmten, um den verfaulenden Schlangenkadaver zu verbrennen? Damals hing der stinkende Rauch des Feuers noch wochenlang über der Stadt. Das ist in der Chronik zu lesen. Dort sind auch die anderen Vorzeichen erwähnt: der Stier, der von Gillundstrand aus über den See kommt, das Glockenläuten Tag und Nacht. Eine Warnung vor kommendem Unheil.

Jetzt kommt wieder Bewegung in die Menschenmenge. Der Verkehrsunfall ist nicht mehr von Interesse. Das eine Auto ist weggefahren. Das andere hängt am Kran des Abschleppwagens. Die Polizisten sitzen in ihrem Auto und notieren. Und der Strom der Menschen geht an ihnen vorbei in Richtung der Bagger, von denen einer gerade mit dem Abriß des Musikpavillons begonnen hat. Der Kranarm war in heftiger Bewegung. Anfangs ging es schnell, dann wurde die Arbeit plötzlich unterbrochen, und nun versammeln sich da unten die Menschen. Alle wollen plötzlich dorthin, wie getrieben vom selben Instinkt, dem gemeinsamen Wunsch nach einem *Ereignis,* einem echten Erlebnis, etwas Unangenehmem, einer Erinnerung. Und mich packt die Angst, denn auch ich spüre diese Erregung, diese Erwartung des Entsetzlichen. Und nun geht es auch bei mir los, ich weiß, daß es nicht gut für mich ist, daß ich mich heraushalten sollte, aber es hat angefangen, und schon werde ich mit den anderen dorthin gezogen. Ich weiß mehr als sie. Ich bin zu allen Tageszeiten unterwegs und sehe Dinge, die sie nicht sehen. Ich weiß, was dieser Park verbirgt, und ich zittere vor Angst vor dem, was zu Tage kommen kann, wenn Hamars alte Erde umgegraben wird, diese Erde, die durch unzählige tote Körper entstanden ist...

Deshalb schlendere ich wie zufällig zur kreuzenden Strandgate hinunter, wage mich hinüber in den Park. Es hat jetzt angefangen, ich keuche, bin angespannt, ich lasse meine Hemmungen fallen, schreite aus, ja, ich laufe mit flatterndem Mantel den anderen hinterher, obwohl ich normalerweise Menschenmengen meide, sie sind mir ebenso peinlich wie ich ihnen. Sie haben noch immer Angst vor mir, das verstehe ich ja, obwohl keine Wiederholungsgefahr besteht... Aber nun habe ich diesem entsetzlichen Sog nachgegeben: Auch ich muß es sehen! Ich steige über Blumen und unbepflanzte Beete, wo die Maschinen ihr Zerstörungswerk noch nicht begonnen haben, trete in dunkle, erdfeuchte Vierecke aus symmetrischen Mustern und Reihen, umgeben von ungepflegtem Immergrün, wie aufgeworfene Gräber auf einem vergessenen Friedhof. Ohne nachzudenken, steige ich über sie hinweg. Hier und da ragt eine vergessene Tulpe auf, sie verblühen jetzt langsam, noch nie war es im April so warm. Knospen und Schößlinge wurden aus Zweigen getrieben, die doch noch winterschwarz sein müßten, die Glocken läuten, das Ende naht, das Ende naht! Bald wird der Stier von Gillundstrand aus über das Wasser gewandert kommen und die Seeschlange in Wolken aus Schaum und Gischt ihr häßliches Haupt erheben!

Die Bagger verharren in plumper, flamingohafter Haltung vor dem Haufen aus zersplitterten Brettern und verzerrten Beschlägen, den einzigen Resten des Musikpavillons. Jetzt ist Schluß. Eine lockere Schar versammelt sich, Leute gehen, andere kommen, und niemand mag lange stehenbleiben und zusehen, und doch wollen sie sich auch nicht ganz entfernen. Ich sehe die Dame in Rot. Ich höre einen Ruf, nein, fast einen Schrei. Und jetzt fällt mir auch ihr Name ein. Weil sie schreit, erinnere ich mich plötzlich an ihren Namen, einen Namen aus der Schulzeit. Ellen.

Ansonsten ist es seltsam still, und das kommt mir noch schlimmer vor. Ich muß mehr sehen, und ich dränge mich weiter durch die Schar von Fußgängern, als ob mich eine Wut gepackt hielte. Junge Leute in sportlicher Kleidung, langsame Rentner, Mütter mit Kinderwagen, Flaneure mit gleichgültiger Miene, alle bewegen sich zu langsam für mich bei ihrem seltsamen Zug in Richtung *Ereignis.* Bei mir hat es angefangen, ich kann es nicht zum Stillstand bringen, ich bin so begierig darauf, jenes zu sehen, von dem ich weiß, daß ich es sehen werde, daß ich mich recke, um den anderen über die Köpfe sehen zu können. Ich will das sehen, was dort halb bedeckt von Erde und Bauschutt liegt, das, nach dessen Anblick alle hier lechzen: die Leiche. Den Toten im Park. Noch einen toten Körper, den Hamars uralter Boden freigegeben hat. Ein Bündel, nicht zu erkennen und doch nicht zu verkennen; der Rest eines Menschen, in einer rot-weiß karierten Holzfällerjacke. Die rote Dame schreit noch einmal, und bei mir hat es auch angefangen, und ich spüre, wie der Schrei auch meine Brust beinahe zum Bersten bringt und wie die Sätze in meinem Kopf zerspringen, so daß ich nur immer wieder die Worte des Dichters wiederholen kann… Ist das eine Art Hölle? Ist das eine Hölle? Verfaulen jetzt im Stadtpark tote Körper? Meine Füße gehen von selber, ich stoße Leute an und lasse meine Arme pendeln. Mein Aufruhr, mein gerechter Zorn verlangen nach ihrem Recht.

Bis ich eine schwere Hand auf meiner Schulter spüre und die energische Stimme höre:

»Das hier ist nichts für dich, Bo. Komm her. Das solltest du dir nicht ansehen.«

Freundlich. Beruhigend. Stimme und Gesicht kenne ich gut. Olav Johansen, ungefähr so alt wie ich. Ist zwei Jahre, ehe ich das beste Abitur meines Jahrgangs baute, von der Schule abgegangen, hat in Abendkursen eine Zusatzausbildung absolviert, ist jetzt in der Planungsabteilung der Gemeinde Hamar angestellt, wo sie... Glockenblumen zu Asphalt zerkauen, sie unter der kalten Sonne des Projektors mit Wolken aus fetten Auspuffgasen bedecken... Wieder die Worte des Dichters, wie immer, wenn meine eigenen versagen. Aber jetzt geht es gut, mit einer schweren Hand auf meiner Schulter. Der Schrei verhallt. Ich lasse meinen Blick in den ziehenden Wolken am Himmel zur Ruhe kommen, während ich mich von dem kleinwüchsigen Bauarbeiter wegführen lasse, der der beste Tänzer der Schule war und seinen schreiend gelben Overall und seinen weißen Schutzhelm mit Würde trägt. Auf dem Handrücken hat er eine nackte Frau tätowiert, die rittlings auf einem Anker sitzt. Ich sehe das sofort und wende meinen Blick ab. Die Gelüste der Jugend. Der Irrsinn von Knaben. Ich habe mich nie verlocken lassen. Ich war anders. Ich liebte keine. Ich gehöre keiner. Alles geht vorbei. Aber Olav war der Supertänzer, überall dort, wo die Jugend das Tanzbein schwang. Ein Frauenheld. Weil er so klein war, prügelte er sich oft. Jetzt trinkt er. Randalieren im Suff hat ihm zwei Vorstrafen eingebracht, und seine Frau hat ihn schon vor Jahren verlassen. Aber trotz seiner Trinkerei hat er seine Arbeit behalten können, und jetzt ist er wirklich nett zu mir.

»Das interessiert dich doch nicht, Bo«, sagt er fast kameradschaftlich, als wir den kurzen Weg durch den noch nicht aufgewühlten Teil des Parks hinter uns gebracht haben, vorbei an frischen Baumstümpfen, die leuchten und leuchten.

»Was für ein Wetter«, sagt er dann, ohne Überzeugung, als ob er nicht so recht wüßte, ob er mit mir redet oder mit sich selber. »Ganz ruhig jetzt«, sagt er zum Abschied und trampelt mit lehmschweren Stiefeln zurück über das keimende Gras. Schon hat er wieder seinen Bagger erreicht, ich erkenne ihn sofort an seinem apfelsinengelben Overall und seinen energischen Bewegungen. Jetzt hat er einen beschützenden Arm um die Schultern der Dame in Rot gelegt und fängt an, sie aus der Menge herauszuführen, behutsam, fast schon zärtlich, und sie lehnt ihren Körper an den seinen. Aus der Entfernung kann man sie für ein verliebtes Paar halten, das nach dem letzten Tanz die Tanzfläche verläßt.

Auch ich muß machen, daß ich hier wegkomme, denn ich entdecke einige Jungen, die näherkommen. Vierzehn-, Fünfzehnjährige, eine spielende, lärmende, rücksichtslose Schar. Sie werden mich sehen, wenn ich nicht mache, daß ich wegkomme. Ich muß ganz ruhig davongehen, darf nicht rennen, denn dann würden sie mich verfolgen. Einfach ruhig davongehen, und dann durch eine Seitenstraße, wo sie mich nicht sehen können. So mache ich das. Ich gehe los. Ich fliehe, obwohl ich gern Mut fassen und mich ihnen gerade heute stellen würde. Um ihnen zu erzählen, daß dort hinten, wo sich die Menschenmenge versammelt hat, eine Leiche gefunden worden ist, ein Junge, ich habe seine Hand gesehen, es war eine junge, halbwüchsige Hand, voller verwelkter Blätter. Vielleicht liegt dort im Rosenbeet einer ihrer Freunde? Vielleicht würde ein Leichenfund sie beeindrucken, sie dazu bringen, von nun an etwas vorsichtiger zu sein? Ihre sinnlose Gemeinheit beenden? Vielleicht würden sie dann endlich anfangen, die Gerechtigkeit zu fürchten? Ich habe in letzter Zeit viel an den Knecht des Bischofs gedacht, der zur Waffe griff, als kein anderer das wagte, und der am Ende die Schlange töten konnte, die ganz Hamar bedrohte. Gemeinheit. Wir könnten heute hier in Hamar auch so einen Burschen gebrauchen.

Aber solche Gedanken könnte ich mit ihnen natürlich nicht teilen, obwohl ich mich heute mutiger fühle, trotz meiner Erregung. Oder wegen ihr. Nicht jeden Tag wird im Strandgatepark in Hamar eine Leiche gefunden! »Einen schönen Tag noch«, könnte ich ihnen zum Beispiel zum Abschluß des Gesprächs sagen. »Ich wünsche euch weiterhin einen schönen Tag.« Das würde so richtig jovial klingen. Aber natürlich sage ich nichts, auch diesmal nicht. Natürlich traue ich mich nicht. Ich mache lieber kehrt und laufe davon. Sie haben mich schon gesehen. Sie kommen hinter mir her. Sie kennen mich. Sie kennen meine Schwäche. Sie haben alles gehört. Sie zeigen auf mich mit Stöckchen, Flaschenhälsen oder einfach mit dem Finger und schreien: »Bum-bum!« Das reicht. Ich kann es nicht ertragen. Ich ergreife die Flucht, während sie sich amüsieren: »Bum-bum!« Seht nur, wie der Idiot sich fürchtet... Sie wissen nicht, was sie tun. Die Grausamkeit ihres unschuldigen Scherzes verfolgt mich. Ich fliehe. Sie können mich nicht einholen. Ich war früher der Schnellste und bin es auch heute noch, trotz meiner riesigen, unbeholfenen Gestalt. Ich hätte Langstrekkenläufer werden können. Alles hätte ich werden können.

»Bum-bum!« rufen sie hinter mir her.

»Bum-Bum«, so nennen sie mich hier jetzt in der Stadt.

2

Es ist nach acht, die Sonne geht unter, und ich muß meine Beobachtungen der Schattenwinkel einstellen. Aber deshalb höre ich noch lange nicht mit Schreiben auf. Und die Stimmen verstummen nie. Die Stimmen aus der Vergangenheit und der Gegenwart, die sich in meinem Kopf zu einem wilden Chor sammeln, diesem armen Kopf mit seinem unfaßbaren Inhalt. Und dabei gelte ich als blöd, als einfältiger, behinderter, armer Tropf, der sich von der Vernunft verabschiedet hat. Ich, der ich mit meinem klugen Kopf Diplome und Preise geholt habe. Danach wurde die Diagnose gestellt, ich kam in Behandlung, und das gilt schließlich als wichtig. Ein »Fall« ist und bleibt ein »Fall«. Aber wenn ich irgend jemanden treffe, bei dem sich die

Mühe eines Gesprächs lohnt, und ich dann versuche, den falschen Eindruck richtigzustellen, dann geht in der Regel alles schief. Dann öffnen sich die Schleusen, und mir kommen so viele Bilder und Worte auf einmal in den Sinn, daß ich mich nicht mehr verständlich machen kann. Denn wenn ich die Sprache erst einmal strömen lasse, dann will alles auf einmal heraus. Alles, was ich weiß. Alles, woran ich mich erinnere. Alles, was sich mit etwas anderem verbindet. Und das ist zuviel, auch wenn ich glaube, wie jetzt die Kontrolle zu haben, wenn sich in meinem Kopf Bild und Sinn zu schönen, langen Sprachsequenzen zusammenfügen. Denn wenn mir ihr verständnisloser, geduldiger Blick begegnet, dann zerbricht in mir wieder alles, und die Worte drängen sich mir in einer verzweifelten Unordnung auf, über die ich keine Kontrolle mehr habe. Ich stottere und stammele, winde mich und fuchtele mit den Händen, und meine eigenen Wörter, so wie sie klingen aus meinem Mund, erschrecken mich, obwohl ich diese Menschen liebe und nur ihr Bestes will, diese Menschen aus Hamar, die ich nur wegen ihrer Furchtsamkeit fürchte.

Ab und zu gewinne ich dann wieder die Kontrolle über mich und kann sie so grüßen, wie es sich gehört: »Einen schönen Tag noch!« rufe ich ihnen dann zu. Ich höre viel Radio. Wenn meine Gedanken überhand nehmen und zu erschreckend werden, finde ich Radiostimmen beruhigend. Aus dem Radio lerne ich, wie man über alles leicht und freundlich reden kann. »Einen schönen Nachmittag noch«, sage ich zu mir, um mich etwas zu beruhigen. Und dann pfeife ich vor mich hin, als ob ich in guter Laune wäre.

Ich war ein Kind hier in dieser Stadt, mit den messerscharfen Sinnen eines Kindes. Mit den lodernden Gefühlen eines Kindes. Damals lief ich glücklich und windschnell in den Straßen umher, mit offenen Augen, offenen Ohren, offenem Mund. Schon damals lief ich ihnen davon. Ich separierte mich schon damals von ihnen und war mein eigener Herr. Lief schneller als sie. Dachte schneller als sie. Ich gehörte niemandem. War immer anderswo als die anderen. Aber ich kann mich doch an sie erinnern, an alle, weil wir zusammen spielten und jeder jeden kannte. Ich erinnere mich an ihre Eltern, ihre Geschwister, an ihre Häuser, an die Kleider, die sie im Sommer und im Winter trugen. Und an den Kampf. Den ungerechten Kampf darum, wer mit wem befreundet sein sollte. Wer mitmachen durfte und wer ausgeschlossen war. Und später, an den Kampf der Jugend mit den schwierigen Trieben. Den Liebeskampf. Den Kampf um Macht über andere. Einen Kampf, aus dem ich mich heraushielt, obwohl ich sie alle beobachtete.

Die Muster von Versammlungsritualen und raschen Verschiebungen zeichneten die Karten der Geographie unseres Lebens. Und diese Karte gilt noch heute. Ich könnte soviel darüber erzählen! Gerade in einer Stadt wie Hamar müssen alle immer wieder die Spuren kreuzen, die sie hinterlassen haben. Die Wege liegen so dicht beieinander, es gibt so viele Treffpunkte. Hinter dem nächsten Block oder dem übernächsten wurde dein Schicksal in eine entscheidende Richtung gestoßen. Die Schlachtfelder liegen da, wo sie immer gelegen haben, und zeugen von deinen Niederlagen. Sieger und Opfer der Gefechte laufen quicklebendig herum und können uns an jeder Ecke unvermittelt begegnen. Plötzlich kann ein Muster zutage treten und ein ganzes Leben verdeutlichen, sich klar und leicht wie der Stadtplan lesen lassen. Deshalb ist die Kleinstadt verwundbar. Deshalb ist das Bedürfnis nach Ablenkungen so groß, nach oberflächlichen Ereignissen und unverbindlichem Umgang, die die große, lebensnotwendige Stille des Vergessens erfüllen sollen. Deshalb wollen die meisten mir nicht begegnen. Ich erschrecke sie, weil ich noch immer auf den unsichtbaren Pfaden der Kindheit wandele und nicht vergessen kann.

Heute glaubt niemand mehr an die Seeschlange. Aber ich habe die Hamar-Chronik gelesen. Ich glaube nicht, daß Dinge, die in unserem ältesten Schriftstück stehen, ganz ohne Bedeutung sein können. Ich habe alles noch einmal nachgelesen, was dort über Zeichen, Warnungen vor dem Ende steht: das Glokkenläuten Tag und Nacht. Der Stier, der von Gillundstrand her über den Mjøsa gewandert kommt. Und die Seeschlange. Das Ungeheuer, das sich immer wieder zeigte, unfaßbar groß. In der Chronik steht, daß der Leib des Ungeheuers sich von Storhamarodden bis nach Helgøya erstreckt hat. Bis es auf eine Schäre stieg und vom tapferen Bischofsknecht getötet wurde, der ihm ins Auge schoß, so daß das Gift hervorquoll. Das Schlangengift, das noch immer im Wasser des Mjøsa treibt, wenn man nur Augen hat zu sehen. Aber niemand hier begreift, was das bedeutet.

Ich lese übrigens alles mögliche. In der Wohnung stapeln sich die Bücher bis zur Decke. Und die Zeitschriften türmen sich auf, neben den vielen Fotokopien aus der Bibliothek. Ich habe acht Zeitungen abonniert. Ich habe Glück, das Sozialamt zahlt. Ich schneide die interessanten Artikel aus und klebe sie in Ordner ein. Es ist wichtig, sich Informationen zu verschaffen.

Aber wenn am Ende mein Kopf von allem zu zerplatzen droht, dann muß ich hinaus, um meine eiternden Augen in der milden Weite der Mjøsalandschaft auszuleeren, um meine Sinne in den weichen Linien der Hügel zur Ruhe kommen zu lassen, die sich freundlich wie Finger in einer gefalteten Hand miteinander verbinden und dem Betrachter keinen anderen Widerstand entgegenbringen, keine andere Herausforderung als die Einladung zu Friede und Besinnlichkeit. Beim großen, ruhigen Mjøsasee finden selbst die ungebärdigsten Gedankengänge ihren Zusammenhang. Im sanften Spiegel des Mjøsa findet noch das verzerrteste Gesicht seine Schönheit wieder.

Ich brauche nur eine knappe Dreiviertelstunde von meiner Wohnung zum Mjøsastrand, kann es mir aber nicht verkneifen, durch die Stadt zu gehen, um die Stelle noch einmal zu sehen. Weißes frühlingshaftes Abendlicht im baumlosen Park. Natürlich ist die Leiche entfernt worden. Der Schrei der Frau ist verstummt, dennoch war das nur der Anfang. Ich habe über die Zeichen gelesen. Die Kirchenglocken haben die Erde dazu verleitet, ihre Toten zu erbrechen. Und mich verleitet das zu den Stränden, obwohl es mir so große Angst macht, daß mir der Schweiß aus allen Poren bricht. Hier finde ich Ruhe, wenn erst einmal das Eis seinen Todesgriff um die Steine am Strand gelockert hat. Ich kann am Storhamar Strand auf und ab gehen, den ganzen Weg von Koigen bis Geiteryggen, auf und ab, an diesem seltsam schönen und warmen Abend. Auf und ab am Strandweg, der dem Mjøsaufer genauso folgt, wie das vor fünfhundert Jahren bei der alten Klosterstræde der Fall gewesen sein muß. Und in diesem Jahr ist der Wasserstand so niedrig. Der Binnensee hat sich weit zurückgezogen und einen schmutzigen, verfilzten Mantel aus grünem Bewuchs und mattem, vertrocknetem Algenbart wie ein zerfetzter Teppich hinterlassen, ein verfaultes Leichentuch über den Flächen aus leblosem Stein. So wenig Wasser. So viel toter Stein. Untiefen, die ich noch nie gesehen habe, durchbrechen hier und da die Wasseroberfläche, und dort… zwischen Tyvholmen und Storhamarodden, vor Geiteryggen, ist sie jetzt zu sehen: die Schlangenschäre, wie sie auf alten Karten heißt. Ich kann wirklich sehen, wie sich die Schlange auf der Schäre vor der Stelle schlängelt und windet, wo einst das Kloster stand, wo sie der Sage zufolge auf Grund auflief und während des folgenden Kampfes den See aufwühlte und alle mit ihrer ungeheuren Größe und ihrem schrecklichen Kopf, mit Augen groß wie Faßdauben und ihrer langen schwarzen Mähne erschreckte.

Nein, ich wollte nicht hierher zurückkehren, aber nun bin

ich trotzdem hier. Hier, wo ich gesehen habe, wie sich die Finger des Toten in verwelkten Blättern und Parkabfall festkrallten. Hier, wo die verwesende stinkende Leiche lag. Ich fürchte mich nicht vor den Toten. Die Lebenden sind es, die mir angst machen. Vielleicht war es doch ein Segen, daß die Bäume im Park abgehackt worden sind? Damit sie nicht länger tiefe, geheimnisvolle Schatten werfen können, in denen die haltlose Jugend so leicht Zuflucht finden kann, wo sie sich gegenseitig verletzen und quälen und sich und andere ins Verderben stürzen können. Ich werde wütend, wenn ich daran denke. Wütend...!

Heute abend finde ich keine Ruhe. Obwohl ich zu Hause in meiner Wohnung sitze, zwischen meinen Papieren und Bücherstapeln, umgeben von meinen Zeitungen, Fotoalben, der Schreibmaschine, den Ordnern, in denen ich alles aufbewahre. Ich habe meine Medikamente genommen – Aufregung tut mir nicht gut –, aber ich finde trotzdem keine Ruhe. Muß ich wirklich wieder los? Muß ich noch einmal durch Hamar gehen, in der Dunkelheit? Straßauf, straßab, an der *Stelle* vorbei, dem Fundort, dem Leichenschauplatz, wo heute Hamars brave Bewohner aus ihrem Schlaf gerüttelt wurden? Die feuchte, abgelegene Stelle im Park, die auch mir nicht aus dem Kopf will? Soll ich wirklich wieder dorthin gehen? Natürlich habe ich die Tankstelle beim Sagatun Kino, nur zweihundert Meter entfernt. Sie ist rund um die Uhr geöffnet. Dort gibt es Würstchen. Dorthin kann ich gehen, in der Nähe sein und doch in sicherer Entfernung, meine Würstchen essen, eine Runde drehen und über den Stortorg hinweg auf den Park blicken, wo in der Dunkelheit doch nicht viel zu sehen sein wird. Dorthin kann ich wieder gehen und noch zwei Würstchen mit Kartoffelfladen und Brot und »allem dazu« bestellen. Die Spezialität des Hauses.

3

Sie kommt nicht, dachte Erik Linde. Nur noch eine Viertelstunde. Ja, verdammt, bestimmt läßt sie sich ganz einfach nicht blicken, legt sich wie immer irgendeinen blöden Vorwand zurecht und bleibt weg. Von der Beerdigung! Und dabei ist es ihr eigener…

Nein, er mußte versuchen, vernünftig zu bleiben, nicht zuviel daran zu denken. Und auch nicht an sie. Nicht jetzt. Er durfte jetzt nicht das Gleichgewicht verlieren. Mußte Vorsicht walten lassen und seine Gedanken unter Kontrolle halten, damit die letzte Viertelstunde erträglich wurde. Eine Viertelstunde, in der sehr viel erledigt werden konnte. Details. Dinge, die den Leuten auffielen. Alles mußte doch in Ordnung sein. Der äußere Rahmen sollte jedenfalls tadellos sein. Niemand sollte sagen können…

Das Licht, das durch die schmalen Fensterspalten mit ihren Mosaiken fiel, breitete einen bunten Schleier über die abgesessenen Bankreihen aus. Ein schöner Anblick! Die Kanzel und dahinter der Blumenschmuck, schlicht und würdevoll, dachte er, weil es ihm eine Art Trost bereitete. Und die Tiefe der Fensternischen verlieh dem Raum eine gewisse Atmosphäre des Historischen, wo sich die Gefühle des Augenblicks im unendlichen Volumen der Zeit verlieren konnten. Obwohl das Krematorium vor dem Krieg erbaut worden war und das Glasmosaik eigentlich nur aus Bleiglas in verschiedenen gedämpften Farben bestand, nicht aus farbenprächtigen Engelsmotiven, die Erlösung verhießen. Und dann die schöne Musik.

Komisch, womit wir uns den Kopf vollmachen können, wenn wir nicht denken wollen, überlegte Erik Linde. Er war ganz bei sich und stand doch irgendwie neben sich, während er spürte, wie seine Sinne sich fieberhaft mit jeder Nuance seines

Gemütszustandes und jedem kleinen Detail der Einrichtung des Krematoriums und der Regie der Beisetzungszeremonie beschäftigten: Die Orgelmusik kam vom Band. War sie nicht eigentlich ein bißchen zu laut? Ein aufdringlicher Blumenduft und Heizungswärme erfüllten die Luft. Aber die Blumen waren immerhin echt, und sie erfüllten die Kapelle geradezu mit Leben mit ihren munteren Farben. Ob es zu viele Blumen waren? Und zu farbenfroh? Und waren die Gestecke nicht zu groß? Er glaubte, noch nie so hochgeschossene, saftige Lilien gesehen zu haben, so delikate Rosen in so vielen Farbtönen, zusammen mit den vielen anderen Arten, deren Namen er nicht kannte, in Explosionen von Knallblau, Rot, Gelb und Orange, zu dieser Jahreszeit. Im April. Sie bedeckten fast den ganzen weißen Sarg... den Sarg im Mittelgang. Nein, ein wenig mußten sie noch warten können.

Er hatte auch auf dem Weg hierher an Blumen gedacht. Begierig hatte er nach diesem Gedanken gegriffen. Sein wandernder Blick hatte plötzlich die Blumenbeete in den Gärten registriert, an denen er vorbeikam. Plötzlich hatte er mit großem und dankbarem Interesse angefangen, die Gärten anderer Leute zu betrachten, obwohl er sich nie besonders viel aus Gartenarbeit gemacht hatte. Die Grundstücke am Strandveier Sonnenhang standen schon in voller Blüte. Jetzt im April. Ihm erschien das als aufsehenerregend. Auf jeden Fall war es etwas, mit dem er seine Gedanken beschäftigen konnte, während er dort in seinem besten Anzug einherging, einem etwas engsitzenden Anzug, den *sie* ihm vor langer Zeit einmal aufgeschwatzt hatte, weil sie sich in den Kopf gesetzt hatte, er kleide sich nicht besonders gut. Bei dem schönen Wetter waren viele Leute unterwegs, in den Gärten, auf den Spazierwegen, überall Leute, und sie sahen *ihn,* und das veranlaßte ihn, zielbewußt einen Fuß vor den anderen zu setzen, wie angetrieben von Wille und Entschlossenheit. Niemand sollte behaupten können, Erik Linde sei an diesem Vormittag nicht sicher auf den Beinen gewesen. An diesem besonderen Vormittag. Er, der seit Wochen keinen Tropfen mehr getrunken hatte.

Besser, sich auf die Blumenpracht zu konzentrieren. Auf das warme Wetter. Vielleicht schlug das Klima ja wirklich um. Eine kleine Besorgnis, die ihm gerade wie gerufen kam, die ihn richtig aufmunterte, obwohl die Konsequenz doch schlimm war: daß nichts mehr so war wie früher. Daß der Erdball selber aus den Fugen geraten war. Eine phantastische Ablenkung war das. Und er hatte auf Anraten des Arztes ein Valium genommen. Nur heute. Und der Strandvei am Mjøsastrand, Hamars schönster Wanderweg, war einfach kein Weg der Trauer.

Die Trauer. Da war sie wieder. Richtig physisch anwesend, wie ein kleines Brennen ganz oben in der Brust, ein Druck in der Kehle, wie von einem geschwollenen Adamsapfel. Aber es war ja trotzdem ein so strahlend schöner Tag, und es gab soviel Schönes zu sehen. Und es tröstete ihn, daß es wirklich Leute gab, die sich noch Mühe machten und ihre Gärten schön in Ordnung hielten. Es erfüllte ihn mit einem warmen, echten Gefühl, das Ähnlichkeit mit Liebe hatte. Und diese Liebe wuchs und wurde größer, je länger er unterwegs war, bis sie die Strandlinie bis zur Brauerei und den Raddampfer umfaßte, ja, sogar bis Tyvholmen, zur Kirche, dem kolossalen Bürgerhaus, das er kaum noch erkennen konnte. Ganz Hamar erfüllte ihn mit Liebe, seine Heimatstadt, in der er fast sein ganzes Leben verbracht hatte, aus der er sich allerdings auch fortgesehnt hatte, vor allem in seiner Jugendzeit, aber das war jetzt vorbei. Jetzt hatte er sich damit abgefunden, daß er gerade hierher gehörte, zu Hause war es eben doch am besten. Alles, was er um sich herum sah, bestätigte ihm, daß Hamar eine gute und sichere Stadt zum Leben war, ein Ort, an dem die Leute sich anständig benahmen, noch auf die wirklichen Werte achteten und die Mühe nicht scheuten, sie auch zu bewahren. Denn das gehörte vielleicht zum Allerwichtigsten: In einer Stadt, in der die Leute die Verantwortung für sich selber und ihre Umgebung übernahmen, konnte niemandem etwas wirklich Schlimmes passieren. Es gab eine Übersichtlichkeit, ein Sicherheitsnetz, gewoben aus Zuverlässigkeit, Einsatzbereitschaft und gesundem Menschenverstand, das Schutz vor dem Verfall und dem Chaos gewährte. In einer solchen Stadt war es zum Beispiel nicht wahrscheinlich, daß ein Jugendlicher einfach so verschwinden und heimatlos durch die Straßen irren konnte, ohne Fürsorge und Aufsicht durch seine Familie. Es war nicht wahrscheinlich, daß er zu Grunde gehen konnte, ohne daß irgend jemand davon wußte oder ihn vermißte, bis er durch Zufall in einem Park dieser Stadt tot aufgefunden wurde. Nein, das war nicht möglich. Es war nicht einmal denkbar. Nicht in einer Stadt wie Hamar!

4

Es war jetzt zehn vor, und noch immer war sie nicht gekommen.

Wenn er ganz ehrlich war, dann war ihm das nur recht. Natürlich verlangte sein Anstandsgefühl, daß sie der Beisetzung ihres Sohnes beiwohnte, aber gleichzeitig wußte er, daß ihre Anwesenheit ihn sofort aus dem Gleichgewicht reißen, ihn mit Trauer, Verbitterung und Selbstvorwürfen erfüllen und hilflos machen würde.

Kann man die Mutter seines Kindes hassen? Dieser Gedanke sorgte weitere zwei Minuten lang für Ablenkung. Haßte er sie? Haßte er Ellen wirklich?

Erik Linde hatte in letzter Zeit einiges erlebt, was ihn veranlaßt hatte, auf die Vernunft zu schwören. Früher war er eher ein Träumer gewesen. Das war jetzt vorbei. Seit der Scheidung, seit der Güteraufteilung durch ihren Anwalt, seit Arbeitslosigkeit und Zahlungsunfähigkeit. Diese Unglücke hatten sich wie die Perlen an einer Schnur aneinandergereiht, und jedes einzelne an sich hätte schon ausgereicht, um ihn fertigzumachen, ihn, den sensiblen, begabten, ja, fast außergewöhnlich empfindsamen Menschen, als den er sich sah, den die Hand des teilnahmslosen Schicksals an einen langweiligen Job in der Lokalzeitung gekettet hatte, obwohl er doch sichtlich für andere und größere Aufgaben geschaffen war. Aber er war hier hängengeblieben, und es hatte sich nicht einmal so schlecht angefühlt. Und er war auch nicht zu Grunde gegangen, als das Schicksal zugeschlagen hatte, einmal, zweimal, dreimal, und als sein Leben, so, wie er es gekannt und geplant hatte, ein jähes Ende nahm.

Zu seiner Überraschung ging jedoch sein Alltagsleben danach in etwa so weiter wie bisher, mit ihm selbst als Passagier. Nach und nach mußte er widerwillig diese neue Situation als sein neues Leben akzeptieren, obwohl vieles daran abscheulich erniedrigend war.

Zum Beispiel hatte er vor Trauer und Elend geschluchzt – und vielleicht auch, wie er jetzt einsah, mit ziemlichem Selbstmitleid –, während er sich abmühte, seine Wohnung im ersten Stock des kleinen Nachkriegshauses seiner Eltern da draußen auf Martodden einzurichten, des Hauses, in dem er seine Kindheit verlebt hatte, in das er jetzt aber nur vorübergehend und geduldet einziehen konnte. Seine Schwester, die in Schottland unglücklich verheiratet war, hatte den Vater, der mit Parkinson im Altersheim saß, zu Weihnachten überredet, sein Erbe schon jetzt zu verteilen, damit sie mit ihrem Anteil ihrem unnützen Ehemann aus einer seiner finanziellen Klemmen heraushelfen konnte. Und nun quälte ihn also auch noch ein Strom von Briefen der Anwälte Finck & Nordenhagen, die sich mit der formellen Seite der Erbauseinandersetzung befaßten.

Das war die Situation, die ihn zum Weinen brachte: ein geliehenes Mansardenzimmer, das noch dazu auf das reine Hoelsjordet hinausblickte, wo die Einfamilienhäuser in geräumigen Reihen lagen und in der brennenden Nachmittagssonne aus riesigen Fenstern auf den Mjøsa schauten. Dort nämlich lag auch das Haus, das bis vor kurzem noch ihm gehört hatte, jetzt aber leer und noch unverkauft dastand, bei dem das Schild des Maklers an die braune Wand angenagelt war.

Aber als er eines Tages auf seinem schmalen Bett lag, entsetzt über die vollkommene Ohnmacht, die ihn erfüllte, und über dieses gräßliche Geheul, das sich immer wieder seiner schmerzenden Kehle entrang, hatte er in seiner Not zu dem einen vernünftigen Gedanken gegriffen: daß er die Sache nun endlich *akzeptieren* müßte. So sah sein Leben eben aus, und entsprechend hatte er sich zu verhalten.

Danach hatte er alle leeren Schnapsflaschen eingesammelt und in den Laden gebracht, ohne sich neue zu kaufen. Und er beschloß, den halbfertigen Roman in seiner Schublade im Schreibtisch liegen zu lassen, der mit allen anderen Möbeln, für die er derzeit keinen Platz hatte, eingelagert war. Und es war ihm egal, er war sogar erleichtert. Er würde niemals ein berühmter Schriftsteller werden, Gott sei Dank. *Trotz allem* zufrieden zu sein, war seine neue Lebensstrategie. Er, der immer von etwas Größerem und Besserem geträumt hatte, brachte es zur wahren Meisterschaft darin, das Format hinzunehmen, das das Dasein ihm zugeteilt hatte. Sicher kam er sich manchmal gerupft, betrogen und bestohlen vor, von seiner ehemaligen Frau und dem unfreundlichen Schicksal. Aber gleichzeitig fühlte er sich auf eine seltsame Weise gestärkt, erfüllt von einer mürrischen, unerschütterlichen Gewißheit, die der empfindet, der glaubt, nichts mehr zu verlieren zu haben. Er war ja nicht untergegangen. Er hatte überlebt.

Und endlich hatte das Glück ihm dann wieder zugelächelt.

Er hatte eine Frau kennengelernt, eine Bibliothekarin aus der Stadtbücherei, deren eifriger Benutzer er war. Sie hieß Astrid Bjartun. Sie hatten sich eines Abends zum Essen getroffen, und danach hatte sie ihn zu sich eingeladen. Und dann hatte er bei ihr übernachtet.

Es war sein erster Kontakt zu einer Frau, seit Ellen sich von ihm getrennt hatte. Vielleicht nicht die große Leidenschaft auf den ersten Blick, aber in all ihrer Vorhersagbarkeit eine warme, innige Begegnung mit einer gleichaltrigen Frau, die ebenfalls ihre Enttäuschungen hinter sich hatte und derzeit, so wie er, allein mit ihren Sehnsüchten war. Und danach, keine großen Erschütterungen. Nichts, was er schmerzlich vermißte. Nichts, was ihn bedroht hätte. Sie hatte ihn zur Chorprobe eingeladen. Er hatte sich nie für Chorgesang interessiert, war aber hingegangen, nicht ohne bange Ahnungen, voller Angst, er könne das Ganze albern finden und sie danach ein wenig verachten. Aber als er in der alten Kirche gesessen und zugehört hatte, wie der Chor die »Lacrimosa«-Partie aus Mozarts *Requiem* übte, hatte ihn ein überwältigender Eindruck von Schönheit gepackt. Die schöne Musik, das Donnern der Orgel im großen, ehrwürdigen Kirchenschiff, das schien sich zu verbinden, um ihn aus dem alltäglichen Ungemach herauszuheben, in eine Sphäre der Reinheit und Verklärtheit. Und einen Moment lang hatte er so etwas wie Ehrfurcht empfunden bei dem Gedanken, daß er in seinem neuen Leben das Glück gehabt hatte, Astrid Bjartun kennenzulernen, daß er eine befriedigende sexuelle Beziehung zu einer guten und liebevollen Frau eingegangen war, die noch dazu im Chor sang. Daß sie so anders war als Ellen wie überhaupt nur möglich, erschien ihm als zusätzlicher Pluspunkt. Bei Astrid hatte er keine Probleme damit, die Wirklichkeit so zu akzeptieren, wie sie nun einmal war. Er war also auf dem richtigen Weg gewesen. Bis sie Jon im Park gefunden hatten und sein ganzes, mühsam aufgebautes

Gerüst aus Gleichgewicht und Gemütsruhe ins Wanken gekommen war.

5

Nur wenige hatten sich im Krematorium eingefunden, und eigentlich erleichterte ihn auch das. Es brachte noch einen Aufschub. Er brauchte seinen Bekannten und ihren teilnahmsvollen Mienen nicht gegenüberzutreten. Und den anderen. Er hatte sich vor all den anderen noch mehr gefürchtet, wegen dem Geschmiere in den Zeitungen. Des Skandals. Er hatte den Zustrom von Schaulustigen gefürchtet. Eine Mauer der Verdammung, denn die Schuld mußte doch irgendwem zugeschoben werden. In einem Park in einer Stadt wie Hamar kann nicht einfach eine Leiche auftauchen, ohne daß irgendwem die Schuld dafür zugeschoben wird. Die Polizei hatte schließlich ihre Untersuchungen angestellt. Er hatte seine Aussage machen müssen. Aber viel hatte er nicht sagen können. Vor ungefähr zwei Jahren war Jon mit seiner Mutter ausgezogen. Und seither hatten sie sich nur hin und wieder getroffen. Angespannt. Unregelmäßig. Vater und halbwüchsiger Sohn.

Noch hatte er seinen Platz in der ersten Bank nicht eingenommen. Er stand an der Wand, in der Nähe der Tür, wie ein zufälliger Angestellter des Bestattungsunternehmens zum Beispiel, verantwortlich für die Zeremonie, der sich Überblick verschaffte, eine Art Regisseur, eine neutrale Person, die eigentlich nicht in diese Versammlung gehörte und bei ihrer wichtigen Arbeit jedenfalls nicht gestört werden durfte. Die Position mitten im Krematorium war eine gute Idee, er stand weit genug von der Tür entfernt, um eventuell Eintretende nicht begrüßen zu müssen, und ebenso weit von der ersten Bank, wo er seinem Vater auf seinen Platz geholfen hatte. Und ihrer Mutter. Bald würde er sich wohl dazusetzen müssen. Die zitternden Hände des Vaters sehen, ohne ein einziges tröstendes Wort finden zu können. Ob der Vater wohl weinen würde? Er hoffte brennend, daß das nicht der Fall wäre... Aber auch diesen Gedanken konnte er nicht weiterverfolgen, denn er konzentrierte sich jetzt auf die eigentliche Zeremonie: Bald würde der Pastor auf die Kanzel steigen und mit seiner Ansprache beginnen. Das würde er schaffen. Der Pastor hatte seinen Sohn nicht gekannt, er war nur ein Funktionär, der eine rituelle Handlung durchführte.

Aber Erik selber, wie gut hatte er seinen Sohn gekannt? Als er im Büro des Bestattungsunternehmens gewesen war, umgeben von Kränzen, Urnen und Sargmodellen aus verschiedenen Hölzern, und die belastenden, praktischen Einzelheiten der Beisetzung besprechen sollte, hatte ihn ein tiefes Gefühl von Unwirklichkeit ergriffen. Er lebte doch schon seit über zwei Jahren nicht mehr mit dem Jungen zusammen. Er hatte sich verändert. War in die Höhe geschossen. Wenn er nun einen zu kurzen Sarg bestellte! Bei seinen letzten zwei Treffen mit Jon war ihm aufgefallen, daß dessen Gesicht unproportional und unschön wuchs, auf eine Weise »erwachsen« wurde, die es trotz aller Vertrautheit »fremd« erscheinen ließ, und daß das zu schnell passiert war. Und damit hatte sich auch in ihre Beziehung zueinander etwas »Fremdes« eingeschlichen. Und es war zu einer Gewohnheit geworden, ja, eigentlich zu einem seiner vielen geheimen Mechanismen, die ihm halfen, das Dasein im Griff zu behalten, daß er sich anstrengte, das Bild seines Sohnes so im Gedächtnis zu behalten, wie er früher gewesen war. Das machte die ganze Situation weniger nervenaufreibend für ihn. So wichtig war dieser kleine Gedankentrick für ihn geworden, daß er die Vorstellung nicht ertragen hatte, sich Jon ansehen zu müssen, nachdem sie ihn gefunden hatten. Und zum Glück war ja Ellen am Fundort gewesen und hatte ihn identifiziert. Das war ihm also erspart geblieben. Die Vorstellung, daß sein Junge wie ein totes Tier im Park gelegen hatte, vielleicht wochenlang, die Vorstellung der Häßlichkeit, die das Zerstörungswerk des Todes beendet hatte, die Möglichkeit, ihn vielleicht nicht wiedererkannt zu haben, das alles war unerträglich.

Jetzt sorgten Blumenschmuck und polierte Sargbretter für Verschönerung und Tarnung. Und zum Glück konnte Erik nun schon wieder an etwas anderes denken, gab es noch einen Aufschub, denn am Eingang waren jetzt zwei neue Gäste aufgetaucht. Zwei Jugendliche, ein Junge und ein Mädchen, anormal blaß im Gesicht, beide mit langen strähnigen Haaren, dünn, mit zerlumpten Kleidern. Bekannte von Jon. Er kannte sie nicht. Er hatte sie noch nie gesehen, wußte aber, daß sie mit seinem verstorbenen Sohn befreundet gewesen sein mußten. Er wußte, daß Jon mit solchen Typen verkehrt hatte. Mit einer Clique, die im Sommer im Park oder am Strand herumlungerte und abends in die taghelle Treibhauswelt irgendeines Einkaufszentrums übersiedelte. Wurzellose Sechzehn-, Siebzehnjährige. Sinnlos asozial. Voller Aggression, Bier und Rauschgift, wenn man der Lokalzeitung glauben durfte. Mit einem Auftreten, als ob sie eine Art unbegreiflichen Haß gegen ihre Umgebung nährten und ihn nur aufrecht erhalten könnten, indem sie sich selber soviel Schaden wie möglich zufügten. Ob auch Jon von diesem Haß erfüllt gewesen war? Und wie war der bei seinem eigenen Sohn entstanden? Auch früher hatte es schon Todesfälle gegeben. Die Leute von Hamar betrachteten solche Ereignisse in dieser Szene mit einer Mischung aus Grauen und Erleichterung: einer weniger... Dachten sie vielleicht im Fall seines Sohnes genauso? Ein Fixer weniger? Eine unerträgliche Vorstellung!

Aber nun standen hier also zwei Überlebende in der Kapelle. Ihre stierenden, ungesunden Gesichter strahlten eine hoffnungslose Traurigkeit aus, die er ebensowenig ertragen konnte wie den Anblick ihrer verwahrlosten Erscheinung überhaupt. Was hatten sie hier zu suchen, diese Menschen, die mit an Jons Unglück schuld waren? Ohne sie und ihre verderbte Szene... Sehr schnell ging er an der Wand entlang auf die letzte Bankreihe zu. Er wollte sie auffordern, sich unauffällig zu entfernen. Solche Typen hatten nichts zu suchen in einem... ausnahmsweise einmal fand er den Euphemismus »Gotteshaus« angebracht. So ging das einfach nicht. Da hatte er sich nun alle Mühe gegeben, um diese Zeremonie schön und stilvoll zu machen, so *richtig* wie nur möglich – so, als ob er dadurch die verdächtigen und bedenklichen Umstände des Todesfalles etwas mildern könnte –, und deshalb war er nicht bereit, zwei asoziale Penner hereinspazieren zu lassen, damit sie ihm den guten Eindruck ruinierten.

Er bog um die hinterste Bank, um sich ihnen diskret von hinten zu nähern. Dünne Nacken, halblange, ungewaschene Haare, eine Lederjacke, in deren Rücken das Schlagwort PEACE eingearbeitet war. Das Mädchen trug ein T-Shirt mit abgeschnittenen Ärmeln und hinten dem verblaßten Aufdruck MAKE LOVE NOT WAR. Sie lehnte den Kopf an die Schulter ihres Kumpels. Sie schien zu weinen. Ihr schmächtiger Oberkörper bebte. Er sah an ihrem Oberarm eine Tätowierung, eine Rose. Sie leuchtete auf der blassen Haut rot wie eine frische Wunde. Er hatte bereits den Arm gehoben, um die beiden aus der Kapelle zu führen, als ihn plötzlich zwei Dinge davon abhielten: Zum einen wurde er mit einem Mal von einem völlig überraschenden Gefühl übermannt. »Liebe« und »Friede« waren die Botschaften, die sie am Körper trugen. Er pfiff normalerweise auf solche Schlagwörter, die längst vom Jugend-Kommerz dieser Zeit adoptiert und sinnlos gemacht worden waren, aber nun schienen sie ihm eine wichtige Mitteilung zu enthalten. Vielleicht vermittelten diese Gestalten in ihrer ganzen Erbärmlichkeit etwas Wesentliches, das er in seiner immer reservierteren Haltung seinem Sohn gegenüber übersehen hatte?

Der andere Gedanke, der ihn plötzlich überkam, war, daß die Anwesenheit der beiden, wie immer sie auf andere wirken mochte, immerhin etwas so Seltenes wie Respekt und echte Freundschaft demonstrierte. Die beiden waren die einzigen von Jons Freunden, die den Weg in die Kapelle gefunden hatten. Die anderen, Nachbarn und Klassenkameraden von früher und heute, waren vermutlich durch die vielen Zeitungsartikel, Gerüchte und Spekulationen abgeschreckt worden. Diese beiden aber nicht. Sie standen da wie Boten von etwas, das er bewußt verdrängt hatte, der Wirklichkeit nämlich, die seinem Sohn gehört hatte, Jons eigentlichem Leben. Plötzlich musterte er ihre dünnen Vogelnacken mit einer grenzenlosen Sympathie, als betrachte er zwei Exemplare einer seltenen, bedrohten Tierart, die um jeden Preis am Leben erhalten werden mußte.

Noch ein dritter Umstand, der ihn davon abhielt, seinen Vorsatz auszuführen und die jungen Leute möglichst schnell wieder hinauszukomplimentieren, war, daß er durch die offene Tür Astrid erblickte. Astrid Bjartun aus der Bücherei, die jetzt die Treppe hochkam, langsam, ein wenig feierlich, mit ihrem großen Körper und ihrem lieben, ernsten Gesicht, war unterwegs ins Krematorium. Und er bereute in diesem Moment bitter, daß er ihr gesagt hatte, sie sei willkommen, als sie danach gefragt hatte. Denn hinter ihr, ganz unten beim Tor, hatte zur gleichen Zeit ein Taxi angehalten, und Ellens vertraute Gestalt stieg nun aus. Und damit zeichnete sich durch die augenfällige Konfrontation der beiden Frauen eine ziemlich peinliche gesellschaftliche Situation ab, und die gefühlsmäßige Doppelbelastung in seiner Brust sorgte nun wirklich dafür, daß er sich dem Ganzen jetzt einfach nicht mehr gewachsen fühlte.

Über Astrids Schulter hinweg sah er Ellen leicht unsicher über den Kiesweg gehen, beschloß aber, daß daran wohl ihre hohen Absätze schuld sein müßten. Denn sie konnte doch so früh am Tag noch nicht getrunken haben. Nicht heute. Nicht einmal sie... Oder vielleicht gerade sie und vielleicht gerade heute. Als Astrid ihn entdeckte, seinen Blick suchte und ihr freundliches Gesicht Züge der Trauer und der Sympathie annahm, stellte Erik mit matter Zufriedenheit fest, daß seine Exgattin zumindest Anstand genug besessen hatte, ihre roten Kostüme, die sie im Moment so sehr liebte, im Schrank zu lassen und statt dessen ein schwarzes trug. Sogar ein kleidsames, wie er noch schnell registrieren konnte, ehe er ein vorsichtiges Zupfen an seinem Ärmel spürte. Es war einer von den Jugendlichen. Der Junge.

»Entschuldigung, Sie sind doch Linde? Jonnys Alter?«

Offenbar war sein Sohn von seiner Clique »Jonny« genannt worden.

»Ja...«

Er war verblüfft über die Ansprache und gleichzeitig so stark abgelenkt vom Anblick der beiden Frauen, die jede bereits auf ihre Weise ihre anspruchsvolle Anwesenheit deutlich machten, daß er es fast nicht geschafft hätte, auf diese schlichte Frage zu antworten.

»Ich... also, ich glaube, wir müssen Ihnen etwas sagen.«

Das Mädchen stand halb hinter dem Jungen, als ob sie sich verstecken wollte, ihr Gesicht war hinter den hängenden Haaren kaum zu sehen. Sie war immerhin nicht direkt unhübsch.

»Ich weiß nicht. Hat das nicht noch Zeit...?« Erik schaffte es nicht, er konnte mit dieser Figur einfach kein Gespräch, keine Auseinandersetzung führen. »Können wir das nicht nachher besprechen?«

Er hatte es jetzt doch so unbegreiflich eilig! In nur wenigen Augenblicken würde er dafür sorgen müssen, daß es nicht zu den ganz schlimmen Zusammenstößen und peinlichen Auftritten käme. Ob er den Stier bei den Hörnern packen und die beiden einander vorstellen sollte? Sollte er Astrid zur nächsten Bank lotsen (denn Astrid würde ihn früher erreicht haben), ehe er sich um Ellen kümmerte? Welche Form von Aufmerksamkeit erwarteten sie? Sollte er die eine oder die andere umarmen – oder beide? Und wenn beide, dann in welcher Reihenfolge? Und wenn er es machte, was würden sie, jede für sich, von dieser Demonstration halten? Gleichzeitig verklang die Orgelmusik, und das Geräusch von flüsternden Stimmen, Räuspern und Füßescharren stieg als erwartungsvolles Rauschen zur Decke hoch und signalisierte, daß die Zeremonie ihren Anfang nehmen konnte und daß er deshalb ganz schnell zur ersten Bank laufen und sich neben seinen Vater setzen mußte. Der Küster an der Tür hatte ihm schon zweimal zugenickt, und nun wanderte er in Richtung Altar und schaute dabei auf die Uhr, als müsse er sich an einen Zeitplan halten. Heute sollten schließlich noch andere unter die Erde kommen!

»Nein, das ist wirklich schrecklich wichtig!«

Der Junge streckte auf drängende, unsympathische Weise sein unrasiertes Gesicht vor. Alle Sympathie, die Erik für diese Typen vielleicht gerade noch empfunden hatte, war längst erloschen. Jetzt wollte er nur noch so vielen unangenehmen Auseinandersetzungen wie möglich aus dem Weg gehen, während sie sich quasi vor ihm auftürmten.

»Wir wollten lieber zu dir als zur Bullerei damit gehen!« piepste plötzlich das Mädchen. »Und wir wissen nicht, wem wir es sonst sagen sollten.«

»Was sagen? Nun red schon. Raus damit!«

Bis zum Zerreißen gespannt beugte Erik sich zu den beiden Eindringlingen vor. Schon durch ihre bloße Erscheinung allein machten sie die Würde dieser Zeremonie im Krematorium zunichte.

»Das ist nicht Jonny!«

Er begriff nicht. Ihm fiel als einzige Antwort ein, den Jungen am Jackenärmel zu packen und in Richtung Tür zu zerren, wo Astrid jetzt stehengeblieben war und ihn mit großen Augen anstarrte. Ellen kam derweil auf ihren hohen Absätzen die Treppe herauf.

»Das ist nicht Jonny da im Sarg, kapier das doch!« nervte das Mädchen jetzt so laut, daß es zwischen den dicken, weißgekalkten Wänden widerhallte. Sie hielt den Jungen am anderen Arm und ließ ebenfalls nicht los. Einem Moment lang zogen beide an der abgenutzten Lederjacke des Jungen. Eine wahnwitzige Sekunde lang verspürte Erik den Drang, laut zu lachen.

»Nicht Jonny ist jetzt im Himmel. Der nicht, sondern ein anderer!«

Jetzt hatte sie den Ärmel losgelassen und packte Eriks Handgelenk. Ihre Hand war eiskalt. Ihr Griff lähmte ihn in seiner Irritation, und ihr Schrei nahm ihm alle Angriffslust.

»Nicht Jon? Willst du sagen, daß nicht Jon...«

»Nein. Ich hab' ihn doch gesehen.«

»Was verd... was sagst du da? Nun rede schon, erklär endlich, zum Henker...!«

Plötzlich wurde Erik von ungeheurem Zorn auf diese beiden geschüttelt. Dieser Zorn schien ihm den Atem rauben zu wollen, aber gleichzeitig platzte er fast vor Lachen und Erleichterung, obwohl er doch einsah, ja, *wußte,* daß diese beiden Wahnwitzigen hier puren Unsinn redeten. Reden mußten.

»Ich hab' ihn gesehen!« beharrte das Mädchen. »Jonny, meine ich. Ganz deutlich. Zweimal. Gestern und vor drei Tagen. Draußen auf der Odde und bei den Arkaden. Quicklebendig. Ich schwör's!«

Ihre Augen kamen ihm unnatürlich groß und glänzend vor. Ihr Gesicht war dünn und blaß, ihre Augen dick geschminkt. Ein junges Mädchen. Ein ganz normales, ungepflegtes junges Mädchen. Eine von der Sorte, von der es hier in Hamar viel zu viele gab. Er hätte sich jetzt fassen müssen. Er hätte das Ganze richtig einordnen müssen, als verwirrte Aussage von zwei Wirrköpfen, die sich mit Rauschgift Verstand und Sinne zugeknallt hatten. Sein Sohn war tot. Er war so gut wie möglich zurechtgemacht worden und lag in seinem weißen Sarg. Dieser Auftritt war ein makabrer Anschlag auf die Ruhe und die Achtung, auf die er als Vater des Verstorbenen in dieser schweren Stunde Anspruch hatte. Die beiden Störenfriede mußten so schnell wie möglich mit ihren grotesken Irrvorstellungen von hier entfernt werden, damit das Gleichgewicht wiederhergestellt werden konnte und die Zeremonie endlich mit aller Würde, die noch zur Verfügung stand, ihren Lauf nahm.

»Ich hab' ihn auch gesehen. In den Arkaden!« teilte der Junge eifrig mit. »Das war ganz klar Jonny!«

»Ihr meint also, ihr hättet Jon *gesehen,* obwohl er dort liegt?« Erik zeigte mit zitterndem Zeigefinger auf den Sarg im Mittelgang. Jetzt war es ihm nicht länger unmöglich, an die Tragödie seines Sohnes zu denken. Jetzt hatte er im Gegenteil das Gefühl, daß er dessen Leichnam als konkrete Grundlage brauchte, um diese beiden Rabauken hier ein für allemal vor die Tür zu setzen und den Ereignissen dieses Tages wieder ihre angemessenen und *anständigen* Proportionen zu geben.

»Ich kenn' den doch schließlich«, erklärte das Mädchen belehrend. »Im Winter waren wir doch ein halbes Jahr zusammen. Kannst ja seine Mutter fragen!«

Und nun kam Ellen auf sie zu, und die Katastrophe war so gut wie vollkommen. Ihren glänzenden Augen konnte Erik ansehen, daß sie sich vor dieser Prüfung wirklich gestärkt hatte, aber in diesem Moment machte er ihr da keinen Vorwurf, so wie er ihr von Angesicht zu Angesicht überhaupt niemals etwas vorwerfen konnte. Sogar den Rocksaum des feschen schwarzen Kostüms, der weit über den Knien wippte, verzieh er ihr in diesem Moment.

»Hallo, Nina«, sagte sie mit einem kleinen, nicht ganz echten

Lächeln. Sie konnte sogar lächeln! Heute! Hier! Aber dann schob sich eine Wolke vor die Sonne und die Tränen kamen. Und nun drückte sie das Mädchen zu allem Überfluß auch noch an sich.

»Das da könnte der Elch sein«, beharrte der Junge. »Der hat sich jetzt schon 'ne ganze Weile nicht mehr blicken lassen. Jonny hat geschworen, er wollte ihn fertigmachen. Und sie haben sich ziemlich ähnlich gesehen. Ähnliche Haare und so. Sieh dir die Tätowierung an. Sieh dir die linke Hand an, dann weißt du sofort, ob das der Elch ist. Sieh dir die Augen an. Vielleicht hat irgendwer ihm eine Spritze ins Auge verpaßt. Aber verrat bloß nicht, daß ich dir das gesagt habe.«

In diesem Moment spürte Erik, wie zwei starke Arme sich um seinen Hals schlossen.

»Ach, Erik...!« Astrid Bjartun drückte ihr tränennasses Gesicht an seines. Und dann ertranken alle Geräusche in dem Wollponcho, der sich bei dieser heftigen Umarmung um seinen Kopf legte, und er merkte, daß ihm nichts anderes übrig blieb, als nachzugeben und sich von der Stärke und Liebe dieser Arme davontragen zu lassen.

Als er gleich darauf wieder zu sich kam, ging ihm auf, daß Ellen abwechselnd weinte und schrie:

»Hörst du? Hörst du, was sie sagen, Erik? Das ist nicht Jon! *Das da vorn ist nicht Jon!* Hörst du? Er lebt noch! Sie sagen, daß sie ihn gesehen haben und daß er noch lebt! Das hast du doch gesagt, Nina? Das hast du doch...?«

Sie klammerte sich an die Kleine, und ihr Geschrei hallte in allen Ecken der Kapelle wider. Erik befreite sich aus Astrid Bjartuns Wollponcho. Alle in der Kapelle Anwesenden starrten nun zur Tür herüber. Der Pastor stieg gerade auf die Kanzel, aber niemand achtete auf ihn. Der Küster kam an der Wand vorbei auf sie zugelaufen. »Stimmt was nicht?« fragte er atemlos, als er die Gruppe bei der Tür erreicht hatte.

»Er ist es nicht!« rief Ellen noch einmal. »Der im Sarg! Nicht unser Sohn! Nicht Jon! Er ist nicht tot! Seine Freunde hier sagen, daß sie ihn gesehen haben, in der Stadt, lebendig! Das ist doch ganz entsetzlich! Herrgott, was bin ich froh!« Sie ließ sich schluchzend auf die nächste Bank sinken.

»Komm, wir verpissen uns. Das hier wird mir zu kraß«, murmelte der Junge und zog seine Freundin Richtung Ausgang.

»Wartet!« rief Erik. »Bleibt hier! Wir müssen doch darüber reden. Der Fall muß doch geklärt werden. Ihr müßt der Polizei alles sagen!«

Aber er kam sich absolut hilflos vor, eine lächerliche Puppenfigur in zu engem Anzug, die von einem Fuß auf den anderen trat und mit den Armen auf absolut unnatürliche Weise herumfuchtelte. Seine Stimme schien zu brechen. Hinter seinem Rücken waren die schockierten Reden, die ungläubigen Rufe und das rastlose Füßescharren der Trauergemeinde zu einem Sturm von chaotischem Lärm angeschwollen. Und die Jugendlichen verschwanden aus der Kapelle, ohne daß er die Kraft gefunden hätte, sie auf irgendeine Weise zurückzuhalten.

Draußen ließen die Glocken der Kapelle unter dem Sonnenhimmel ihr helles Läuten ertönen.

Die zerlumpten jungen Leute, die Zeugen, die Boten, waren verschwunden. Und als ob die makabren Zufälle an diesem verdammten Vormittag nie ein Ende nehmen wollten, erschien plötzlich eine große Gestalt in der Türöffnung, eine Figur, die alle kannten, zu der sich aber niemand so recht bekennen wollte: Bo. Bo Mailand. Ganz Hamars Freigänger, früherer Musterschüler und Sportskanone und Eriks unglücklicher Klassenkamerad, dem er, ehrlich gesagt, nun, wie die meisten anderen alten Freunde, so gut wie möglich aus dem Weg zu gehen versuchte. Denn er schien sie zu verfolgen, die Freunde von damals, und denen war das unangenehm. Obwohl Bo nun wirklich nicht bedrohlich oder gefährlich war. Nicht nach all diesen Jahren. Er war nur zeitraubend. Wer sich in ein Gespräch mit Bo verwickelte, brauchte viel Zeit und große Geduld, um zwischen Vernunft und Irrsinn in den Ausbrüchen des Trottels unterscheiden zu können.

»Einen schönen Tag noch«, erklärte der Riese als Gruß und trabte mit erhobener Hand unruhig vor der Türschwelle hin und her. »Ich wünsche allen und jedem in dieser Versammlung einen richtig wunderschönen Tag!«

6

Ellen Linde stand vor dem Badezimmerspiegel und bereitete sich auf die Verwandlung vor. Es war Freitag, und es war die richtige Tageszeit, das richtige Licht am Himmel, die richtige Musik im Radio, die richtige Gemütslage nach dem absolut richtigen Gläschen Wodka. Das Gefühl war überall, um sie herum und in ihr, als ob es ohne Hindernisse durch ihren ganzen Körper strömte und sie einfach so zum Mitströmen einlud.

Die Verwandlung würde ungefähr anderthalb Stunden brauchen, vielleicht alles in allem zwei. Zwei wunderschöne Stunden, in denen alle Einzelheiten ihres Aussehens, Gesichts, Hände, Füße, Körper, Schminke, Frisur und schließlich auch die Kleidung genau geprüft, bewertet und bearbeitet werden würden, bis das Ergebnis erreicht wäre: eine ganz neue Frau, kaum noch zu erkennen, nur oberflächlich verwandt mit der alten Ellen. Die Frau, die sie eigentlich war, sollte schrittweise vor ihr im Spiegel erscheinen, wie eine Fotografie langsam Konturen und Details annehmen. Hinter ihrem Rücken plätscherte aus weit aufgedrehten Hähnen das warme Wasser in die Badewanne, und der Dampf brachte schon den Spiegel zum Beschlagen und ließ das alte Gesicht zur undeutlichen

Maske verkommen, zu einem vagen Umriß, der Markierung und Verdeutlichung brauchte. Genau so, wie sie sich das wünschte, wenn sie jeden Tag zu ihrer Arbeit als Vorzimmerdame im Bezirksamt ging und spürte, wie ihre Gedanken, ihr Humor, ihre Energie und Vitalität, ja, ihre ganze Person langsam verschwammen. Alles da unten in der Grundstücksabteilung des Amtsgerichtes trug dazu bei: die farblose Bürolandschaft, in der sie jeden Tag dieselbe Frisur tragen mußte, hochgesteckt und adrett, die gleichen Kleider, den gleichen Umgangston. Und das war das Schlimmste: die vage Art, in der alle miteinander redeten, als ob alle Gespräche unmerklich mit dem Strom von unhörbarem Geflüster verschmelzen müßten, der durch die langen Gänge des Gebäudes floß und um keinen Preis gestört werden durfte.

Sie hatte ihre wilde Haarpracht schon gelöst. Bluse und Kostümrock und vernünftige Alltagsunterwäsche lagen zu ihren Füßen. Im Spiegel sah sie den Umriß eines schlanken, wohlgebauten Körpers, bei dem der Wasserdampf rücksichtsvoll die sichtbaren Spuren des Alters wegretuschierte. Doch, sie hatte abgenommen. In den letzten Wochen hatte sie nur wenig gegessen. Aber auch sonst achtete sie auf ihre Diät. Sie wollte nicht alt werden. Noch nicht. Sie hatte es schrecklich gefunden, vierzig zu werden. Und damals hatte es wohl erst richtig angefangen. Die Unruhe. Zuerst mit dem wilden Wunsch nach noch einem Kind, so ganz zum Schluß, ehe es unwiderruflich zu spät war, ehe »die Fabrik die Produktion einstellte«, wie Erik sich mit gutmütigem Tonfall und dem kleinen Lächeln ausdrückte, das sie so gut kannte und durchschaute: So brachte er seine absolute Ablehnung zum Ausdruck. Er war keiner, der sich jemals irgendeine Veränderung wünschte. Aber ihr war das jetzt recht so. Ja, und wie recht ihr das jetzt war! Was hätte sie mit einem neuen Baby anfangen sollen? Jetzt? Und ehe sie sich's versah, brach sie in Tränen aus. Plötzlich bückte sie sich über das Waschbecken und schluchzte und dachte an Jon, an die karierte Jacke, die sie ihm selber gekauft hatte, und an den entsetzlichen Anblick im Park. Und an die darauf folgenden Verhöre durch die Polizei und später Eriks Gesicht im Krematorium, verzerrt von Wut, Verlegenheit und Verwirrung. Und an die vielen Menschen, die sie anstierten, sie nicht aus den Augen ließen, wenn sie sich auf der Straße sehen ließ, weil sie alles gelesen hatten, was in den Zeitungen stand, und weil sie daran glaubten und sie natürlich für eine schlechte Mutter hielten. Und das war sie ja auch gewesen. Das ja.

Das alles brach plötzlich wieder über sie herein. Das Schuldgefühl überwältigte sie ganz einfach, obwohl sie sich gelobt hatte, nicht mehr so zu denken, schon gar nicht heute abend, wo sie eine Verabredung hatte, wo sie zuerst essen und dann tanzen gehen würde. Auch im Restaurant Sea Side würde sicher irgendwer die Zeitungen gelesen haben. Aber das Licht würde gedämpft sein, die Kapelle würde aufspielen, sie würde Wein trinken, und – und darauf kam es an – sie würde eine andere sein. Eine neue Frau, eine ganz andere als die verfolgte und sich mit Selbstvorwürfen quälende Ellen Linde, würde sich mit einer festen Hand in der Taille auf dem Tanzboden drehen, seht doch nur: keine traurige Miene mehr, keine Tränen. Seht doch nur!

Wie sie sich auf diesen Abend freute! Und die Freude war besonders groß, weil sie es geschafft hatte, sich das Freuen zu erlauben. Nach allem, was passiert war. Nach Eriks verbitterten Anklagen. Nach allem, was sie geschrieben hatten; Behauptungen, Lügen, die sie mehr als einmal zum Weinen gebracht hatten. Im Büro waren immerhin alle nett und verständnisvoll gewesen, einzelne meinten sogar, sie sehe auf den Bildern in den Zeitungen gut aus, und wenn irgendwer sie für eine schlechte Mutter hielt, die ihre Pflichten vernachlässigt und ihren Sohn hatte vor die Hunde gehen lassen, so ließ sie sich das jedenfalls nicht anmerken. Und Gerichtsreferendar Arondsen, der ihr bei der Güterteilung geholfen hatte, hatte nicht aufgehört, sich in der Kantine um sie zu bemühen. Im Gegenteil. Er war offenbar so erpicht darauf, ihren kleinen Flirt fortzusetzen, daß sie seinen Eifer ein wenig bremsen mußte. Er konnte doch nicht wissen, daß gleich unter der Haut der kleinen munteren, geschiedenen Frau Linde aus der Grundstücksabteilung eine andere, vornehmere und quicklebendige Frau existierte! Und diese andere Frau verlangte vom Leben etwas anderes als lang anhaltende Beziehungen zu Familienvätern Mitte Dreißig!

Plötzlich sah sie, daß die Badewanne schon fast voll war, und rasch drehte sie den Hahn zu. Das Wasser schäumte bis an den Wannenrand. Es duftete. In ihr löste sich jetzt alles. Sie schniefte zwar noch, spürte aber, daß es schon bald vorbei sein würde. Sie würde sich nicht fertigmachen lassen. Sie war jetzt stark. Sie war nicht bereit, die Schuld für alles auf sich zu nehmen, was sie ihr in den Schoß warfen. Ihrem ovalen Gesicht im Spiegel war nicht anzusehen, daß sie gerade geweint hatte. Es zeichnete sich als noch unbeschriebene Fläche ab, in die sie einzeichnen konnte, was sie heute abend wünschte und fühlte. Noch ein Schluck zur Stärkung, und dann wäre alles wieder in bester Ordnung. Ein kleiner Wodka wäre jetzt genau das richtige.

Sie warf sich auf dem Weg in die Küche den Kimono über die Schultern. Der glatte, tiefblaue Kunststoff mit den aufgedruckten fliehenden weißen Vögeln sprach sie sehr an, er schien ihre eigene Flucht vor dem Hausfrauendasein zu symbolisieren. Der Kimono war das erste neue Kleidungsstück, das sie sich nach der Trennung zugelegt hatte. Sie hatte durchaus nichts dagegen, sich hier in ihrer neuen Wohnung, die sie für ihr rechtmäßig durch die Güterteilung nach zwanzig Ehejahren erworbenes Geld gekauft hatte, ein wenig wie eine Geisha zu fühlen. Sie hatte wirklich lange genug auf diese lausigen Kröten warten müssen. *Er* hatte den Trennungsprozeß nun wirklich nicht beschleunigt, er schien das Gefühl gehabt zu haben, die Entwicklung umkehren und sie ins Haus auf Hoelsjordet zurückzwingen zu können, wenn er nur still dasaß und gar nichts tat, sondern nur vor sich hinlitt.

Aber damals hatte er sie ja auch noch zurückhaben wollen. Damals hatte er gejammert und alles versprechen wollen. Damals war sie der Trostpreis in seinem elenden Leben gewesen. Jetzt kannte er nur noch Ablehnung und Schimpfwörter. Jetzt, wo alles wieder unsicher war, wo wirklich die Möglichkeit bestand, daß der Junge...

Ob sie es wagte, diesen Gedanken weiterzudenken?

Erik schien das alles jetzt nur noch schlimmer zu finden und noch mehr den Drang zu verspüren, sie zu verachten. Jetzt war alles, was mit Jon passiert war, auf irgendeine Weise nur noch ihre Schuld. Denn er hatte vor seinem Verschwinden bei ihr gewohnt. Dabei hatte Erik damals nun wirklich keinen Finger dafür gerührt, daß der Junge bei ihm blieb, hatte sich offenbar nur um seine eigenen Probleme kümmern mögen. Hatte so getan, als sei die Aufgabe des Sorgerechtes ein weiteres ihm aufgezwungenes Martyrium, gegen das er sich nicht hatte zur Wehr setzen können. Als sei es in unserer modernen Zeit eine allgemein akzeptierte Wahrheit, daß ein halbwüchsiger Junge mit seiner Mutter gehen müßte, wenn sie die Zeit für einen neuen Aufbruch für gekommen hielt. Sie selber hatte damals wohl auch so gedacht, aber ehrlich gesagt – das konnte sie jetzt zugeben –, war sie sich nicht so sicher, ob sie großen Widerstand geleistet hätte, wenn Erik darauf bestanden hätte, Jon bei sich zu behalten. Und wenn der Junge das selber gewollt hätte. Viele vertraten doch die Ansicht, daß es für einen Jungen besser sei, nach einer Scheidung bei seinem Vater zu leben. Diese Ansicht hatte sicher ihre guten Gründe. Und ein pflegeleichtes

Kind war er ja nie gewesen. Sag schon die Wahrheit, Ellen. Sag schon die Wahrheit...

Mama ist nicht immer gleich gut, dachte sie und goß Wodka ins Glas.

Mama ist nicht mehr, was sie einmal war, nein, das ist sie nicht.

Sie trank und genoß es, und sie genoß, daß sie es genoß. Die gute Stimmung stellte sich nun langsam wieder ein. Die sollten sie ihr nicht kaputtmachen dürfen. Heute nicht. Jetzt nicht, wo sie gerade aus ihrem Kokon kroch und sich entfaltete.

Sie konnte ihren Gedanken jetzt freien Lauf lassen, im Schutz des leichten Rausches. Sie konnte sogar an ihn denken, an Jon, an ihren Jungen. An den verschlossenen, wütenden Jungen, der sich in der kleinen Wohnung in dem älteren Mietshaus in der Welhavens gate so unwohl gefühlt hatte. Sie lebten dichter beieinander, fanden jedoch weniger und weniger Kontakt zueinander. Sie stritten sich oft. Sie hatte das Gefühl, ihren eigenen Sohn nicht zu kennen. Es lag natürlich auch an der Zeit, an dem Alter, in das er jetzt gekommen war. Er war fünfzehn, dann sechzehn geworden. Allein schon, wie er in diesen zwei Jahren in die Höhe geschossen war, war ein verblüffendes, fast absurdes Erlebnis gewesen. Ihr kleiner Junge hatte die große Gestalt eines fremden Mannes in ihr Leben gebracht, die Gerüche und Gewohnheiten eines fremden Mannes. Und die Unsitten: die Stereoanlage spätabends voll aufgedreht, Kleidungsstücke und Schuhe, riesige Kleidungsstücke, riesige Schuhe, die überall in der Wohnung herumlagen. Sein Zimmer hinterließ er immer in wahnwitziger Unordnung. Unsauberkeit in der Küche. Schlechte Badezimmergewohnheiten. Und Dreck, um es ganz offen zu sagen. Dreck, Dreck... mußten denn wirklich alle Männer im Badezimmer die widerlichen Schweine spielen? Nicht, daß Jon unsauber war, er konnte sogar Stunden hinter verschlossener Tür dort verbringen, wenn ihm gerade danach war. Und dann fragte sie sich sofort, was er dort überhaupt trieb. Wie eine Spionin schlich sie sich an die Badezimmertür und horchte. Aber trotz seiner häufigen Besuche im Badezimmer zeigte er dann ein immer ungepflegteres Äußeres: ausgelatschte Schuhe, zerfetzte Kleidungsstücke, lange, ungekämmte Haare – seine kräftigen, schönen, welligen Haare, auf die sie so stolz gewesen war wie auf ihre eigenen. Aber das war wohl bei der Jugend im Moment die Mode, und er stand natürlich unter dem Einfluß seiner neuen Freunde, einige hatte sie kennengelernt, Himmel... Eine Mutter konnte da nichts machen, konnte nur den Mut haben, sich einzugestehen, daß sie ihn nicht mehr kannte, nicht mehr so wie früher, nicht diese neue Erscheinung, diese haßerfüllte, unberechenbare Person, in die er sich nach und nach verwandelte. Sie *mochte* ihn ganz einfach nicht mehr! Sie liebte ihn zwar noch, so, wie eine Mutter ihren Sohn immer liebt, als Tatsache, die nichts auf der Welt noch ändern kann. Aber er gehörte ihr nicht mehr so wie früher. Er war ein fast erwachsener Mann mit mürrischem, wenig ansprechendem Wesen geworden, der sich in ihr Leben drängte und dabei kaum besonders rücksichtsvoll oder sympathisch wirkte.

Wenn er doch wenigstens etwas gesagt hätte! Was so schrecklich schiefgegangen war. Wenn er ihr erzählt hätte, daß er sich in der Wohnung nicht wohl fühlte – bei ihr hatte er ja nur ein Zimmerchen gehabt, zu Hause dagegen den ganzen Kellerraum. Oder ob er es ihr übelnahm, daß sie Erik verlassen hatte. Oder ob er in der neuen Schule nicht zurecht kam. Oder ob er Heimweh nach seinem Vater hatte. Oder was auch immer ihn nun so quälte. Sie konnte einfach wütend werden, wenn sie an sein ewiges, mißbilligendes Schweigen dachte.

Wenn er doch nur mit mir geredet hätte! Warum hat er nie mit mir geredet? Dieser undankbare Mistkerl!

Jetzt war sie nicht mehr unverletzlich. Jetzt jagten ihre Gedanken weiter, während sie feststellte, daß sie ihren dritten Wodka schon fast zur Hälfte geleert hatte. Sie war in keiner Stimmung zum Aufhören, weder mit dem Trinken noch mit dem Denken, obwohl sie wußte, daß sie zu weit ging, ungerecht und egozentrisch war: Denn Jon hatte doch aufgrund seines Sprachfehlers mit niemandem gesprochen! Das war ja gerade die Tragödie ihres Sohnes. Ihre gemeinsame Tragödie. Sie wußte, daß sie dem Jungen keine Vorwürfe wegen seines Sprachfehlers machen konnte. Aber sie hatte sich an dieses schreckliche Gestotter nie gewöhnen können, aus dem so viel Schlimmes erwachsen war, da es ihn schon als kleines Kind in ein Gefängnis aus verkrampfter Isolation getrieben hatte. Und von dem sie im Grunde nichts begriff, denn es war ja keine Krankheit und auch kein physischer Defekt, das Stottern variierte auch, in einzelnen, seltenen Momenten konnte er klar und flüssig sprechen, fast wie alle anderen, und dann stieg in ihr immer wieder die wilde Hoffnung hoch, es könne »sich legen«... Aber dann schlug es plötzlich wieder zu, und er keuchte und schnappte nach Luft wie ein Fisch auf dem Trockenen, und sein Körper bebte in ohnmächtiger Spannung. Warum war das so? Die Fachleute hatten keine brauchbare Erklärung liefern können, keine Ursachen und keine Prognosen. Dennoch hatte sie sich die Schuld dafür gegeben, daß er so geworden war, obwohl sie sich einfach nicht vorstellen konnte, wie sie einen solchen Defekt ausgerechnet bei einem Sohn, den sie so geliebt hatte, hätte auslösen können. Aber wahrscheinlich war es eben so. Sie hatte ihn beeinflußt, weil sie mit ihm als kleinem Kind zu Hause gewesen war. Eine Mutter ist am Ende doch immer für die Entwicklung ihres Kindes verantwortlich. Vor allem eine launische Frau wie sie. Natürlich war alles ihre Schuld. Obwohl, so ganz stimmte das ja auch wieder nicht...

An diesem Abend jedenfalls nicht. Gerade jetzt verspürte sie den Drang, die Schuld jemand anderem zuzuschieben, Erik zum Beispiel, der seine selbstmitleidige Miene aufgesetzt und sich im Arbeitszimmer eingeschlossen hatte, wenn sie mit ihm über Jons Stottern sprechen wollte. Ja, und auch Jon könnte seinen Teil der Schuld übernehmen, schließlich hatte er die ganze Zeit alle Behandlungsangebote abgelehnt. Und seine Lehrer hatten auch ihren Teil beigetragen. Ihrer Ansicht nach waren sie passiv und gleichgültig gewesen und hatten das Problem eher bagatellisiert. Allesamt hatten sie ihr erklärt, daß Kinder öfter stottern und es sich sicher von allein legen würde. Statt dessen war es im Laufe der Jahre nur schlimmer geworden. Und am Allerschlimmsten, nachdem er mit ihr in die Wohnung in der Welhavens gate gezogen war. Manchmal hatte sie das Gefühl gehabt, seine Stummheit müsse sein Gemüt gesprengt haben. »Eine mögliche Reaktion auf Zurückweisung«, hatte der Schulpsychologe gesagt. Aber sie fand, *er* habe sie in all diesen Jahren zurückgewiesen.

Als ob er mich dadurch bestrafen wollte, daß er wie eine Zeitzünderbombe vor sich hintickte, dachte sie selbstgerecht. Am Zerreißpunkt angelangt mit allem, was er auf dem Herzen hatte, was er aber nicht ausdrücken konnte, auch mit den positiven Dingen, von denen sein Blick oft überquoll. Aber auch mit Wut. Haß. Vor allem in der letzten Zeit. Mit dem Zorn, der in seinen Augen funkelte, wenn sein Körper sich wand, um die ersehnten Wörter freizurütteln. Einem Zorn, der sich immer häufiger gegen sie zu richten schien, weshalb ihr beim Zusammensein mit ihrem Sohn zusehends unwohler gewesen war. Konnte sie wohl so weit gehen zu sagen, daß *er sie* aus dem Haus getrieben hatte?

Auf jeden Fall war es ihr vielleicht nicht so unlieb gewesen, daß er öfter unterwegs gewesen war, bei Freunden übernachtet, sich von Freitag bis Montag manchmal in der Wohnung überhaupt nicht gezeigt hatte. Seine Abwesenheit war ihr wirklich eine Erleichterung gewesen. Die Abwesenheit seines vorwurfsvollen Schweigens. Sie wußte ja, daß sie als alleinerziehende Mutter ganz besonders dazu verpflichtet war, sich um ihren Sohn zu kümmern. Daß Gleichgültigkeit und Verrat durch die Eltern oft dazu führten, daß Kinder in diesem Alter auf die schiefe Bahn gerieten. Aber sie hatte gedacht, sie brauchten ein wenig Abstand voneinander. Müßten beide die Möglichkeit haben, sich unabhängig voneinander weiterzuentwickeln. Und er hatte ja trotz allem in der Stadt auch noch einen Vater!

Aber als sie ihn im Park gefunden hatten, zerstörte dieses Ereignis ihre Versuche, ihr unbehagliches Verhältnis zu Jon zu erklären – und vielleicht zu entschuldigen – restlos. Da lag er mit dem Gesicht nach unten und mit Reisig in den Haaren, in der Jacke, die sie selbst für ihn gekauft hatte, tot. Und sie hatte sich nicht einmal besonders geängstigt, als er zwei Wochen lang nicht mehr zu Hause aufgetaucht war!

Ihre leichtfertige Selbstverteidigung schlug mit gewaltiger Schlagkraft zurück: Er war tot, und sie war eine schlechte Mutter. Das war das Urteil, standrechtlich verkündet an einem schönen Apriltag im Strandgatepark in Hamar. Das Urteil der Umstehenden, das Urteil ihrer Nächsten, ihr eigenes Urteil, das noch dazu ganz deutlich in den Zeitungen zu lesen war.

Und dann kam die schreckliche Szene im Krematorium, kamen die Fragen und die Zweifel, und alles war wieder ganz anders. Ja, jetzt war alles fast noch schlimmer als vorher, nichts wußten sie mehr sicher, und niemand konnte etwas sagen, weil die Polizei jetzt endgültig alles an sich gerissen und Obduktion und eine neue Identifizierung angeordnet hatte. Sollte sie jetzt Trauer oder Erleichterung empfinden? War alles ein grausamer Tagtraum? Und lag nun doch ihr Sohn im Sarg oder ein anderer? Ein Unbekannter? Und wenn das der Fall war, würde dann die Trauer um ihren Sohn einer anderen Trauer weichen müssen, nämlich der Trauer über die Mordanklage, die dieser

Junge Erik und einigen anderen Umstehenden noch vor Verlassen des Krematoriums an den Kopf geschleudert hatte? Und würde sie dann in eine noch schwierigere Lage geraten? Denn sie hatte ihn doch sofort identifiziert, noch am Fundort! Sie hatte ihn doch gesehen und erkannt. Kein Zweifel. Aber *was* hatte sie erkannt? Diese Frage mußte sie sich jetzt doch stellen. Woran hatte sie sich geklammert? An die Jacke? Die Haare? Einen verquollenen, unkenntlichen Teil des Gesichts? Hatte sie vielleicht vor allem an ihre eigene Schreckensvision gedacht? An das, was sie im tiefsten Herzen ja doch befürchtet hatte, daß ihm nämlich etwas Entsetzliches geschehen sein könnte? Und nun war es passiert, und das Bild fügte sich zu einer Einheit zusammen? Und hatte sie vielleicht in ihrer Verwirrung einen entsetzlichen Fehler begangen, einen Fehler, für den es keine Entschuldigung gab? Sie schreckte davor zurück, das Haus zu verlassen, fürchtete die Augen aller, die ihre Bewegungen beobachteten, und deren Anzahl sich nun um ein weiteres Augenpaar erhöht hatte: das ihres Sohnes. Jetzt war auch er dort draußen und beobachtete sie.

Aber heute abend nicht! An diesem Abend wurden die schweren Gedanken gegen die schwindelnd leichten Erwartungen abgewogen. Sie hatte eine Einladung erhalten. Sie würde essen und tanzen gehen!

Sie trank den letzten Schluck und ging ins Badezimmer, wo die randvolle Wanne wartete. Sie hoffte, daß das Wasser noch warm war. Sie liebte glühendheißes Wasser, als ob die Unbeholfenheit der alten Ellen, ihr Zögern und ihre Selbstverachtung, alle Anklagen, die ihr anhafteten, alle Unsicherheit und alle Zweifel weggespült werden könnten, wenn das Badewasser nur heiß genug sei. Und sie konnte den Anblick des weißen, sauberen Körpers der Esther Astrakhan genießen, wie er makellos und schwerelos im Wasser trieb, neuerschaffen wie eine Fotografie, frisch, soeben in seinem Säurebad entwickelt, mit seinen klaren, femininen Konturen und Zeichnungen... Und dann würde sie aus dem Bad steigen, verwandelt, mit Hitzerosen, die auf ihrer Haut blühten, und sich Zeit lassen, um sich trockenzureiben, sich um Nägel und Haare kümmern, sich schminken, sich anziehen: Seidenunterwäsche, sogar Strümpfe mit Naht lagen bereit. Rotes Kleid. Rote Schuhe. Esther Astrakhan liebte rot.

Das Telefon schellte.

In der letzten Zeit hatte sie das Telefon fürchten gelernt. Durch das Telefon fanden sie einen leichten Weg in ihren Kopf, alle Fragen, die sie sich niemals selber gestellt hätte. Sie war zum Objekt geworden. Zum gehetzten Wild. Die Polizei hatte angerufen, Journalisten ebenfalls, und auch Erik. Sogar anonyme Anrufe hatte es gegeben. Zu jeder Tageszeit wollten sie mit ihr sprechen, und wie Raubfische rissen sie Fetzen aus ihr heraus. Und doch brachte sie es nicht über sich, den Telefonstecker herauszuziehen. Die Stille war nämlich noch schlimmer. Die eigenen Gedanken verstummten ja nicht, nur weil das Telefon verstummt war. Eine Stimme am anderen Ende der Leitung war trotz allem eine Einladung, sich mitzuteilen. Und in der Regel hörten sich die Anrufer ja auch sympathisch an. Informiert und mitfühlend. Freundliche Stimmen, die das Gespräch ein wenig tröstlich werden ließen. Aber das, was sie danach schrieben...

Und jetzt rief schon wieder jemand an und wollte etwas von ihr, wollte Fleischfetzen aus ihr herausreißen. Sie hatte Angst davor und wollte nicht, war aber doch schon unterwegs und wußte, daß sie am Ende den Hörer doch abnehmen würde.

Denn es hatte Augenblicke gegeben, in denen die Blitze sie geblendet hatten und sie die Hauptperson gewesen war, wo sie sich wie berauscht gefühlt hatte, wie eine neue, kontaktfreudige und furchtlose Persönlichkeit. Sie hatte sich in einen willkommenen Nebel aus Ablenkung und süßen, falschen Vorstellungen hineinschmeicheln lassen. Sie hatte geglaubt, daß diese Menschen aus Oslo sie wirklich leiden könnten, mit ihr sympathisierten, sie hatte bereitwillig mit ihnen geredet... Zwei der Journalistinnen waren ungefähr in ihrem Alter gewesen, und die hätten doch wissen müssen, was es bedeutete, als geschiedene Mutter mit einem halbwüchsigen Sohn in einer Stadt wie Hamar zu leben! Aber gedruckt worden war dann eine ganz andere Version, Geschichten über Alkohol am Steuer und Ausschweifungen in Restaurants, Herrenbekanntschaften. War sie an dem Tag, als im Park die Leiche gefunden wurde, nicht auch verkatert gewesen? Und war sie nicht so benebelt gewesen, daß sie sofort – und das vielleicht ja irrtümlicherweise – ihren eigenen Sohn identifiziert hatte?

Ellen gab bereitwillig zu, daß sie den Unfall im Kater gebaut hatte. Niemand war verletzt worden. Die Folgen trug allein sie. Und es war doch gerade in dem Moment passiert, als ihr aufgegangen war, daß sie Jon nun schon so lange nicht mehr gesehen hatte, daß sie einfach nach ihm suchen mußte. Sie gab gern zu, daß sie seit ihrer Scheidung den ein oder anderen Bekannten gehabt hatte. Sie war zweiundvierzig, sie hatte nicht vor, auf ein normales Erwachsenenleben zu verzichten, bloß weil sie geschieden war und allein lebte. Sie war schließlich nicht auf dem »Gebrauchtmarkt« des Victoria Dancing gelandet, wo die geschiedenen Damen mit Cocktailkirsche im Drink in einer Reihe saßen und auf die geschiedenen Herren warteten. Nein, ganz im Gegenteil. Esther Astrakhan wählte selbst – und ließ ebenso schnell wieder fallen.

Das Telefon. Das Telefon. Sie mußte endlich den verdammten Hörer abnehmen. Mußte ein wenig an der Leitung zerren, an dieser langen Telefonschnur, die sie sich gegönnt hatte, um nach Belieben überall in der Wohnung telefonieren zu können, wie im Kino:

»Hallo...?«

Aber es war kein Journalist. Es war ihre Mutter.

»Ellen. Ich bin's. Hast du schon etwas gehört?«

»Gehört? Worüber denn, Mutter?«

»Über Jon. Jetzt reiß dich doch mal zusammen. Hast du getrunken?«

»Rufst du an, bloß um…«

»Ich rufe an, weil ich wissen möchte, ob es über Jon etwas Neues gibt. Über meinen Enkel. Ich dachte, du hättest vielleicht etwas gehört. Mir sagt ja keiner was.«

»Es gibt auch nichts zu sagen. Ich habe auch nichts gehört.«

»Hast du denn die Polizei angerufen?«

»Nein, sie haben gesagt, daß sie sich melden werden. Nach… nach dem, was sie machen müssen.«

»Nach der Obduktion, meinst du?«

»Ja. Nach der Obduktion.«

»Du hast getrunken. Das kann ich hören.«

Mich wirst du nicht zum Weinen bringen, dachte Ellen. Nicht heute abend, du alte Kuh!

»Ich verstehe dich nicht, Ellen.«

»Das hast du noch nie getan.«

»Ich muß schon sagen, da hast du wirklich etwas angerichtet!«

»Ja, Mutter. Da habe ich wirklich etwas angerichtet.«

»Ich glaube, du brauchst Hilfe, Ellen.«

»Vielleicht. Aber nicht von dir!«

Miststück!

»Das hier bringt doch nichts. Ich rufe wieder an, wenn du nüchtern bist.«

»Mama…!«

Die Leitung war tot.

»Verdammt!«

Warum hatte ausgerechnet *sie* anrufen müssen?

Niemand konnte Ellen die Laune dermaßen verderben wie

ihre Mama Gunnel. Niemand konnte sie so leicht auf ein schniefendes Gör reduzieren wie sie. Zurück auf Mamas Schoß, und alles war vergeben. Nichts da, verdammte Pest! Sie wußte Rat: noch ein Gläschen, und dann ab in die Badewanne. Das war ihr Rezept. Sie kehrte in die Küche zurück, wo die Flaschen noch immer auf dem Tisch standen. Der Anruf ihrer Mutter hatte sie immerhin nicht so erschüttert wie sonst. Sie wurde jetzt besser mit ihr fertig. Sie hatte sich eine Strategie zurechtgelegt. Sie hatte sich mit Esther Astrakhan verbündet. Esther Astrakhan hatte sie gelehrt, zu widersprechen, frech zu sein, um keinen Fingerbreit nachzugeben. Esther Astrakhan erlaubte es ihr, ihrem Zorn freien Lauf zu lassen, zum ersten Mal wirklich einzusehen, daß sie und ihre Mutter sich im Grunde nicht leiden konnten. Es vermutlich noch nie getan hatten.

»Ich mag sie nicht. Ich kann sie nicht ausstehen…«

Allein, das zu sagen, es zu *denken,* vermittelte ihr ein schwindelndes Gefühl der Befriedigung.

Sie hatten sich nie gut verstanden. Sie hatte ihre Mutter immer belogen, und ihre Mutter sie. Immer. Solange sie zurückdenken konnte, hatte sie den angeblich guten Absichten ihrer Mutter mißtraut. Zum Beispiel, daß die Mutter sich angeblich für sie »geopfert« und deshalb nicht wieder geheiratet habe, als sie mit nur achtunddreißig Jahren Witwe geworden war. Gunnel war nicht der Typ, der sich für jemand anderen »opfert«. Es war nur ein schlaues Manöver gewesen, um die Macht über den einzigen Menschen zu behalten, der von ihr vollständig abhängig war. Ellen eben. Jetzt war ihr das klar.

»Prost, Gunnel! Hier kannst du mir nichts tun…!«

Nicht einmal die Erinnerungen bedeuteten noch eine Bedrohung.

Sie drehte das Küchenradio lauter. Es war genau die Musik, die ihr gefiel, rhythmisch und mitreißend. Musik, die den ganzen Körper packte. Sie bewegte sich im Takt. Sie streichelte den glatten Stoff des Kimonos. Sie spürte ihren Körper darunter, weich, fest, wunderschön. Sie sehnte sich nach einer Umarmung. Jetzt konnte sie an ihren toten Vater denken, dem sie fast nicht nahe gekommen war, Hans Kristian, den Eisenbahner, der tagsüber schlief und abends zur Arbeit ging. Der den kleinen Garten in Bondesvea in peinlicher Ordnung hielt. Der in seiner schwarzen Eisenbahneruniform auf dem alten Fahrrad noch zur Arbeit strampelte, als alle anderen Väter schon ein Auto hatten und kurzärmelige Hawaiihemden trugen. Aber sie hatte ihn geliebt und sich nach ihm gesehnt, eben weil er so geheimnisvoll war, manchmal da, manchmal auch nicht. Weil er morgens, wenn er nicht zur Arbeit mußte, lange im Bett blieb, und sie still sein mußte, bis sie ihm die Zeitung bringen durfte. Weil sie seinen Geruch an seinem Kissen spürte, wenn das Bett leer und frischgemacht dastand. Weil seine Sachen immer auf ihrem gewohnten Platz lagen. Auf diese Weise war er immer da, obwohl er oft fort war, wenn die anderen Väter nach Hause kamen. Und obwohl er ein so stiller Mann war, der auch nicht viel Wesens um sich machte, wenn er kam. Das war nicht das Entscheidende. Weil sie kein Auto hatten, mußten sie meistens zu Hause bleiben, und deshalb gab es nur *sie.*

Als der Vater durch einen Arbeitsunfall ums Leben kam, fehlte ihr nicht nur dieser Mann in ihrem Leben, sondern sie verlor völlig das Gefühl, von anderen Menschen umgeben zu sein. Denn er hatte durch seine Fähigkeit, fern und anwesend zugleich zu sein, in ihrem Leben ein undefinierbares und deshalb unerschütterliches Zentrum gebildet. Ein Zentrum, das sie – vor allem Ellen – selber geschaffen hatten, und das deshalb unangreifbar und unersetzlich geworden war. Jedenfalls für sie.

Für Gunnel hatte die Sache wohl anders ausgesehen. Kaum war sie Witwe geworden, hatte sie zwei Dinge in Angriff genommen, die mit dem bisher gängigen Lebensstil der Familie drastisch brachen: Sie hatte Fahrstunden genommen und den Führerschein gemacht, und sie hatte ihr Geld von der Bank abgehoben und sich ein Auto gekauft. Und sie hatte bar bezahlt. Ihre finanzielle Lage war nicht großartig, aber doch solide. Der Vater hatte ihnen ein wenig Geld hinterlassen. Eisenbahner bekamen eine gute Pension. Das kleine Einfamilienhaus war abbezahlt, er hatte die meisten Handwerksarbeiten nach Feierabend ja selber erledigt. Gunnel ging putzen, und deshalb kamen sie zurecht. Es waren wirtschaftlich gute Zeiten, also mußte ein Auto her. Ein VW. Und einige Jahre später ein Wohnwagen.

In den ersten Jahren hatte sie in den Sommerferien ganz Südnorwegen durchstreift. Ellen hatte nicht mitkommen wollen. Sie war inzwischen ein Teenager und fand es peinlich, allein mit ihrer Mutter in einem Wohnwagen in öden, unbekannten Gegenden umherzustreifen. Deshalb hatte sie bei einer Großtante Ferien gemacht, die in der Nähe von Lillehammer auf dem Land wohnte, und dort hatte sie sich gelangweilt, den ausländischen Autos hinterhergeschaut, die unten auf der Hauptstraße vorbeifuhren, Jungs auf Fahrrädern betrachtet und von Reisen an ganz andere Orte geträumt, auf ganz andere Weise, mit ganz anderen Menschen. Männern. Herrlichen, geheimnisvollen, fremden Männern.

Die stocksteife, unberechenbare Knabenerektion hatte sie bereits kennengelernt. Und sie hatte sie mit ihrer rücksichtslos aufdringlichen Unappetitlichkeit begeistert. Und weil ihr sofort aufgegangen war, daß die vielen verblümten Hinweise ihrer Mutter auf »die wilden Einfälle der Männer« sich im Grunde auf dieses Phänomen bezogen. Noch ein verlogenes, verschleierndes Manöver ihrer Mutter durchschaut!

Die Wirklichkeit wurde durch die Bücher wieder aufgewogen. Ellen verschlang Bücher. Auf Esther Astrakhan war sie in einer Erzählung über eine junge schöne Frau gestoßen, eine Journalistin aus New York, die sich in einen arabischen Prinzen verliebte. Schon damals hatte sie von Esther Astrakhan viel darüber gelernt, wie ein Mädchen sich hingeben und gleichzeitig ihre Tugend verteidigen konnte. Denn der Prinz hatte sie natürlich im Grunde nur seinem privaten Harem einverleiben wollen, ein Schicksal, dem Esther Astrakhan nur mit knapper Not entronnen war. Sie hatte noch weitere Bücher mit Esther Astrakhan in der Hauptrolle gelesen. Sie wußte natürlich, daß alles nur ein Traum war, aber sie liebte diesen Traum. Sie brauchte die Vorstellung, daß es irgendwo auf dieser Welt eine Frau gab, die so schön, tüchtig und selbstsicher war, und die ein so spannendes, abwechslungsreiches Leben führte, in dem sie viele Männer kennenlernte, die sie anbeteten, ohne daß das ernste Konsequenzen mit sich führte. Genauso stellte sie sich das ideale Dasein vor.

Bisher hatte die ewige und aufdringliche Verlegenheit der Jungen sie nicht besonders bedroht, sondern ihr eher ein Gefühl von Macht und Kontrolle beschert. Sie waren ja so hilflos in ihrem Eifer. Und solange sie nichts *tat,* war sie souverän. Esther Astrakhan hatte sie gelehrt, wie sie lieben konnte, ohne etwas zu tun. Und dann blieben ihr ja auch Schande und Schuldgefühl erspart. Und Strafe. Wie es ein oder zweimal passiert war, als sie noch klein war und ein Junge sie überredet hatte, ihren Hintern herzuzeigen, und sie von der Mutter dabei ertappt worden waren…

Schöne, öde Sommer allein, erfüllt von Düften und Gefühlen und Abscheu vor den brutalen Signalen des Körpers, schmerzenden Brüsten und braunem Menstruationsblut.

Nach einigen Jahren hatte die Mutter das sommerliche Herumstromern sattbekommen und den Wohnwagen fest auf den Hamarer Campingplatz gestellt, der auf Martodden lag, einer flachen, runden Landzunge am westlichen Stadtrand, unterhalb von Furuberget, umgeben von einem steinigen Strand, bewachsen mit uralten Kiefern. Dort wohnte sie jetzt den ganzen Sommer über. Sie hatte sich in Bondesvea nie wohl gefühlt, sagte sie, war sich wie eingesperrt vorgekommen, in diesem Moor im Schatten von Ankerskogen. Nein, auf ihre alten Tage wollte sie so wohnen, daß sie den Mjøsa sehen konnte. Auf jeden Fall im Sommer.

Aber inzwischen war Ellen von der Liebe bereits unmittelbar gestreift worden und fühlte sich erwachsen, mit den Erfahrungen einer frühzeitig gereiften Frau. Die unvermeidliche Anwesenheit von Männern und ihre eigenen Sehnsüchte hatten ihre koketten Träume, ihnen nahe und fern zugleich sein zu können, zum Platzen gebracht. Und sie hatte sich für Erik entschieden.

Und dann klingelte wieder das Telefon, und sie beschloß, nicht hinzugehen, denn sicher war ihrer Mutter plötzlich noch irgend etwas eingefallen. Und das konnte sie jetzt wirklich nicht ertragen.

Aber Esther Astrakhan konnte auch das nicht endenwollende Geklingel nicht ertragen, und mit ihrer immer positiven Einstellung dachte sie, diesmal könnte es ja etwas Wichtiges sein, vielleicht sogar etwas Angenehmes...

Diesmal war es ein Journalist. Ein junger Mann aus Oslo, mit dem sie schon mehrmals gesprochen hatte, einer von denen, die sich die größte Mühe gegeben hatten, ihr jedes Wort im Munde herumzudrehen, bis sich alles ganz schrecklich angehört hatte. Aber dennoch hatte sie sich zu neuen Gesprächen bereit erklärt. So von Angesicht zu Angesicht wirkte er doch recht seriös und nett, und eigentlich war er ja auch ziemlich reizend mit seinem verlegenen Lächeln und dem zerzausten Schopf. Sie konnte die Hoffnung nicht aufgeben, daß sie ihn irgendwann doch noch dazu bringen würde, die Dinge mit ihren Augen zu sehen.

»Ich gehe davon aus, daß du schon Bescheid weißt«, sagte er, nachdem er sich entschuldigt hatte, weil er sie so spät noch störte.

So spät war es ja nun auch wieder nicht. Er war also in der Lage, gute Manieren zu zeigen, wenn er wollte, dieser freche Journalist, dieser Grünschnabel, zehn Jahre jünger als sie, mindestens... Wenn seine Stimme nicht diesen Unterton gehabt hätte, hätte sie diese Situation wirklich genossen. Aber hinter der wohlgesetzten Einleitung verbarg sich eine Atemlosigkeit, die ihn verriet. Es war, als ob er es gar nicht erwarten könnte, weiterzureden, ihr etwas Unerwartetes ins Gesicht zu klatschen, ihr etwas über den Kopf zu kippen, das hoffentlich drastische Wirkung zeitigen würde, damit er dann einen Schritt zurücktreten und sich das alles genau anschauen könnte. Und deshalb war sie auf der Hut. Die beiden ersten Gläser hatten sie nicht abstumpfen lassen, das dritte auch nicht, eher im Gegenteil, sie war voll da, ihre Sinne waren hellwach, ihr Körper prickelte. Esther Astrakhan hatte offenbar gerade genug Treibstoff, um ihre eingefahrene Maschinerie in Gang zu setzen: Na los doch! Sie hatte das Gefühl, jetzt mit ihm fertigzuwerden.

»Wieso Bescheid?« fragte sie leichthin. Sie wußte, daß sie sich nicht zu einladend anhören durfte. Und auf keinen Fall berauscht. Dieser Mann hier hatte mit der größten Begeisterung alles weitergetratscht, was er über ihren »Lebenswandel« aufgeschnappt hatte.

»Hat die Polizei dich denn noch nicht erreicht?«

»Nein, ich weiß von nichts.«

»Du hast also wirklich noch nichts gehört?«

»Nein, das habe ich dir doch schon gesagt...!« Fast hätte sie gelacht. »Soll das hier ein Quiz sein?«

»Dann habe ich, wie es so schön heißt«, sagte der Journalist und atmete hörbar, offenbar blies er Zigarettenrauch in den Hörer, »eine gute und eine schlechte Nachricht für dich.«

»Ach? Nun red schon!«

Sie war gespannt, fast schon erregt, hatte aber keine Angst, das Prickeln in ihrem Körper entsprach ihrem hellwachen Kopf: Eigentlich wußte sie genau, was jetzt kommen würde. Sie ahnte es. Aber sie wollte sich die Freude gönnen, zuzuhören, wie er versuchte, es ihr langsam beizubringen.

»Sollen wir das per Telefon machen, oder können wir nicht lieber zu dir hochkommen?«

Wir. Er meinte natürlich, daß er zusammen mit einem Fotografen hochkommen wollte. Hierher. Jetzt. Nein, das ging natürlich nicht.

»Nein… tut mir leid, aber das geht jetzt wirklich nicht. Ich wollte gerade weggehen. Ich mache mich gerade fertig.«

»Alles klar.« Seine Stimme war so tief, daß es fast nach echter Wärme und Sympathie klang. Der Gedanke, daß sie die Kontrolle hatte, daß sie etwas gelernt hatte, das Spiel beherrschte, erregte sie ein wenig.

»Es tut mir wirklich leid, aber…«

»Ist schon in Ordnung. Du meinst also, wir sollten das direkt per Telefon machen?«

»Ja. Geht das denn nicht?«

»Werden sehen, ob du deine Meinung änderst, wenn du die Sache erst einmal gehört hast.«

»Jetzt red doch endlich!«

»Also. Halt dich fest: Ich habe von einer zuverlässigen Quelle bei der Polizei erfahren, daß der Junge, der im Park gefunden wurde, nicht dein Sohn Jon ist.«

»Nicht Jon…?«

»Nein. Die Obduktion des Toten und eine sorgfältige Identifizierung haben ergeben, daß es sich um jemand anders handelt.«

»Um wen denn?«

»Um einen anderen Jugendlichen, zwei Jahre älter, namens

Helge Enger. Eine bekannte Figur in Hamars Drogenszene, er wurde dort ›der Elch‹ genannt. Hast du den Namen schon mal gehört?«

»Nein. Das glaube ich wenigstens nicht.«

Sicher hatte sie den Namen schon gehört! Einer der Bekannten, die Jon ab und zu mit nach Hause gebracht hatte, hatte so geheißen. Sie hatte sie alle nicht leiden können, nicht einmal das Mädchen, obwohl sie Jons erste Freundin gewesen war. Soweit sie wußte. Also hatte Ellen sich alle Mühe gegeben, nett zu sein, obwohl die mürrischen, ungepflegten halbwüchsigen Individuen, die ohne Vorwarnung über ihr Wohnzimmer hereinbrachen, alles tranken, was der Kühlschrank an Bier und Erfrischungsgetränken hergab, die Stiefel auf ihre Sessel legten und den Teppich mit Asche verdreckten, ihr eigentlich restlos abstoßend vorgekommen waren. Aber sie hatte durchaus nicht vor, mit irgendeinem dahergelaufenen Journalisten darüber zu reden. »Hallo, Ellen, bist du noch dran?«

»Sicher. Bin ich...«

In ihrer Reaktion schien sich etwas verschoben zu haben. Sie hörte, was der Mann sagte, sie verstand es gut, es waren wirklich sensationelle Neuigkeiten. Aber es kam keine spürbare Reaktion. Wesentliche Teile von ihr, ihr ganzes Wesen im Grunde, schienen noch mehr Zeit zu benötigen, um alles aufzunehmen und zu verdauen. Ihr Körper war weiterhin entspannt, ihr Herz schlug nicht schneller, keine starken, unkontrollierbaren Gefühle drängten sich ihr auf. Ganz im Gegenteil hörte sie ihre Stimme ganz natürlich fragen:

»Und wissen sie auch, wo er ist?«

»Nein, das wissen sie nicht. Das ist nämlich die schlechte Nachricht: Jon wird gesucht. Die Polizei will ihn in Verbindung mit dem Mord an diesem ›Elch‹ verhören. Spuren an der Leiche deuten nämlich auf ein Verbrechen hin. Und sie haben offenbar irgendwelche Zeugenaussagen.«

Sicher hatten sie das.

»Hallo, Ellen. Bist du noch dran?«

»Sicher. Sicher. Ich brauche nur ein bißchen Zeit zum Nachdenken.«

Ohne zu begreifen, wie es dazu gekommen war, ging ihr in diesem Moment auf, daß sie auf dem Boden saß, ein wenig schief und unbequem auf einem Fuß, als ob ihr Bein plötzlich unter ihr nachgegeben habe und sie notgelandet, einfach auf den Boden gerutscht sei. Es gab jetzt keinen Zweifel mehr, sie wußte, daß Jon noch lebte. Aber sie schaffte es nicht, schon zum Ausdruck zu bringen, was sie in diesem Moment empfand.

»Sicher, sicher. Ich verstehe. Das ist sicher nicht so leicht. Sollen wir nicht doch lieber bei dir vorbeikommen, um in aller Ruhe darüber zu reden?«

Jetzt versuchte er nicht einmal mehr, den Eifer zu tarnen, der seine wohlklingende Stimme erzittern ließ, und sie merkte, wie sie das irritierte.

»Ich habe doch gesagt, daß das jetzt nicht geht!«

Sie war nicht nur über ihn irritiert. Sie spürte eine Wut in sich, die immer größer wurde und sie alle umfaßte. Alle, die an ihr rissen und zerrten, um etwas zu erreichen. Alle, die sie mit Anklagen überhäuften, um ihre eigene Vortrefflichkeit zu betonen und Ellens Selbstachtung zu untergraben. Sogar auf *ihn* war sie wütend, auf ihren Sohn Jon, wegen dem sie in den letzten Jahren soviel hatte durchmachen müssen, den sie mit eigenen Augen im Park hatte liegen sehen, halb begraben unter Bauschutt und Parkabfällen, einen unkenntlichen, leblosen Kadaver, der doch in seiner karierten Holzfällerjacke, die sie ihm selber gekauft hatte, so entsetzlich anwesend gewesen war. Und jetzt lebte er vielleicht, war untergetaucht, was wußte denn sie? Auf jeden Fall war er auf eine Weise abwesend, die weiterhin ihr Dasein bestimmen würde. Bis sie ihn fanden und aufs neue Fragen gestellt werden würden, neue Fragen, zahllose Fragen, die sie betrafen, ihr Leben, ihre Entscheidungen, ihre Eigenschaften als Mutter und Mensch. Jetzt ging es wieder los: Wieder war sie einer Invasion ausgesetzt, und das konnte sie einfach nicht mehr ertragen.

»Ellen, ich muß schon sagen, ich finde es ziemlich schwierig, hier am Telefon weiterzureden. Ich – wir möchten so gern eine ausführliche und wahrheitsgemäße Darstellung deiner Reaktion auf diese Nachrichten bringen, die für dich doch ziemlich erschütternd sein müssen...«

Die tiefe Stimme des Journalisten vibrierte vor lauter Einfühlungsvermögen.

»Du hast gesagt, du wolltest gerade aus dem Haus gehen. Können wir uns nicht irgendwo treffen? Wir holen dich mit dem Auto ab und fahren dich zu deiner Verabredung. Wir können uns unterwegs unterhalten. Es braucht doch gar nicht so lange zu dauern. Was sagst du dazu?«

Nein, sagte sie dazu. Sie wollte durchaus niemanden »treffen«. Nicht hier, nicht in seinem Auto und nicht »irgendwo« in der Stadt. Und schon gar nicht im Sea Side, Hamars einzigem netten Restaurant, wo sie mit Olav verabredet war. Mit Olav Johansen von früher. Dem Meistertänzer. Der an diesem entsetzlichen Vormittag im Park so unglaublich hilfsbereit und rücksichtsvoll gewesen war. Mit Olav, der so unsicher und nervös gewirkt hatte, als er sie anrief, um sich mit ihr zu verabreden. Nicht von sich überzeugt und frech. Kein bißchen wie früher. Vielleicht hatte er sich gebessert?

Hoffentlich nicht gar zu sehr, dachte Esther Astrakhan mit heimlichem Lächeln. Sie registrierte, daß sie das Telefongespräch mit dem Journalisten doch nicht ganz aus dem Gleichgewicht gebracht hatte. Ihre Stimmung wurde sogar richtig gut, wenn sie daran dachte, daß sie Olav treffen würde, trotz allem, was jetzt gerade um sie herum geschah. Nein, keine

Journalisten im Sea Side. Das war das letzte, was sie wollte. Sie wollte in diesem Moment mit niemandem reden, nichts erklären und nichts rechtfertigen müssen, niemandes Neugier befriedigen. Sie wollte einfach nur ein heißes Bad nehmen, sich gereinigt fühlen, etwas Rotes überziehen und mit Olav Johansen tanzen gehen, der trotz seiner kleinen Gestalt auf dem Tanzboden der beste von allen gewesen war. Natürlich war er im Laufe der Jahre klobig geworden, und es war klar, daß er etwas zu viel trank. Aber sie hoffte dennoch, daß er noch nicht all seine Fertigkeiten vergessen hatte. Mit ihm wollte sie heute abend ausgehen, im Dunkeln tanzen und vergessen.

»Weißt du was, Ellen. Ich glaube, bei dir läuft irgendwas, was du vor uns Presseleuten geheimhalten willst.«

Sein Tonfall war scherzend, bewußt flirtend, aber sie spürte dahinter die Drohung und erinnerte sich an die Schlagzeilen, nicht zuletzt an die aus seiner Zeitung.

»Und das wäre wirklich nicht klug von dir. Ich glaube im Gegenteil, daß es sich für dich lohnen würde, uns eine ehrliche Antwort auf zwei Fragen zu geben.«

»Und die wären?«

Sie schaffte es, ihre Irritation zu zügeln und ihre Stimme unter Kontrolle zu behalten. Einigermaßen jedenfalls.

»Zum Beispiel, wo er sich aufhält.«

»Was?«

»Du hast mich doch sicher verstanden. Ich frage, wo er steckt. Jon. Dein Sohn.«

»Aber das weiß ich doch nicht!«

»Nein?«

»Natürlich nicht. Was bildest du dir eigentlich ein?«

»Ich glaube erstens, daß du mehr weißt, als du zugeben willst. Und ich kann dir auf jeden Fall erzählen, was ich *nicht* glaube, nämlich, daß ein Junge von siebzehn Jahren sich wochenlang nicht zu Hause blicken läßt, ohne seine Mutter auf irgendeine Weise zu benachrichtigen. Er hat die Stadt nicht verlassen, vergiß das nicht. Zwei Zeugen haben ihn gesehen. Zwei Zeugen, *die du kennst!* Und wo kann man sich in einer Stadt wie Hamar denn wochenlang ohne Hilfe verborgen halten? Kannst du mir das verraten? Nein, wenn du wissen willst, was ich wirklich glaube, dann hör dir das mal an: Ich glaube, du versteckst ihn oder du weißt wenigstens, wo er ist. Dein Junge hat sich irgendwelchen Ärger mit Drogendealern eingefangen. Der Elch war Dealer, das steht fest. Einer verliert im Gewühl sein Leben, und Jon geht in Deckung. Geschickter Zug, ihn für tot zu erklären, nicht wahr? Aber vielleicht doch ein wenig übereilt. Denn die, die das im Grunde betrifft, die Dealerbande, die hinter ihm her ist, läßt sich nicht an der Nase herumführen, jedenfalls nicht auf Dauer. Also müßt ihr euch bald etwas Besseres einfallen lassen, wenn die Kiste nicht den Bach runtergehen soll und er wirklich im Park auf der Fresse landet. Na, Mutter, was sagst du zu meiner Theorie?«

Jetzt war Schluß mit dem teilnahmsvollen Ton. Jetzt kläffte er seine Ansichten im Kasernenton in den Hörer. Jetzt spürte sie, wie ihr Gesicht platzte wie eine überreife Frucht, die Tränen strömten, ihre Lippen bebten und verzerrten sich, zwischen ihren Zähnen preßte sich ein Laut wie von einem Tier heraus. Doch es hörte sich eher wie ein Knurren an als wie eine Klage.

»Na, Ellen, was sagst du jetzt? Meinst du nicht doch, daß es gescheiter ist, eine Runde mit uns zu plaudern? Besser, du stehst zu der Sache und suchst den Schutz der Öffentlichkeit für dich und deinen Sohn, statt mit dieser Maskerade weiterzumachen und zu allem anderen auch noch eine Anklage wegen Beihilfe zu riskieren. Wenn du uns nicht sagst, was wirklich passiert ist, bleibt mir nichts anderes übrig, als meine Version der Dinge zu drucken, das verstehst du doch?«

Sie rappelte sich auf die Knie hoch und knallte den Hörer so hart auf die Gabel, daß sie hoffte, er werde dabei zerbrechen. Dann riß sie an der Schnur, bis der Stecker aus der Dose flog.

»So. Jetzt, Esther Astrakhan, bist du an der Reihe!«

Sie ging davon aus, daß sie zehn Minuten hatte, bis er vor ihrer Tür stehen würde, vielleicht sogar fünfzehn. Also lief sie ins Schlafzimmer, zog ihre normalen Kleider an, riß einen Schrank auf und nahm die Tasche, in der sie normalerweise ihre Aerobic-Sachen hatte, heraus, stopfte alles hinein, was sie bereitgelegt hatte, die fesche Unterwäsche, die Strümpfe, das rote Kleid, die hochhackigen Schuhe, die Handtasche, alles wild durcheinander. Dann stürzte sie ins Badezimmer, fegte Toilettenartikel und Kosmetika in den großen Kulturbeutel, warf einen Blick in den Spiegel, fuhr sich mit dem Kamm durch die Haare, *seinem* Kamm, einem Metallkamm mit langem, schmalem Griff, den er liegengelassen hatte und den sie aus purer Zerstreutheit benutzte, obwohl solche Kämme – und deren Benutzer – ihr scheußlich und fast bedrohlich vorkamen. Der Kamm paßte zu ihren Haaren, wie er auch zu den seinen gepaßt hatte. Zu seinen schönen, vollen, welligen Haaren…

Wenige Minuten später stand sie im Treppenhaus und schloß das Sicherheitsschloß ihrer Wohnungstür ab.

Unten auf der Straße blickte sie kurz zur Wohnung hoch und sah, daß noch alle Lampen brannten. Gut. Sollten sie doch Fotos machen und sich einbilden, sie zu belagern.

Der Abend war hell und mild, und in der linden Luft hing ein schwacher, würziger Duft von altem Holz, das gerade verbrannt wurde. Es war zu hell und still in der St. Olavsgate für jemanden, der seinen Verfolgern entwischen mußte. Also überquerte sie die Straße und ging durch den kleinen Park gegenüber, lief unter den kräftigen Birken hinter den Tennisplätzen vorbei und war für alle, die vielleicht auf der St. Olavsgate unterwegs waren, jetzt schon unsichtbar. Es war eigentlich lächerlich einfach: Nur zweihundert Meter weiter, gleich hinter dem asphaltierten Platz, der auf der Rückseite an den Park grenzte, lag das Scandic Hotel. Sie ging davon aus, daß sie an der Rezeption nicht erkannt werden würde, meist arbeiteten dort Schulmädchen und Ausländer.

Sie trug sich als Esther Astrakhan ein und bat um ein Zimmer mit Badewanne. Sie hatte noch über anderthalb Stunden.

Weniger als eine halbe Stunde nach ihrer Flucht aus der Welhavens gate lag sie in duftendem, schwerelosem Genuß da und bewunderte ihren Körper. Sah, wie sich die kraftvollen Konturen ihrer Weiblichkeit im schäumenden Wasser abzeichneten, wie ein Negativ in seinem Säurebad, hervorgelockt im ewigen Spiel zwischen Sonne und Schatten, Licht und Dunkelheit.

7

Der Fundort war sorgfältig abgesperrt worden, und Kola war bereits zusammen mit einem Kollegen von der örtlichen Polizei in die Spurensicherung vertieft. Ein weiterer Beamter hielt ihnen eine Handvoll Schaulustiger vom Leib. Journalisten waren nicht zu sehen. Sie hatten sich wohl verzogen, als die Leiche weggebracht worden war – zusammen mit den Fliegen.

P. B. Backer hatte seinen Wagen bei der Wache stehenlassen und sich zu Fuß auf den Weg nach Tyvholmen gemacht, bei dem schönen Wetter nur ein kurzer Spaziergang. Aus alter Gewohnheit, konnte man sagen: Er kannte Tyvholmen noch gut aus seiner Kindheit. In den Abwässern unterhalb der Lederfabrik hatten sie damals Rotaugen und Brassen geangelt. Heute flossen die Abwässer in eine Kläranlage, und die alte Fabrik wurde als Bürogebäude wiederverwertet. Aber ansonsten kam ihm alles überraschend unverändert vor. Die majestätischen Bäume standen wie früher am Rande der Landzunge. Das

Klubhaus des Rudervereins war erweitert und renoviert worden, hatte aber seine Atmosphäre eines verlassenen, geschlossenen Sommerhauses beibehalten. Nur selten waren dort Menschen zu sehen, aber immer stand ein Fenster durch ein Versehen auf Kippe, was die Möglichkeit offenließ, jemanden zu einem kleinen Abenteuer hineinzulocken. Sogar der muffige Geruch von brackigem Süßwasser kitzelte wie früher seine Nase. Der Geruch kam aus der flachen Bucht an der Nordseite, die sich fast durch die ganze Landzunge zog, die das Vorland mit der Stadt verband und Tyvholmen zur Halbinsel machte.

Es mußte verdammt lange her sein, daß er zuletzt hier spazierengegangen war. Daß er Hamar überhaupt besucht hatte. *Lonesome town* – was hatte er hier auch zu suchen, nachdem seine Eltern in Pension gegangen und nach Alicante übergesiedelt waren? Hamar war nicht gerade eine Stadt, die Heimweh erweckte. Er wußte noch, daß ihn lange Zeit beim bloßen Gedanken daran, sich hier länger als für einen Höflichkeitsbesuch aufzuhalten, wütender Widerwille erfüllt hatte. Er hatte diese *Lonesome town* gehaßt. Oder hatte jedenfalls geglaubt, diese Stadt zu hassen, ohne dafür einen besonderen Grund zu haben. Hamar war auch nicht schlimmer als andere Städte im norwegischen Binnenland. Im Grunde verabscheute er wohl Kleinstädte überhaupt. Die Begrenztheit. Die Vorhersagbarkeit. Die Schlafmützigkeit. Die *Kleinheit.* Und das hatte dazu geführt, daß er viele Jahre das Gefühl gehabt hatte, um so mehr »nach Hause« zu kommen, je weiter er von Hamar wegzog.

Jetzt stellte er fest, daß ihm das alles nichts mehr ausmachte. Er war zu lange weggewesen. Seine Eltern waren vor fast zehn Jahren umgezogen, und damit war sein letzter Vorwand für einen Besuch in dieser Stadt hinfällig geworden. Sein Leben hatte sich anderswo abgespielt, genauer gesagt in einem Reihenhaus draußen in Asker, wo er derzeit mit seiner Lebenspartnerin residierte, und natürlich bei der Osloer Kriminalpolizei. Die Arbeit brachte allerlei Reisen mit sich, aber das gefiel ihm gut. Von Amts wegen hatte er inzwischen fast jeden abgelegenen Winkel des Landes besucht. Aber jetzt war er – typisch! – zum ersten Mal beruflich in Hamar. Nicht einmal die Kriminalität brachte es in dieser Stadt auf echtes Format.

Bisher gab es folgendes: Zwei verdächtige Todesfälle, die möglicherweise zusammenhingen, in zwei Wochen. Man hatte Alarm geschlagen, und er und Kola, der Spurenspezialist, hatten ausrücken müssen. Fürs erste nur sie beide. Es ließ sich ja noch nicht sagen, wie sich der Fall weiterentwickeln würde.

Er hatte sich noch nicht über alles informieren können. Und das brachte auch nichts, solange der gerichtsmedizinische Befund über den zweiten Todesfall noch nicht vorlag, was frühestens am späten Nachmittag der Fall sein würde. Seit er am Morgen in die Stadt gekommen war, hatte er nur kurz mit dem Polizeichef gesprochen, der ihm die Unterlagen überreicht und ihm kurz die Fakten des Falls geschildert hatte. Der Polizeichef war bei diesem Gespräch sehr ernst gewesen, ein solcher Fall war für die hiesige Polizei keine Alltagskost. P. B. Backer dagegen fiel es durchaus nicht schwer, sich an Fälle zu erinnern, die an Dramatik und Brutalität diesen hier durchaus in den Schatten stellten. Aber das hieß nicht, daß dieser hier ihn nicht interessierte. Es erinnerte ihn, daß es gerade in Hamar passiert war. Und er merkte, daß er sich auf irgendeine Weise auf diese Ermittlungen freute, als ob er auf die Gelegenheit gewartet habe, sein ganzes Fachwissen aufbieten zu können, um hinter die adrette Ordentlichkeit dieser Stadt am Mjøsa zu blicken, in die Ecken zu linsen, die düsteren Abgründe der hiesigen Bevölkerungsseele auszuloten. Und nun bot sich ihm diese Gelegenheit endlich.

Johansen. Das Opfer hieß Olav Johansen. Er konnte sich an einen Olav Johansen erinnern, ob das wohl derselbe war? Dann würde das hier das pure Schwelgen in Erinnerungen werden, dachte er mit grimmigem Lächeln. Schon die erste Geschichte, die mit dem toten Jungen im Park, hatte ja die Osloer Presse erreicht. Er hatte es registriert. Nicht auf Grund des Todesfalles selber, der aussah wie eine typische Überdosis, sondern wegen des scheußlichen Details mit der Spritze im Auge. Und weil die Mutter dabeigewesen war, als der Junge gefunden wurde. Eine Mutter, die ihn bei seinem Verschwinden nicht einmal als vermißt gemeldet hatte. Das hatte er registriert. Eine Mutter, die gutgläubig mit der Presse redete und offenbar nicht einmal merkte, wie jedes Wort gegen sie verwendet wurde. Sie war offen, eitel und freigebig gewesen, ein Festmahl für die Damen und Herren der Presse. Sie hatte selbst dazu beigetragen, daß ihr die Rolle als perfekte Schurkin im Drama zugeschrieben wurde, als das entsetzlichste Geschöpf dieser Zeit des Verfalls: DIE MUTTER, DIE VERSAGT. *Das* Symbol der Normalauflösung. Das Schreckensbild dafür, daß die Gesellschaft unwiderruflich auf den Untergang zuglitt. Und diese Frau hatte er als Ellen wiedererkannt.

Ellen, die gute alte Ellen Sand, seine Jugendfreundin, seine Schulfreundin. Um die ging es hier. Sie lächelte und gab sich Mühe, auf den Bildern eine gute Figur abzugeben, während sie drauflosredete und nicht zu begreifen schien, daß sie da und dort in eine Hexe verwandelt wurde, in ein Ungeheuer, das sich in der netten, entgegenkommenden und ganz und gar arglosen Kleinstadt Hamar niedergelassen hatte, eine Bedrohung für alle anständigen, rechtschaffenen Bürger. Arme Ellen. Ellen Linde, wie sie jetzt hieß. Damals Ellen Sand.

Sie hatte also wirklich Erik geheiratet, diesen Tolpatsch aus Martodden, der Lyrikbände in der Hosentasche hatte, obwohl sein Vater doch Schreiner war. Jetzt war sie natürlich von ihm geschieden. Wie sollte ein Bursche wie Erik Linde auf Dauer auch eine Frau wie Ellen halten können? Was hatte die Ehe mit Erik aus ihr gemacht, daß sie in eine solche Situation geraten war? Was hatte das Leben hier in Hamar aus ihnen beiden gemacht?

P. B. Backer konnte nicht gerade behaupten, daß er sich darauf freute, ihr bei den Verhören zu begegnen. Er blickte den Wahrheiten, die sein Polizistenhandwerk im Laufe der Ermittlungen aufdecken würde, durchaus nicht mit hochmütiger Erwartung oder Schadenfreude entgegen. Aber er konnte auch nicht leugnen, daß ihn eine wache Neugier erfaßt hatte, die weiter reichte als der rein professionelle Appetit auf Details.

Die weißen und roten Bänder der Polizei flatterten warnend in ihrem unregelmäßigen Kreis von Bäumen und Büschen. Aber die Jahreszeit, das strahlende Wetter und die sanfte, undramatische Umgebung sorgten dafür, daß sie eher an vergessene Schleifen vom Nationalfeiertag erinnerten als an Signale, die den Tatort eines Verbrechens markierten. »Der Markeur des gewaltsamen Todes« war ein Ausdruck, den P. B. einmal in einer Zeitung gelesen hatte. Dieser verschämte Ausdruck wirkte hier noch mehr fehl am Platz. Einige Streifen Klebeband und einzelne Kreidestriche vor der Mauer kennzeichneten mehr oder weniger deutlich die Stelle, wo die Leiche gelegen hatte. Ähnliche Markierungen in der Nähe zeigten, wo Kola sein Fachwissen anwendete. Ohne den Toten waren jedoch große professionelle Phantasie und kriminalistische Kenntnisse vonnöten, um sich in so einer schönen Umgebung überhaupt ein Verbrechen vorstellen zu können. Das Haus des Ruderclubs war schön unter den Kiefern gelegen, die in der warmen Sonne nach Harz und Rinde dufteten, und erinnerte mehr denn je an ein Sommerhaus am Strand. Und die Mjøsa glitzerte da draußen so blank und lockte die ersten Angler hinaus. Das hier war das Mjøsaland, flach, sanft und verträumt. Hier duftete es nach Süßwasser, Wald und warmem Boden. Es wäre ideales Wetter für ein Picknick gewesen.

Olav Johansen – um welchen Olav Johansen es sich auch

handeln mochte – hatte hier jedenfalls sein letztes Picknick veranstaltet. Backer hatte die Fotos gesehen, war aber nicht in der Stimmung, um über Ursachen, Tathergang oder Zusammenhänge zu spekulieren, solange der gerichtsmedizinische Befund noch nicht vorlag. Schön war das alles nicht gewesen, soviel stand fest. Das war es wohl nie, und er achtete auch nicht auf die kosmetischen Details einer solchen Szene, ihn interessierten mehr die rein professionellen Beobachtungen, die Wesentliches über die Tat an sich ans Licht bringen konnten: War sie mit den Händen ausgeführt worden, mit einer Waffe, stumpf oder spitz, gegen Brust, Bauch, Genitalien, gegen Kopf, Gesicht oder Hals? Gab es Verletzungen, die auf einen Kampf hinwiesen, oder auf einen Überfall? Auf einen kaltblütigen, hinterhältigen Mord, auf einen Unfall oder einen spontanen Wutausbruch? War die Tat geplant oder vom Affekt geprägt gewesen? War der Täter ein gefühlskalter Methodiker oder ein wildes Tier?

Die Bilder vom Tatort lieferten die ersten wertvollen Hinweise, eine grobe Skizze der geistigen Landschaft, durch die er sich nun bewegen sollte. Die Erfahrungen vieler Jahre hatten ihm gezeigt, daß er in dieser Phase der Arbeit nichts Dümmeres tun konnte, als zu eifrig zu sein, zu überinterpretieren, sich in die eine oder andere »offensichtliche« Lösung zu vergaffen. Und doch spürte er jetzt etwas in sich, das ihn länger zögern ließ als nötig. Was er hier erfolglos zu erreichen versuchte, war die Versöhnung von zwei unvereinbaren Widersprüchen. Seine erste Aufgabe bestand darin, den Mord mit dem Tatort in Verbindung zu bringen; den Schatten des Todes in die lichte, frühlingshafte Atmosphäre zu tragen, die über dieser friedlichen Stätte ruhte, wo jetzt nur noch zwei Schaulustige übrig waren, die auf die bescheidene Art der hiesigen Bevölkerung ein gutes Stück weit entfernt standen. Außerdem waren noch die beiden Beamten anwesend und sein Kollege Kola, der gerade auf dem Boden kniete und irgend etwas betrachtete. Sie befanden sich hier auf einer kleinen Landzunge, die in den Mjøsa hinausragte, und überall war nur Sonne, Wind, Frühling und keimende, lebensfrische Natur zu spüren, diese – er hätte fast gesagt, pastorale – Szene vom Ufer des Mjøsa mußte er auf plausible Weise mit der hemmungslosen Wut in Verbindung bringen, die er sofort aus den Großaufnahmen der Verletzungen des Opfers herausgelesen hatte.

Diesen Zusammenhang galt es nun herzustellen. Und den anderen: Ellen Sand Lindes Gesicht auf den Fotos, die am Fundort im Park aufgenommen waren, dieses schmale, aber noch immer mädchenhafte offene und hübsche, vielleicht für diese Stadt ein wenig zu hübsche, Gesicht mit den lächelnden, schrägen Augen und den wilden Haaren, das er mit einem leichten süßen Schmerz wiedergesehen hatte, obwohl seither so viele Jahre vergangen waren. Dieses Gesicht, das offenbar immer noch hoffte, Freunde zu finden, einen sympathischen Eindruck zu machen, gemocht zu werden, vielleicht gerade mit dieser gewaltigen Zurschaustellung eine neue Chance im Leben zu erhalten, dieses Gesicht mußte mit Olav Johansens übel zugerichtetem Gesicht in Verbindung gebracht werden.

Wenn es eine Verbindung zwischen beiden Todesfällen gab, dann war sie diese Verbindung. Das hatte der Polizeichef gesagt. Der Junge wurde noch immer vermißt.

8

Und dann erregte einer der verbliebenen Zuschauer seine Aufmerksamkeit. Ein großer, kräftiger Bursche in mittlerem Alter, der trotz des milden Wetters einen langen, dunklen Mantel trug, barhäuptig, mit langen, graumelierten Haaren in einem Pferdeschwanz, starrte ihn schon die ganze Zeit an. Er war einer der zuletzt Dazugestoßenen. Er war um die Landzunge herumgewandert, am Strand entlang. P. B. war die dunkle, markante Gestalt aufgefallen, die langsam und bedächtig über die Steine gestiegen war, als ob ihre Füße im Gehen einen geheimen Pfad suchten. Und dann war er mit anderen Dingen beschäftigt gewesen und hatte den Mann vergessen. Aber nun sah er, daß der andere noch immer da war. Er stand ganz dicht bei der Absperrung und starrte P. B. an. Offenbar sagte er auch etwas, aber P. B. war zu weit entfernt, um ihn zu verstehen. Nun winkte der Mann ihm sogar zu. Jedenfalls fuchtelte er auf auffällige Weise mit dem Arm und wandte dann plötzlich sein Gesicht ab, als ob dieses Auftreten ihm unsäglich peinlich sei – hatte diese Gestalt denn noch alle Tassen im Schrank? P. B. schlenderte trotzdem in seine Richtung. Er fühlte sich seltsam angezogen von dem heruntergekommenen Aussehen dieses Mannes, so als brauche er gerade einen solchen unschönen Anblick, um diese seltsame, unbewegliche Idylle zu zerstören, in der er gegangen war und die ihn, seit er hier draußen auf Tyvholmen war, am normalen Denken hinderte. Jetzt sah der groteske Kerl ihm wieder ins Gesicht, und P. B. glaubte, noch nie eine Miene gesehen zu haben, die dermaßen vor unterdrücktem Mitteilungsdrang zu bersten schien. Das Gesicht war gerötet, die Pausbacken zitterten, die Augen quollen hervor, während ein stetiger Strom aus nur halb verständlichen Wörtern über die fülligen Lippen floß. Dieses Gesicht erinnerte vor allem an eine Karnevalsmaske. Und das Schlimmste daran war, daß P. B. glaubte, diese Züge irgendwo schon einmal gesehen zu haben.

»P. B.«, sagte der Mann plötzlich ziemlich deutlich. »P. B. Ich habe dich erkannt. Ich habe dich sofort erkannt. Genauso unvergleichbar fesch und hübsch, noch nach fündundzwanzig Jahren. Ich hoffe, du hast einen schönen Tag?«

Sein Körper bebte schwach, wie beim Lachen, aber sein Gesicht hatte einen nachdenklichen, fast bekümmerten Ausdruck.

»Du kannst dich nicht an mich erinnern. Niemand kann sich an mich erinnern, aber alle wissen von mir. Und ich erinnere mich an alle. P. B. Ich weiß, daß du bei der Polizei bist. Das habe ich in der Zeitung gelesen. Bist du hergekommen, um unsere Todesfälle aufzuklären? Dann... dann...«

Und dann schien er einfach steckenzubleiben, er schlug die Augen nieder, schniefte wie ein unglücklicher Vierjähriger. Und P. B., der ganz dicht an ihn herangetreten war, erkannte ihn jetzt und wußte natürlich, woher er ihn kannte.

»Bo. Bo Mailand. Eine Klasse unter mir. Naturwissenschaftlicher Zweig. Hallo, hallo. Natürlich erinnere ich mich an dich.«

Der arme Bo Mailand. Natürlich konnte er sich an Bo und die schrecklichen Ereignisse von damals erinnern. Aber er hatte nicht gewußt, daß Bo jetzt wieder frei in Hamar herumlaufen durfte. Ehrlich gesagt konnte er sich an die Geschichte auch nicht mehr so gut erinnern, nicht einmal an das Urteil, obwohl das Ganze passiert war, gleich nachdem er sein Jurastudium aufgenommen hatte, und deshalb hätte es ihn doch interessieren müssen, nicht zuletzt, weil es hier in Hamar passiert war.

»Aber interessiert dich denn so was, Bo? Ist das für dich nicht ein bißchen zu... aufregend? Sollen wir vielleicht einen kleinen Spaziergang machen, um von hier wegzukommen? Wir sind hier ohnehin bald fertig. Ja, willst du das?«

Er konnte gut mit Leuten reden. Das war eine seiner Begabungen, und das war sein Job.

»Nett von dir. Sehr lieb von dir. Lieb. Lieb...«

Es gab nicht viel, wohin sie gehen konnten, hundert Meter weiter nach draußen, wo die Landzunge sich verengte, oder zurück, vorbei am Bürohaus, dem nagelneuen Fußballplatz, auf die Achtmeterebene zu, mit ihrem Meer aus parkenden Autos, und dann in die Stadt. P. B. entschied sich dafür, weiter nach draußen zu gehen. Er spürte, daß seine Unentschlossenheit immer größer wurde, und das ging ihm auf die Nerven. Er hatte wirklich Besseres zu tun, als hier draußen mit dem Original der Stadt herumzuwandeln, selbst wenn sie einmal Schulkameraden gewesen waren. Himmel, Schulkameraden! In einer Kleinstadt waren alle aus einer Altersgruppe Schulkameraden! Er sollte machen, daß er zurück ins Büro kam und sich mit den Leuten unterhalten, die den Fall von Anfang an verfolgt hatten. Er mußte auch mit Kola sprechen und sich dessen Ergebnisse mitteilen lassen. Er mußte sich sein Hotelzimmer im Victoria ansehen, das noch nicht fertig gewesen war, als er am frühen Nachmittag eingetroffen war. Und dort könnte er in aller Ruhe die Unterlagen durchsehen und sich mit dem Fall vertraut machen. Er könnte sogar etwas essen...

Und doch ging er nun hier und sah, daß die östliche Strandlinie der Stadt, die jetzt zu seiner Linken lag, wie früher von Bahnhof und Gießwerk geprägt wurde. Die Ziegelsteinarchitektur aus den ersten Jahren des Jahrhunderts. Die Eisenbahnbrücke über die Akersbucht streckte ihr zackiges schmiedeeisernes Gewölbe über massive Steinformationen aus. Schlote. Ruß. Industrie. Nichts, was man hier mitten im Herzen des Bauernlandes Hedemarken zu finden erwartete. Und doch Hamar. Komplexer, als es auf den ersten Blick den Anschein hat. Mehr Ansichten, mehr Fassaden, mehr Gesichter. Mehr Identitäten. Mehr Wirklichkeiten.

»Was sagst du denn zu der ganzen Geschichte, Bo? Wo du doch hier wohnst«, fragte er einfach so, ohne eigentlich eine Antwort zu erwarten, man konnte doch von so einem kein großes Gespräch verlangen. Im Grunde hatte er diese Frage nur gestellt, um das Rad seiner Gedanken wieder in Schwung zu bringen.

»Ich glaube, daß der Richtplatz der Stadt der Richtplatz der Stadt bleibt«, antwortete sein ehemaliger Schulkamerad mit überraschender Klarheit und Präzision. »Tyvholmen. Hier wurden die Leute aufgehängt. Hier wurden sie gepfählt. Hier wurden sie aufs Rad geflochten. Und hier wurden sie zur Erbauung von Volk und Vögeln liegengelassen.«

»Aber das war im Mittelalter, Bo.«

»Damals wie heute.«

»Wir entfernen aber heute immerhin die Leichen«, mußte er antworten, als gelte es, seine Branche zu verteidigen. Aber er sagte das leichthin und mit Augenzwinkern: »Und wir richten auch niemanden mehr hin.«

»Das ist vielleicht der Fehler!« Das fleischige Gesicht erhellte sich zu einem Lächeln, das nicht im geringsten makaber wirkte, eher glücklich, weil ihm ein neuer Gedanke zugeflogen war.

»Ich sage dir, was ich denke. Ich denke zwei Sachen: Erstens wirkt es richtig, ich meine richtig im großen Zusammenhang, dem Zusammenhang, der uns mit unserer Geschichte und mit der Vorgeschichte bis zurück ins Dunkel der Mythen verbindet. Es wirkt *richtig,* daß Böses mit einem Pfeilschuß ins Auge bekämpft wird. Und dann denke ich noch, daß damals, vor vielen hundert Jahren, das Leben reich an *Taten,* aber arm an *Ereignissen* war. Einfach von einem Tag zum anderen zu leben, erforderte alle Tatkraft. Das Leben war das eigentliche Ereignis. Der Kampf um das tägliche Brot war das Drama des Daseins, das alle Aufmerksamkeit und alle Kräfte in Anspruch nahm. Ein Drama, das für jeden einzelnen direkt mit Leben und Tod verbunden war. In unserer Zeit ist es umgekehrt. Niemand muß noch viel tun, es geschieht trotzdem alles. Das Dasein ist nicht gefährdet, es ist sicher, es füllt sich automatisch, unabhängig von unserem eigenen Einsatz. Wir haben die Handlungsfähigkeit verloren. Wir sitzen einfach da und wünschen, daß etwas passiert. Wir warten auf *Ereignisse.* Aber die Ereignisse, die dann eintreffen, werden uns wieder weggenommen und zu *Sensationen* gemacht. Wieder zu etwas Unwirklichem. Zu etwas im Grunde Abstraktem und Verlogenem, Ablenkendem und Belanglosem. Es kommt jeden Tag zu Hinrichtungen. In den Zeitungen. Aber die Toten laufen danach noch lebendig herum. Es ist also nicht passiert. Ein Toter im Gras, der einfach nur tot ist, richtig mausetot und voller Blut, wäre dagegen ein echtes *Ereignis.* Und wenn er liegenbliebe, dann würde dieses Ereignis vielleicht am Ende unter den Leuten seine Wirkung tun und zur *Handlung* führen. Die Tatsache, daß ein Toter mit zerstörtem Gesicht auf dem Boden liegt, hier draußen auf Tyvholmen, würde eine Wirkung haben, die sich, wenn sie Zeit zum Reifen hätte, wie Ringe im Wasser ausbreiten würde. Am Ende würde sie ihre Macht über alle ausüben, und die Reaktion müßte eintreten, die Handlungen oder *Gegen*-Handlungen, wenn du so willst, würden sich aufzwingen, und die Leute von Hamar würden aus ihren leeren Träumen erwachen und anfangen mit ihrem Kampf gegen... das Böse!«

Wieder und wieder änderte sich die Miene dieses großen Mannes, und er nickte beim Reden eifrig mit dem Kopf, als ob er die ganze Zeit einem inneren unhörbaren Dialog lausche, der viel lebhafter ablief, als seine langsame, wohlgesetzte Rede es vermuten ließ.

P. B. mußte sich in der grellen Frühlingssonne schützend die Hand über die Augen halten, um sich diesen Menschen anzusehen, den er kannte und doch nicht kannte. Ihm war ziemlich schwindlig, und sein Körper, den er sonst so sorgfältig in Form hielt, kam ihm geschwächt vor. Für den Moment konnte er einfach nicht entscheiden, ob das, was der für schizophren erklärte Bo Mailand hier sagte, der reine Blödsinn war oder eine intelligente Darstellung der moralischen Stagnation von Wohlfahrtsstaat und Massenkultur. Mattigkeit überkam ihn.

Er hatte ja den ganzen Tag noch nichts gegessen. Seine Lebenspartnerin Janne war keine Frau, die ihrem Partner morgens Frühstück und Pausenbrot verabreichte. Er mußte sehen, daß er etwas in den Magen bekam, damit seine Gedanken wieder in Gang kamen. Und doch hatte er auch den Wunsch, diese absurde Unterhaltung fortzusetzen. Wieso konnte eigentlich jemand wie Bo plötzlich hier auftauchen und so gut informiert sein, über Einzelheiten an der längst entfernten Leiche zum Beispiel?

»Olav Johansen, der Mann, der... hier draußen letzte Nacht verunglückt ist. Weißt du etwas über ihn, Bo?«

Neben allem anderen, was ihn ablenkte, ärgerte es ihn, daß er es nicht schaffte, in ganz normalem Tonfall mit diesem Mann zu reden. Er hörte selbst, daß er übertrieben vertraulich und freundschaftlich klang, und deshalb unehrlich und manipulierend und im Grunde natürlich auch herablassend. Weil Bo »so einer« war, war es zweifellos nicht leicht, normal zu reden. Aber unprofessionell war es trotzdem.

»Der Tänzer«, erklärte der Verrückte mit Pathos. »Olav Johansen war doch der Tänzer, dem keine widerstehen konnte, weißt du das nicht mehr?« Er machte ein paar federnde Schritte, und der lange Mantel schlug ihm um die Beine. »Du erinnerst dich doch an Olav, P. B. Du bist oft genug mit ihm aneinandergeraten. Weißt du noch, wie er dich genannt hat, P. B., als du es satt hattest, deinen, wie soll ich sagen, ›fremdartigen‹, deinen ›wenig Hamar-mäßigen‹ Vornamen zu benutzen und statt dessen die Initialen nehmen wolltest? Was? Was, P. B.?«

Der Olav Johansen des Totenscheines war also *der* Olav Johansen. Und es stimmte auch, daß er seinen schwedischen doppelten Vornamen gehaßt hatte: Pär Bertil. Der ihm den Spitznamen »der Schwede« eingebracht hatte, obwohl er in Hamar geboren war und erst als Erwachsener den ersten Fuß in dieses Land gesetzt hatte. Deshalb hatte er lieber seine Initialen verwendet, wie das in Filmen aus den USA üblich war: P. B. war okay. Nur nicht für Olav Johansen.

»Pretty Boy! Pretty Boy Backer. Das hat dir überhaupt nicht gepaßt, was?«

Doch, der Verrückte hatte recht. Es hatte ihm überhaupt nicht gepaßt. Das Schlimmste war, daß ihn dieser Spitzname bis zum Abitur verfolgt hatte, an ihm geklebt hatte wie ein entstellender körperlicher Makel, ein Vorwurf, etwas Unanständiges begangen zu haben. Vielleicht, weil der Name ganz gut paßte. Er sah ja gut aus, hatte es schon immer getan und es auch gewußt: dunkle, kräftige Haare, gleichmäßige Züge, schöne Zähne, hochgewachsen, in jeder Sportart gut. »Pretty Boy…« Und diesen Grobianen hier in der Stadt war es gelungen, aus diesen Vorzügen eine Fußfessel für ihn zu machen. Es war ihnen jedoch nicht gelungen, ihn zum Aufgeben zu zwingen, dazu, sich selber so zu hassen, wie *sie* offenbar sich selber und ihre kleinstädtische Ungeschicklichkeit haßten. Vom ersten Moment an hatte er das Gefühl gehabt, etwas Besseres zu sein als die anderen. Zu gut für diese verdammte Bauernstadt, *Lonesome town.* Aber was spielte das jetzt noch für eine Rolle? Konnten solche Dinge wirklich noch eine Rolle spielen? Oder hatte doch das Stigma aus dem alten Freundeskreis seinen Ehrgeiz gelenkt, als er beschlossen hatte, sein Jurastudium an den Nagel zu hängen und sich bei der Polizei zu bewerben? Oder war es dieses nervöse Gespräch – oder vielleicht auch nur Bo Mailands Anwesenheit, die Anwesenheit eines wahrhaften menschlichen Monstrums –, daß seine Hamar-Vergangenheit wieder eine Rolle spielte?

»Du hast ja vielleicht ein gutes Gedächtnis«, sagte er munter zu seinem Begleiter, der ihn mit zum Platzen gespannter Miene aus dem Augenwinkel heraus beobachtete, um sich jedes Detail seiner Reaktion auf den alten Spitznamen zu merken.

»Ich erinnere mich an alles«, sagte Bo Mailand ernst. »Deshalb gehen die Leute mir aus dem Weg. Aber Verrücktsein hat auch seine Vorteile«, fügte er hinzu. »Ich kann zum Beispiel die Wahrheit sagen. Der Tod ist nicht das Schlimmste, P. B. Vielleicht war der Mord an Olav Johansen eine gerechte Hinrichtung? Vielleicht war er ein wertloser Mistkerl, der seinen Mitmenschen soviel angetan hat, daß er sich damit einfach selber aus der Gemeinschaft der Lebenden ausgeschlossen hatte? So daß er sich im Grunde vor seinem Tod schon selber umgebracht hat? Solche Gedanken darf man nicht aussprechen, wenn man nicht verrückt ist, P. B. Bei deinem Job würdest du es dir nie erlauben können, so zu denken… hihihi.«

»Dieser Fall scheint dich ja sehr zu interessieren, was, Bo?«

Er redete, um das Gespräch in Gang zu halten, um Zeit zu gewinnen, um Ordnung in seinem eigenen verwirrten Kopf zu schaffen. Er hörte sich ja an, als ob er allen Ernstes mit einer unzurechnungsfähigen Person, die sich in ihrem morbiden Engagement in den Fall einbringen wollte, eine Art Verhör durchzog. Trotz allem mußte er über diesen Mangel an Professionalität lächeln. Und gleichzeitig wünschte er sich ein Tonband, mit dem er die Einfälle und Schlußfolgerungen des Irren Wort für Wort aufzeichnen könnte.

»Aber andererseits«, sagte Bo, als ob er überhaupt nicht unterbrochen worden wäre. »Versetz dich doch mal in seine Lage. Überleg mal, wie leicht es ist, zu weit zu gehen, nur ein wenig zu weit. In der Ehe. In der Hitze der Leidenschaft. Einem wehrlosen Kind gegenüber. Die Kinder sind am meisten gefährdet. Du solltest dich mehr für sie engagieren, P. B.! Die Erwachsenen vergessen, sie wollen dieses und jenes und greifen zu und vergessen. Wann ist der Becher voll, P. B.? Wann hast du soviel gesehen, wie du überhaupt nur ertragen kannst? Wann drängt sich die Handlung auf? Wann erhebt der Junge sich wieder gegen die entsetzliche Schlange?«

Und dann wieder dieser rasche, forschende Seitenblick, als sei er, Bo Mailand, hier der Frager und Beobachter, und nicht P. B.

»Darüber mußt du dir doch Gedanken gemacht haben, seit du hierher nach Hamar gekommen bist, P. B. Du weißt soviel darüber, was hier draußen auf Tyvholmen ablaufen kann, nicht wahr? Denn dir ist es doch sicher auch schon ein- oder zweimal passiert, daß du sie hier im Gras aufs Kreuz legen konntest, was? Davon haben wir damals doch alle geträumt. Gleich beim Klubhaus, an der dunkelsten, geschütztesten Stelle!«

»Findest du nicht, daß du jetzt ein bißchen zu weit gehst?«

P. B. Backer sah keinen Zusammenhang mehr in Bos Rede. Denn es gab keinen Zusammenhang. Aber dennoch lag unter den makabren Gedankensprüngen des Verrückten eine greifbare Logik, die er nun zu orten versuchte. Und je mehr er sich damit abmühte, je ernster er Bos Ergüsse nahm, um so mehr fühlte er sich berührt, ja, geradezu beteiligt.

»Was? Ach ja, natürlich. O nein! Nein, nein, nein! Was für ein Patzer! Verzeih mir! Verzeih mir, Herr Inspektor!«

Er krümmte den Rücken und wich zurück, als ob er Schläge und Tritte erwarte. Er schien richtig zu schrumpfen, und dann redete er mit jämmerlichem Schluchzen weiter.

»Ich kann mich an so vieles erinnern, P. B., und ich denke an so viele Dinge und setze sie zusammen. In meinem Kopf hängt alles zusammen. Das ist nicht meine Schuld, P. B.!«

»Das habe ich ja auch gar nicht behauptet«, brachte P. B. heraus, noch immer ziemlich überrumpelt und unangenehm berührt von der heftigen Reaktion des Mannes.

»Was ich wirklich gern wüßte, ist, wie du dir den vorstellst, der das gemacht hat? Der Olav Johansen umgebracht hat. Wie denkst du eigentlich über einen solchen Menschen?«

»Darauf habe ich nur eine Antwort...«, sagte sein Begleiter

und verstummte dann. Sie hatten jetzt den Rand der Landspitze erreicht. Durch den niedrigen Wasserstand wurden massenhaft Abfall und verrosteter Schrott bloßgelegt, die auf dem Gürtel aus weißen Steinen trockneten. In einigen Wochen, wenn der Wasserstand wieder seinen Normalstand erreicht haben würde, würde diese Partei den Eingang zu der idyllischen Bucht bilden, die »Kleiner Mjøsa« genannt wurde und in der einige stattliche alte Holzboote am Ufer auf den Frühjahrsputz warteten, der jeden Tag seinen Anfang nehmen konnte. Aber jetzt gab es mitten in der Idylle auch Häßlichkeit, die vor aller Augen entblößt worden war. Hier müßte unbedingt mal aufgeräumt werden.

»Darauf habe ich nur eine Antwort«, wiederholte das groteske Mannsbild, mit dem er hier eine wertvolle Vormittagsstunde vergeudete. »Und meine Antwort ist, daß die meisten Hexen im Mittelalter von ihren Nächsten denunziert wurden. Von ihren Ehemännern, Schwestern, Müttern, Brüdern, sogar von ihren Kindern. Ja, sogar von Kindern. Aber vor allem von Ehemännern. Jedenfalls hier in der Gegend. Und wenn dir das irgendwas sagt, dann...«, murmelte er, wich ein Stück zurück und wandte sein Gesicht ab, als ob er plötzlich fürchte, zuviel gesagt zu haben.

Aber P. B. fühlte sich zu benebelt, zu verwirrt, voller Widerwillen gegen diese unbegreiflichen und unzusammenhängenden Reden, die da die ganze Zeit über die Lippen des Mannes strömten, um irgendwelche Schlüsse zu ziehen. Jetzt wollte er dieses Gespräch nur noch beenden, wollte weg von hier, von dieser beunruhigenden Landzunge, wo die ländliche Idylle Tod und Grausen aus Vergangenheit und Gegenwart verbarg, wollte weg aus dem stechenden Sonnenschein, zurück zum Hotel Victoria, duschen, etwas essen und sich dann vielleicht endlich auf die Aufgabe konzentrieren, die zu lösen er in diese Stadt gekommen war.

»Einige wenige Jahrhunderte können das menschliche Gemüt nicht ändern, nicht wesentlich zumindest«, fuhr Bo fort und hielt noch immer einige Schritte Abstand. »Wir leben noch immer auf dem Boden des alten Handelsplatzes. Wir blikken auf diese freundliche Kulturlandschaft. Man sollte doch meinen, daß eine solche Umgebung die Menschen offen und freundlich zueinander werden läßt, aber das ist nicht so. Wir schließen uns ein und ängstigen uns. Wir fühlen, daß unser sicheres Dasein an einem immer dünneren Faden hängt, und wir träumen von Vergeltung und Strafe für die Schuldigen. Schon bald könnte es sein, daß wir auf unsere einzige Grundstärke zurückgeworfen werden, um unser Leben zu retten, auf unsere Fähigkeit zu *handeln.* Denn die haben wir noch nicht verloren, P. B. – wir haben sie nur vergessen – vorübergehend vergessen. *Handlung,* das wird wieder von uns gefordert werden. Und dieser Gedanke erschreckt mich am allermeisten. Und dann der Knecht des Bischofs, dieser heldenhafte Knabe, der die Seeschlange getötet hat. Er ist wiederauferstanden. Er kommt zurück und macht es noch einmal, durchbohrt das Übel mit seinen Pfeilen, und die Leichen liegen am Mjøsastrand und stinken und rütteln uns aus dem Vergessen, rütteln wieder *Taten* aus uns heraus. Und der Schluß, wie wird der aussehen?«

Als P. B. aufblickte, war Bo schon weit weg, sprang in großen Schritten von ihm weg, über den unregelmäßigen, steinigen Strand.

»Ja, ich gehe ja schon!« konnte er ihn rufen hören. »Ich rede zuviel, das sagen alle. Ich weiß, ich gehe jetzt! Ich gehe! Einen schönen Tag noch, Pretty Boy! Eine richtig schöne Ermittlung, Herr Inspektor!«

Kola packte seine Ausrüstung gerade zusammen, als P. B. auf dem Rückweg an ihm vorbeikam. Er hatte das Gefühl, stehenbleiben zu müssen.

»Na, was gefunden?«

»Haufenweise Schuhe, sogar hochhackige.«

»Frisch?«

»Schwer zu sagen. Der Boden ist trocken. Und hier draußen scheint ganz schön viel los zu sein.«

»Aber…?« P. B. wußte immer, wenn Kola noch etwas in der Hinterhand hatte.

»Aber ich habe ein schönes Exemplar von einem Kamm gefunden.«

»Einen Kamm?«

»Blankes Metall. Richtig mieses Teil. Mit langem schmalem Griff. Und der *könnte* doch…«

»Interessant«, erklärte P. B. Sie gingen nebeneinander weiter. P. B. mußte den Impuls unterdrücken, seinem Kollegen den Arm um die Schultern zu legen, so schön und befreiend kam es ihm vor, wieder in Gesellschaft eines normalen Menschen zu sein und sich auf etwas Wichtiges konzentrieren zu können – auf Spuren am Tatort, spitze Gegenstände, mögliche Mordwaffen, die Alltagswirklichkeit. Auf die vertrauten Requisiten seines professionellen Lebens. Er hätte vor Erleichterung laut loslachen können.

»Was war denn das für eine Figur, mit der du da vorhin geredet hast?« fragte Kola.

»Ob du's glaubst oder nicht, das war ein alter Schulkamerad.«

»Du bist also von hier?«

»Habe ich das wirklich noch nie erwähnt?«

»Ich kann dich verstehen. Ich bin auch nicht gerade scharf auf meine alten Kumpels«, sagte Martyn Kola, der Sohn eines ungarischen Einwanderers, der im Laufe der Jahre sicher etliche Kommentare über seinen komischen Nachnamen hatte hinnehmen müssen.

»Aber dieser Bursche sah nicht gerade aus wie ein… Wie soll ich es sagen?«

»Richtig. Der ist durchgedreht. Eine Tragödie in seiner Jugend.«

Aus irgendeinem Grund mochte P. B. nicht näher auf das eingehen, was mit Bo Mailand passiert war. »Damals war ich schon nicht mehr hier. Eigentlich traurig, der Bursche war ungeheuer begabt. Nur Einser in der Schule. Der hellste Kopf der Stadt, könnte man sagen. Und jetzt spielt er hier den Dorftrottel und scheint zu glauben, daß er im Mittelalter lebt.«

»Sowas passiert immer den Intelligenten«, war Kolas kluger Kommentar, weiteres Interesse zeigte er jedoch nicht, und P. B. fragte sich enttäuscht, was ihm, abgesehen vom Namen, eigentlich so gut an der Zusammenarbeit mit diesem Burschen gefiel.

9

PROTOKOLL DES VERHÖRS DER ZEUGIN ELLEN LINDE
ERSTES GESPRÄCH

Die Zeugin, Frau Ellen Linde, wirkt eher aufgeregt als nervös, was dieses Gespräch angeht. Sie legt großes Gewicht auf ihr Aussehen, ist gut angezogen und sorgfältig geschminkt und frisiert. Wirkt nicht besonders betroffen von der Tatsache, daß sie vielleicht als letzte den Toten lebend gesehen hat und damit unter Umständen auch als Verdächtige in Frage kommt.

Die Zeugin antwortet schnell und bereitwillig auf alle Fragen, schweift aber ab und liefert keine besonders präzisen Informationen. Dennoch scheint sie nichts verbergen zu wollen, nicht einmal Details von eher privater Art.

Die Zeugin behauptet in ihrer Aussage, daß der verstorbene Olav Johansen sie am Mordabend eingeladen hatte und daß sie sich zur verabredeten Zeit, um 20 Uhr, im Restaurant Sea Side trafen. Die Zeugin behauptet, sie habe die Einladung des Verstorbenen als Auftakt zu einem romantischen Tête-à-tête aufgefaßt und sei deshalb enttäuscht gewesen, als sie im Restaurant nicht nur vom Verstorbenen erwartet wurde, sondern auch von zwei seiner Freunde, Karl Isaksen und Hermann Skei, beide Bauarbeiter, derzeit ohne feste Arbeit. Die Zeugin behauptet, daß die drei Männer schon bei ihrem Eintreffen im Restaurant deutlich angetrunken waren, wenn auch keiner von ihnen direkt unangenehm oder anstößig auftrat.

Der Zeugin zufolge wurde an diesem Abend einiges getrunken, und die drei Männer waren stark berauscht, als sie alle gemeinsam das Restaurant vor der Sperrstunde um 01.00 Uhr verließen. Die Zeugin gibt an, selbst auch Alkohol getrunken zu haben, wenn auch keine großen Mengen, und auf keinen Fall genug, um sich von den Männern irgendwie beeinflussen zu lassen.

Der ersten Aussage der Zeugin zufolge trennte sich die Gesellschaft gegen 01.15 Uhr auf dem Parkplatz vor dem Restaurant, wo Frau Linde die drei Männer verließ, um in der warmen Nacht allein nach Hause zu gehen, ein Spaziergang von zehn, höchstens fünfzehn Minuten. Die Herren dagegen warteten auf ihr Taxi.

Unmittelbar nach dieser Aussage bat die Zeugin unaufgefordert darum, den letzten Punkt zu ändern, und behauptete nun, der Verstorbene habe sie ein Stück begleitet, da er sie sicher aus dem Parkplatzbereich auf der sogenannten Achtmeterebene herausbringen wollte. Danach habe er sich verabschiedet und sei zu den anderen zurückgegangen.

Im folgenden wollte die Zeugin ihre Aussage dann noch einmal ändern und behauptete, der Verstorbene habe zuerst angeboten, sie nach Hause zu bringen, deshalb hätten sie sich von den beiden Männern verabschiedet. Der Verstorbene sei dann jedoch, als sie die Eisenbahnunterführung erreicht hatten, so zudringlich geworden, daß sie ihn gebeten habe, zu den anderen zurückzukehren, während er selber mehr oder weniger nach Hause geflohen sei, nachdem sie sich mit Gewalt von ihm befreit habe. Danach habe sie den Verstorbenen nicht mehr gesehen.

Die Zeugin behauptet weiter, den Verstorbenen nicht näher gekannt zu haben, obwohl sie dieselbe Grundschule besucht hatten, und vor diesem Abend keinen Kontakt zu ihm gehabt zu haben. Sie gibt auch an, nichts von den gravierenden Alkoholproblemen des Verstorbenen gewußt zu haben. Die Zeugin ist außerdem der Ansicht, daß ihr eigenes Verhalten in nichts den vorgeblichen sexuell motivierten Angriff des Verstorbenen provoziert haben kann.

Auf direkte Anfrage antwortet die Zeugin, daß sie durchaus nicht vorhatte, eine sexuelle Beziehung zu dem Verstorbenen einzugehen, als sie seine Einladung für diesen Abend annahm, und sie glaube auch nicht, an dem Abend diesen Eindruck bei ihm erweckt zu haben. Sie wollte, wie sie es selber ausdrückt, nach einer schweren Zeit voll gesellschaftlicher Isolation und großen persönlichen Belastungen nur »endlich mal tanzen gehen und mich einen Abend lang amüsieren«.

Die Zeugin behauptet, über das Geschehene entsetzt zu sein, kann aber auch nicht sagen, was passiert sein kann, nachdem sie die drei Männer verlassen hatte, und was dann letztendlich zum Mord an Olav Johansen führte.

Die Aussage der Zeugin wirkt zusammenhängend und zuverlässig, abgesehen von einem Punkt: dem Abschied vom Verstorbenen, wo sie ihre Aussage unaufgefordert zweimal geändert hat. Daß sie sich dadurch in bezug auf die Ermittlungen in ungünstiges Licht setzt, scheint ihr keine Sorgen zu bereiten. Vielmehr bringt sie im Laufe des Gesprächs immer wieder ihre Empörung über die Spekulationen zum Ausdruck, die die Zeitungen um die Umstände des Todes von Olav Johansen anstellen, und polemisiert heftig gegen die Versuche, ihren Namen mit der Tragödie auf Tyvholmen in Verbindung zu bringen.

Hamar im Mai.
(gez.) P. B. Backer

PROTOKOLL DES VERHÖRS DES ZEUGEN KARL ISAKSEN

Der Zeuge, ein Mann in den Fünfzigern, ist mehrmals wegen Ordnungswidrigkeiten vorbestraft und wirkt in der Verhörssituation deutlich gestreßt und ängstlich. Er beantwortet die Fragen nur kurz und unzusammenhängend.

Seine Aussage stimmt jedoch in allen wesentlichen Punkten mit der der Zeugin Ellen Linde überein, bis zu dem Zeitpunkt ca. 01.15 Uhr, wo, wie der Zeuge behauptet, der Verstorbene und Frau Linde gemeinsam das Restaurant verließen, ohne zu verabreden, daß der Verstorbene Frau Linde nur ein Stück begleiten und dann zurückkommen würde.

Der Zeuge hatte dagegen den Eindruck, daß die beiden – wie er sich ausdrückt – »losgezogen sind, um irgendwo ins Heu zu springen«, und er beschreibt Frau Linde als sehr entgegenkommende und lebhafte Dame, die sich willig zu einer großen Anzahl von Cocktails einladen ließ und den ganzen Abend hindurch offen mit dem Verstorbenen flirtete.

Kurze Zeit, nachdem das Paar sie verlassen hatte, fuhr der Zeuge zusammen mit seinem Freund Hermann Skei mit einem Taxi in ihre gemeinsame Wohnung in der Hornsgate.

Hamar im Mai
(gez.) P. B. Backer

PROTOKOLL DES VERHÖRS DES ZEUGEN HERMANN SKEI

Der Zeuge ist 38 Jahre alt und war damit der jüngste Teilnehmer der Gesellschaft am Mordabend. Keine Vorstrafen.

Die Aussage des Zeugen stimmt im großen und ganzen mit der von Karl Isaksen überein. Einzelne abweichende Details lassen sich nach der Meinung des Ermittlers durch Gedächtnisverlust aufgrund von hohem Alkoholkonsum im Restaurant Sea Side erklären.

Der Zeuge kann jedoch noch eine interessante Information beisteuern, denn seiner Meinung nach hat der Verstorbene die Zeugin Ellen Linde schon vor der Begegnung im Restaurant gekannt. Der Zeuge behauptet, der Verstorbene habe ihm gegenüber damit geprahlt, er habe Frau Linde »aufgerissen« und erwarte sich viel von einer »Fortsetzung«, die sich dem Restaurantbesuch anschließen sollte.

Weiter behauptet der Zeuge, er habe den Verstorbenen und Frau Linde zusammen an der Bahnlinie entlang in Richtung Tyvholmen gehen sehen. Er ist sicher, daß sie nicht durch die Eisenbahnunterführung gegangen sind, wie Frau Linde in ihrer letzten Aussage behauptet.

Der Zeuge meint, das so sicher sagen zu können, weil er und sein Freund eine ganze Weile auf das bestellte Taxi warten mußten, weshalb er dem Paar hinterherblicken konnte, bis es Unterführung und Polizeigebäude passiert hatte. Er behauptet, das sogar seinem Freund gegenüber angesprochen zu haben. Er behauptet, daß vor allem Ellen Linde in ihrem roten Kleid in der hellen Nacht sehr gut zu sehen war.

Hamar im Mai
(gez.) P. B. Backer

REDIGIERTE NIEDERSCHRIFT DER TONBANDAUFNAHME DER ZEUGENAUSSAGE ELLEN LINDE ZWEITES VERHÖR

Ort: Polizeigebäude Hamar
Ermittler: P. B. Backer

P. B. BACKER: Guten Tag, Frau Linde. Ich kann aber auch Ellen sagen, wenn dir das lieber ist.

ELLEN LINDE: Ja, bitte. Das klingt irgendwie... vertrauter. Wir sind doch alte Bekannte. (lacht)

P. B. BACKER: Ich muß dich leider zu einem neuen Verhör bitten, weil im Fall neue Momente aufgetaucht sind. Ich hoffe, das kommt nicht allzu ungelegen.

ELLEN LINDE: Nein, überhaupt nicht. Ich habe jede Menge Zeit, ich bin doch krankgeschrieben.

PBB. Krankgeschrieben? Ich hoffe, es ist nichts Ernstes.

EL: Nein, so schlimm auch wieder nicht. Aber ich hatte Schlafprobleme, zeitweise bin ich ziemlich niedergeschlagen.

PBB: Ich muß dich daran erinnern, daß alles, was wir sagen, auf Band aufgenommen wird, und daß du das Recht auf die Anwesenheit eines Anwalts hast.

EL: Anwalt? Was soll ich mit einem Anwalt? Ich kann doch selber antworten. Frag nur.

PBB: Es verhält sich also so, daß einer der Männer, mit denen du an dem Freitagabend, als Olav Johansen umgebracht worden ist, zusammen warst, behauptet, du und Olav Johansen seid in Richtung Tyvholmen gegangen, nachdem ihr kurz nach eins das Restaurant verlassen hattet. Du hast uns etwas anderes erzählt, nämlich, daß du dich bei der Eisenbahnunterführung von Johansen getrennt hast, nachdem er dich belästigt hatte. Was hast du dazu zu sagen?

EL: Hat einer von den Suffköppen das behauptet?

PBB: Ja. Einer von ihnen behauptet, euch deutlich an der Bahn entlang und am Polizeigebäude vorbeigehen gesehen zu haben.

EL: Der will mich nur schlecht machen, wie alle anderen hier in der Stadt und die verdammten Zeitungen. Er ist sicher sauer, weil er bei mir nicht landen konnte.

PBB: Aber du hast in bezug auf deinen Abschied von Olav Johansen an diesem Abend selbst zweimal deine Aussage geändert. Warum? Hast du irgendein Problem damit, dich an alle Einzelheiten zu erinnern?

EL: Glaubst du mir denn auch nicht, P. B.?

PBB: Als Ermittler muß ich mich an das vorliegende Material halten, Ellen. Und wir haben eben Zeugenaussagen, die deiner Zeugenaussage in einem wichtigen Punkt widersprechen.

EL: Du glaubst den Suffköppen mehr als mir.

PBB: Nicht, wenn du dich endlich entschließt, mir alles wahrheitsgemäß zu erzählen.

EL: Das habe ich doch.

PBB: Du könntest dir selber viel Ärger ersparen, wenn du dich aufraffen könntest, die Wahrheit zu sagen.

EL (aufgeregt): Es stimmt auf jeden Fall, daß er mich angegriffen hat!

PBB: Und wo genau ist das passiert?

EL: Es war genauso, wie ich es gesagt habe.

PBB: In welcher deiner Aussagen denn? Hör mal, Ellen, wir haben am Tatort eine Reihe von Spuren sichergestellt, unter anderem die von hochhackigen Schuhen. Ich habe hier einen Durchsuchungsbefehl für deine Wohnung liegen. Wir können zum Beispiel jederzeit alle Schuhe beschlagnahmen, die wir dort finden, sie mit unseren Abdrücken vergleichen und sie zur chemischen Analyse ins Labor schicken. Und ich warne dich:

Wenn es auch nur ein einziges winziges Erdklümpchen gibt, eine Pflanzenfaser, einen Grasfleck, dann wird unser Labor das feststellen und herausfinden können, woher es stammt. Und dann sitzt du erst richtig in der Tinte.

EL (weint): Ich dachte, du wärst ein Freund, keiner wie die anderen, die immer nur...

PBB: Dann mußt du mir glauben, wenn ich dir sage, daß es wirklich das Beste für dich ist, alles so zu erzählen, wie es passiert ist, offen und ehrlich.

EL: Aber mir glaubt doch niemand, P. B. Mir wird doch jedes Wort im Munde umgedreht.

PBB: Ich werde dir glauben, Ellen, wenn du dich entschließt, die Wahrheit zu sagen.

EL (kaum hörbar): Es ist wirklich auf Tyvholmen passiert.

PBB: Erzähl von Anfang an, und laß dir ruhig Zeit dabei.

EL: Er hat mich angegriffen, und dann... na gut. Ich bin mit ihm gegangen, als er über den »Liebespfad« spazieren wollte, wie er das nannte – so haben wir früher den Weg genannt, aber jetzt erinnert nicht mehr viel an einen Liebespfad, mit dem ganzen ollen Asphalt und Fußballplatz und so. Er war ziemlich blau, und deshalb gingen wir sehr langsam. Ja, ich hatte ja kapiert, daß er Alkoholprobleme hatte, so wie er den ganzen Abend gebechert hatte. Er hatte auch einen Flachmann dabei und trank unterwegs weiter, ich mußte ihn fast schon stützen. Wir gingen bis zum Klubhaus. Und da wurde es dann ernst. Er wurde immer zudringlicher. Behauptete, ich sei seine große Jugendliebe gewesen und so weiter, und nun würden wir alles Versäumte nachholen. Grabbelte mich überall an. Am Ende mußte ich ihn wegschieben. Er war so wackelig auf den Beinen, daß er hinfiel, dann kam er aber wieder auf die Beine und war plötzlich schrecklich böse. Ganz egal, was ich zu sagen versuchte: Er fiel mich an und versuchte, mich auf den Boden zu drücken. Dabei ging meine Tasche auf. Und mein Kleid zerriß auch. Ich hatte eine Sterbensangst, als mir aufging, daß ich mit ihm kämpfen mußte. Ich kann nicht genau sagen, was ich gemacht habe, ich habe ihn jedenfalls mit aller Kraft geschlagen und getreten. Und ich habe sicher auch um Hilfe geschrien. Und dann sank er plötzlich wie ein Sack in sich zusammen und blieb still liegen. Fürchterlich still, fand ich. Und dann sah ich, daß Blut aus seinem Mund kam, und ich hatte entsetzliche Angst. Ich dachte, ich hätte ihn umgebracht, und deshalb suchte ich meine Sachen zusammen und lief so schnell ich konnte in die Stadt zurück. Wenn ich jetzt daran denke, begreife ich nicht, was ich getan haben könnte, daß er... daß er so enden mußte... ich wollte ihn doch überhaupt nicht verletzen... ich wollte ihn nur wegschubsen! (Die Zeugin bricht in Tränen aus.)

PBB (legt einen am Tatort gefundenen Kamm auf den Tisch): Kannst du mir sagen, was das hier ist?

EL: Ein Kamm...?

PBB: Hast du schon mal so einen Kamm gesehen?

EL (nach kurzem Zögern): Ich... ich glaube, Jon hatte so einen.

PBB: Hast du je so einen Kamm benutzt?

EL (wieder nach kurzem Zögern): Kann schon sein, daß ich seinen benutzt habe, wenn er den im Badezimmer liegen ließ.

PBB: Aber dieser Kamm hier kommt dir nicht bekannt vor?

EL: Nein, der ist doch wie alle Kämme von der Sorte.

PBB: Und du hast nicht zufällig so einen Kamm in der Tasche gehabt?

EL: Nein, sage ich. Das glaube ich wenigstens nicht! Ich weiß es nicht! Was ist denn los mit diesem verdammten Kamm?

PBB: Dieser Kamm wurde vier Meter von Olav Johansens Leiche entfernt gefunden. Die Laboruntersuchungen ergaben Blutspuren am Griff. Meine Theorie ist, daß der Täter Olav Johansen mit diesem Kamm getötet hat, indem er ihm den Griff mehrere Male ins linke Auge gestoßen hat, so hart, daß die Spitze ins Gehirn eindrang. Wir haben zwei verschiedene Fingerabdrücke auf dem Kamm gefunden. Ich muß dich um deine bitten, damit wir feststellen können, ob einer von beiden von dir stammt.

(Die Zeugin Ellen Linde bricht in hemmungslosem Weinen zusammen.)

PBB: Ich gehe davon aus, daß es für die von dir beschriebene Episode keine Zeugen gibt, Ellen, aber vielleicht erinnerst du dich doch an jemanden, der deine Version irgendwie bestätigen könnte? Kann euch da draußen jemand gesehen haben? Ist dir jemand begegnet, als du, wie du sagst, in die Stadt zurückgelaufen bist? Es war doch schließlich Freitagabend, also müssen doch Leute unterwegs gewesen sein...

EL (noch immer sichtlich erschüttert): Ja... einer – und das wird euch gefallen, P. B., dir und den verdammten Journalisten. Ich bin nämlich Erik begegnet, Erik Linde, meine ich, meinem Ex. Er stand am Taxistand vor dem Bahnhof, als ich durch die Unterführung von der Achtmeterebene kam.

PBB: Hast du mit ihm gesprochen? Hast du ihm erzählt, was passiert war?

EL: Ich habe es wenigstens versucht. Ich bin zu ihm hinübergelaufen, ich glaube, ich habe gerufen, ›Hilfe, ich bin überfallen worden‹, aber er hat sich einfach weggedreht. Erst hat er mich angeschrien, dann hat er sich weggedreht und mit den Armen herumgefuchtelt, als ob er einen Mückenschwarm verscheuchen wollte.

PBB: Du konntest also nicht mit ihm reden.

EL: Es war klar, daß er nicht mit mir reden wollte.

PBB: Aber er hat dich gesehen?

EL: Sicher hat er mich gesehen. Warum hat er sich denn sonst so angestellt? Er kann meinen Anblick nicht ertragen.

Erik Linde glaubt nicht an die glückliche Scheidung, um es mal so zu sagen.

(Die Zeugin bricht in hysterisches Gelächter aus, das dann in Schluchzen übergeht.)

PROTOKOLL DES VERHÖRS DES ZEUGEN ERIK LINDE
ERSTES GESPRÄCH

Der Zeuge Erik Linde wirkt ausgeglichen, durch die Verhörsituation aber ziemlich angespannt. Gibt klare, kontrollierte Antworten, vielleicht eine Spur *zu* kontrolliert, als wolle er eine Ruhe zum Ausdruck bringen, die er gar nicht empfindet.

Auf die Frage, wo er sich gegen 01.30 Uhr in der Nacht zum Samstag aufgehalten hat, teilt er mit, daß er wahrscheinlich am Taxistand vor dem Bahnhof auf einen Wagen wartete. Er hatte den Abend in verschiedenen Lokalen Hamars verbracht und war zum Schluß ins Spilltauet Pub im Vangsvei gegangen, wo er behauptet, zusammen mit Freunden eine gute Stunde verbracht zu haben. Er teilt mit, dieses Lokal in letzter Zeit häufiger aufzusuchen, will aber nicht auf den etwas zweifelhaften Ruf der dortigen Stammkundschaft eingehen. Auf die Frage, ob irgendwer der Anwesenden bestätigen kann, daß er zum angegebenen Zeitpunkt auch dort war, antwortet er ausweichend. Und auf beharrliches Fragen gibt er dann an, sein Bier allein getrunken zu haben.

Der Zeuge behauptet, während der zehn bis fünfzehn Minuten, in denen er auf das Taxi gewartet hat, keine Bekannten getroffen zu haben. Auf die direkte Frage, ob ihm irgendwann im Laufe dieses Abends seine Exgattin Ellen Linde begegnet sei, antwortet er mit »nein«. Alles in allem wirkt der Zeuge glaubwürdig, obwohl er offenbar ein Motiv hat, die Wahrheit über eine eventuelle nächtliche Begegnung mit seiner Exfrau zu leugnen. Frau Linde ist von einzelnen Massenmedien bereits zur Hauptverdächtigen in diesem Fall ausgerufen worden, und vielleicht will der Zeuge Informationen zurückhalten, die ihre Lage noch erschweren und ihn möglicherweise in den Fall hineinziehen können.

Der Zeuge reagiert jedoch sichtlich gereizt auf die Frage nach seiner Beziehung zu seiner Exgattin. Seine erkämpfte Ruhe platzt, und seine Antworten fallen immer affektgeladener aus. Es stellt sich heraus, daß die ehemaligen Ehepartner in den letzten beiden Jahren nur minimalen Kontakt hatten und daß er ihren Lebenswandel seit der Trennung und ihren Umgang mit ihrem gemeinsamen Sohn Jon sehr kritisch sieht. Er schreibt seiner Exgattin die alleinige Verantwortung für die schlechten schulischen Leistungen des Sohnes zu, der zum Schluß nur noch in der Drogenszene der Stadt verkehrte.

Auf die Frage, wie er mit dem Verschwinden seines Sohnes umzugehen gedenkt, antwortet der Zeuge, daß die Behörden wohl ihre Pflicht tun würden, fügt jedoch hinzu, er habe das Gefühl, »die ganze Zeit auf der Suche nach ihm zu sein«, ohne näher darauf eingehen zu wollen, was er damit eigentlich sagen will.

Hamar im Mai
P. B. Backer

Erste Seite vom Hamar Arbeiderblad, 20. Mai:

TYVHOLMEN-MORD: MORDWAFFE GEFUNDEN
FRAU AUS HAMAR FESTGENOMMEN

HAMAR – Ein blutiger Metallkamm von der Sorte, mit der Motorradbanden in den sechziger Jahren gekämpft haben, ist möglicherweise das Beweisstück, das den Tyvholmen-Mörder zur Strecke bringt.

Die Kriminalpolizei hat eine Frau aus Hamar festgenommen, der vorgeworfen wird, am 14. Mai dieses Jahres Olav Johansen (43) ermordet zu haben.

Die Frau, die Anfang Vierzig ist, war erst kürzlich im Zusammenhang mit dem sogenannten »Parkfall« in Erscheinung getreten. Damals wurde ein Achtzehnjähriger tot aufgefunden, vermutlich das Opfer einer Auseinandersetzung innerhalb der Drogenszene. Der Mord war als Überdosis getarnt worden, und die Kriminalpolizei vermutet eine eventuelle Verbindung zwischen beiden Mordfällen.

Die Festgenommene hat keinerlei Geständnis abgelegt, aber wie aus Polizeikreisen verlautet, gibt es Beweismaterial, das die Anwesenheit der Frau am Tatort belegt. Die wichtigste dieser Spuren ist der eingangs erwähnte Kamm. »Hier haben wir es vermutlich mit der Mordwaffe zu tun«, so ein Mitarbeiter der Polizei.

Der siebzehnjährige Sohn der Frau, nach dem in Verbindung mit dem »Parkfall« gefahndet wird, ist weiterhin verschwunden, obwohl mehrere Zeugen der Polizei gegenüber ausgesagt haben, daß sie ihn an verschiedenen Orten in Hamar gesehen haben. Die Polizei bittet den jungen Mann noch einmal, sich zum Verhör einzufinden.

Leserbrief im Hamar Arbeiderblad, 20. Mai:

WARUM STERBEN DIE NYMPHEN?

Wir sind entsetzt über die plötzlichen Todesfälle in unserer Nähe. In den letzten Wochen hat die Tragödie ihren Einzug in unsere Stadt gehalten. Der Tod schleicht sich über die langen Strände des Mjøsa. Bald werden Leichenfunde an der Tagesordnung sein. Wo wird der nächste Leichnam auftauchen?

Ich möchte an dieser Stelle kurz innehalten und an eine andere Katastrophe erinnern, die uns in Zeit und Raum sehr viel ferner liegt, die uns aber – ironischerweise – vielleicht ebenso sehr betrifft wie die erschütternden Ereignisse der letzten Wochen: Ich rede vom NYMPHENTOD IM ERIESEE!

Der Eriesee gehört zu den Great Lakes in Amerika, ist an die zwölftausend Jahre alt und für ein großes, dichtbesiedeltes Gebiet ein wichtiger Naturbereich. In den letzten zehn Jahren ist der See fast ausgestorben. Das Wasser ist so vergiftet, daß fast alle Strände gesperrt werden mußten. Daran ist nicht nur die Umweltverschmutzung schuld, denn DIE EIGENE ÖKOLOGISCHE CHEMIE DES SEES IST IN EIN ERNSTES UNGLEICHGEWICHT GERATEN!

Das erste Anzeichen hierfür war, daß alle Eintagsfliegenlarven, die sogenannten Wassernymphen, das meistvertretene Bodentier im Eriesee, in den fünfziger Jahren plötzlich verschwunden waren.

Untersuchungen des Bodenschlamms ergaben, daß der Sauerstoffgehalt innerhalb weniger Jahre radikal gesunken war und daß gewisse klimatische Verhältnisse, vor allem warmes und windstilles Wetter, eine sogenannte Temperaturenschichtung im Wasser hervorrufen, die der Grundschicht fast sämtlichen Sauerstoff rauben. Gleichzeitig erhöht sich beständig die Zufuhr von organischem Material im See, was zu gesteigertem Algenwuchs führt, der nun wieder zusätzlichen Sauerstoff erfordert, um die natürlichen Verwesungsprozesse im See in Gang zu halten, und damit wird der Sauerstoffmangel zur Zeitzünderbombe! Unter bestimmten klimatischen Verhältnissen wird man also mit einer unnatürlich großen Menge an organischen Stoffen rechnen müssen, die ohne ausreichende Sauerstoffzufuhr verfaulen und damit zu einer Vergiftung führen werden, die wir nur als für Mensch und Tier lebensgefährliche ökologische Katastrophe bezeichnen können.

Aber das ist doch in Amerika, wird der Leser vielleicht einwenden. Und da ist doch alles gefährlicher!

Die USA haben ihren Eriesee. Wir haben den Mjøsa, wo leicht vergleichbare Zustände eintreten können. Wir hatten auch schon Perioden mit anormalem Algenwuchs, Verfärbung und unangenehmen Geruch und Geschmack im Wasser. Wir führen dem See weiterhin große Mengen an organischem Material und Chemikalien zu, die diesen Prozeß beschleunigen. Wir hatten nun mehrere Sommer hintereinander, in denen die Temperaturen sehr viel höher waren als normal. Wir haben im See Bereiche, in denen es leicht zu einer Temperaturschichtung kommen und in denen von einer Minute zur anderen ein akuter Sauerstoffmangel zu einem entsetzlichen Resultat führen kann: Wenn der Prozeß erst einmal in Gang gekommen ist, läßt er sich nicht mehr umkehren!

Wir freuen uns über das schöne Frühlingswetter, aber ist das nicht falsch von uns? Sollten wir nicht lieber an den Eriesee denken, wo abends keine Eintagsfliegen mehr umherschwärmen und wo das Vieh nicht mehr am Ufer grasen kann?

Plötzlich werden wir in unserer Stadt von entsetzlichen Gewalttaten heimgesucht. Gibt es einen Zusammenhang zwischen dem geistigen Gleichgewicht des Menschen und dem der

Natur? Zwischen der seelischen Chemie und der Chemie der Naturprozesse? Wer behauptet, das Gift der Seeschlange treibe nicht mehr in den dunklen Wassern des Mjøsa? Ich frage ja nur…

»Der Seher«

ZWEITER TEIL

Sommer

10

Ich bin der Indianer, unermüdlich auf der Suche, unterwegs auf den überwucherten Pfaden, die sich durch die Stadt ziehen. Ich laufe durch Hamar, die mittelalterliche Stadt, die Stadt mit dem freundlichen Umland und den munteren Rentnern, die Bauernstadt, die Krämerstadt, die Stadt der Lüge und der Verstellung. Die Stadt meiner Kindheit, die Stadt meiner Hoffnungen und meiner Enttäuschungen, die Heimatstadt von Verwirrung, Trauer und Grauen meiner Jugendjahre. Die Stadt der unbarmherzig kalten Winter. Aber auch die Stadt der milden Winde und der langen, klaren Linien, wo nichts sich festhalten läßt, wo die offene geographische Lage der Stadt und die Landschaft selbst jede Kontur und jeden Kontrast verwischen, so daß alles Verkrümmte und Verdrehte begradigt und gedämpft wird und alles wirklich Handgreifliche sich verliert. Eine Stadt, in der man vergessen kann. Eine Stadt, die die Ereignisse sofort in blauen Nebel hüllt, die überdeckt, tilgt. Hier durfte ich fünfundzwanzig Jahre lang der privilegierte Gast des Vergessens sein.

Aber das ist jetzt vorbei. Jetzt muß ich lautlos auf der Jagd umherpirschen. Jetzt folge ich Spuren, die sonst niemand sieht. Deute unsichtbare Zeichen. In der Sommerwärme kommen und gehen auch die Gerüche, die ziehen und locken, herausfordern und drohen. Gerüche durchdringen die Schichten aus

Lüge in der Kommunikation der Menschen, stören das Gewohnheitsdenken, das die tiefen Löcher in ihrem Gedächtnis verdeckt. Die aufdringlichen Düfte des Sommers dringen noch in die düstersten Räume vor, in denen sich die Angst verbirgt. Im Sommer findet der Indianer keine Ruhe! Keine Rast! Keinen Schlaf! Nur Gerüche, die die Verstecke des Wirklichen verraten, und das ungewöhnliche Licht der Jahreszeit, das Tag und Nacht durchstrahlt und das Scheinbare auslöscht. Dann muß der Indianer auf die Jagd ziehen. Dann wird er zur Suche nach dem Eigentlichen getrieben, dem Verborgenen und Vergessenen, nach der Wahrheit und dem Träger der Wahrheit.

Dem Jungen also.

Jetzt suchen alle den verschwundenen Jungen. Ich auch. Der Indianer findet keine Ruhe, wenn die Menschenjagd in Gang ist. Der Indianer ist als erster auf der Spur. Er muß doch irgendwo sein, der Junge. Der Schuldige. Der das Unvorstellbare getan hat, der die Grenzen überschritten, die Wildheit in die Stadt gebracht, sie gewissermaßen eigenhändig hereingetragen hat. Mit seinen blutigen Händen. Zuerst im Park, dann draußen auf Tyvholmen. Taten, an die die meisten vielleicht dann und wann einmal... aber es auch tun? Und dann *so!* Nein, nie, nie... Ich kann es selbst nicht glauben. Ich kann es nicht einmal ertragen, das zu denken, was alle denken. Und deshalb bin ich auf der Suche nach der eigentlichen Geschichte.

Aber noch ist alles unklar. Die Zeit vergeht, und nichts scheint festumrissen. Offiziell werden ihm diese Untaten nicht zur Last gelegt. Offiziell wird er nur gesucht, wird als Zeuge gebraucht. Die Polizei gibt »aus Rücksicht auf die Ermittlungen« nur wenige Auskünfte. Die Zeitungen haben ihre mehr oder weniger gut informierten Quellen und können berichten, daß beim Beweismaterial Unsicherheit herrscht. Auch die Todesursache scheint in einem der beiden Fällen noch nicht festzustehen. Es ist noch zu früh, um sichere Schlußfolgerungen zu ziehen. Also wird weiter ermittelt. Sagen die »Quellen«.

Aber allen ist natürlich klar, daß er der Schuldige sein muß. »Allen.« Alles paßt zu gut zusammen, und der unglückselige Sohn bildet das fehlende Glied. Alle empfinden die tragische Logik einer sich auflösenden Familienbeziehung: Eine leichtlebige Mutter. Ein vernachlässigter Sohn. Ein abwesender, geschiedener Vater: Das perfekte Triptychon aller Zeiten, das hier in seiner modernen Version zu bewundern ist. In der der Vater zu Kreuze kriecht, zu den Zeitungen nämlich, um zu bekennen, daß er nur seine Trauer bekennen kann, sein Gefühl der Ohnmacht den Ereignissen gegenüber und seinen Haß auf seine Exgattin, die ihrerseits bereits zutiefst bloßgestellt ist, in allen Medien angeprangert, in Untersuchungshaft, verdächtigt, ohne formell angeklagt zu sein. Doch egal, wie Anklage und Urteil auch ausfallen mögen, sie ist zweifellos die *moralisch* Schuldige, die wahre *Schlange* im Paradies. Die letzte Tafel aber ist noch leer, die letzte tragische Figur fehlt: der Junge. Das Opfer. Der Outsider. Der Junkie. Der Flüchtige. Der Sprachgestörte, ein Detail, dem große Aufmerksamkeit gewidmet wird und das ihn noch geheimnisvoller, noch tragischer und noch bedrohlicher macht. Psychologen schreiben in Zeitungen von einer »Stotter-Wut«, einem verzehrenden Zorn, der einen Stotternden überwältigen kann, rücksichtslos, als wolle er die Gewölbe der Stille sprengen, die ihn gefangen halten. Ist es da ein Wunder, daß alle nach ihm Ausschau halten?

»Alle.«

Daß die Medien die Jagdlust schüren. Als ob er ein Gewinn in irgendeinem Preisausschreiben wäre, ein versteckter »Schatz«, mit dem irgendeine Illustrierte oder Sonntagsbeilage Spannung und Unterhaltung liefern wollte, jetzt, wo endlich der Sommer gekommen ist. Niemand in Hamar kann sich erinnern, je einen so spannenden Sommer erlebt zu haben. Im

Sommer senkt sich sonst die pure Schlafmützigkeit über die Stadt. Die Leute sitzen auf ihren Balkonen oder radeln durch die schnurgeraden Straßen. Touristen eilen vorüber. Die Bauern in der Umgebung stecken die Hände in die Tasche, machen sich wegen der Dürre Sorgen und bedenken die Ernte. Löwenzahnstengel von zwei Metern Länge werden zum Stoff für die Lokalzeitungen. Aber in diesem Jahr ist alles anders. Dieses Jahr ist etwas Besonderes. Dieser Sommer ist etwas Besonderes, nicht nur, weil er so früh mit einer Hitze einsetzte, die alle meteorologischen Rekorde brach. Hier ist etwas passiert. Ein echtes Ereignis hat stattgefunden. Eine Kette von Ereignissen. Eines hat zum anderen geführt, die Augen der Nation ruhen ununterbrochen auf uns, und diese Wirklichkeit darf nicht vergehen. Deshalb suchen »alle«. Polizei und Journalisten natürlich, aber nicht nur die. »Alle« beteiligen sich an der Jagd. Vor allem machen sie Jagd auf ihre eigenen Gefühle, die sie aufbringen für das Entsetzliche und Sensationelle und Wunderbare, was hier in der Stadt Hamar passiert ist, in dieser schlafmützigen Sommerzeit. Und bei dieser ganzen Gefühlsentladung, die uns alle aufreizt und mitreißt und erschreckt, steht der Junge im Mittelpunkt.

Vor allem Denunzianten und Bekenner sind aktiv. Privatpersonen mit besonderen Kenntnissen und Spezialwissen, was den Hintergrund des Falls betrifft, Nachbarn, Kollegen, alte Schulkameraden der Betroffenen, immer wieder füllen sie lange Artikel mit ihren Erinnerungen, Erlebnissen und Gedanken, erinnern sich, beobachten und ziehen Schlüsse, alles zum Wohle der Allgemeinheit, sie wollen einfach nur brave Buben und Mädchen sein, dazu sind wir ja alle erzogen worden, wollen aufzeigen, den Mund halten, bis sie gefragt werden und dann die richtige Antwort geben, die sie beim Lehrer, also bei den Behörden und der Öffentlichkeit, beliebt machen wird und sie gleichzeitig, mit Bild, in die Zeitungen, vielleicht sogar für acht Sekunden im Laufe einer Nachrichtensendung ins Fernsehen bringen wird. Acht Sekunden Ewigkeit im Fernsehen müssen doch ausreichen, um sämtliche Kombinationen von Spekulation, Unzuverlässigkeit, Aberglauben und reiner Lüge zu rechtfertigen.

Aber ich mache ihnen da keine Vorwürfe, sie haben ja Angst. Lust und Last der Angst suchen Hamar heim, stellen die Kleinstadt auf den Kopf. Der unberechenbare Täter kann ja jederzeit mit seinen furchtbaren Waffen erneut zuschlagen, und die Waffen sind erst recht furchteinflößend, weil sie im Medienzusammenhang so originell sind. Effektiv wie der Pfeil des Knechtes hat der Mörder es auf das linke Auge des Opfers abgesehen. Das ist makaber. Das ist beängstigend. Jederzeit kann ein neuer Pfeil dieses oder jenes Auges treffen, offen, unvorbereitet: Wer ist jetzt an der Reihe? Wer wird für schuldig befunden? Wo wird es passieren? Wie denkt eigentlich ein Mörder aus Hamar? Jetzt versucht die ganze Stadt, dem Gedankengang eines Mörders zu folgen. Jetzt schleicht man sich mit scheelem Blick auf den blumengießenden Nachbarn am Gartenzaun entlang. Die Stadt wird von ihren eigenen siebzehntausend hellwachen, verängstigten Einwohnern belagert und ist wie gelähmt, in das mörderische Gemüt dieser eigenen siebzehntausend Einwohner eingeschlossen: Wann wird er wieder zuschlagen, wo und wie?

Niemand joggt noch im Ankerskog, solange *er* noch frei herumläuft. Niemand geht nach einem Fest spätabends allein nach Hause. Niemand traut sich, an den schönen Sommerabenden auf dem Strandvei spazierenzugehen.

Niemand, nur der Indianer, der auf die Straßen hinausgerufen wird, durch die Wohnviertel, über die vielen unmarkierten Pfade, von denen es in der Stadt so viele gibt, getrieben von seiner eigenen verzehrenden Unruhe und den starken Düften des Abends. Der Indianer macht keine Jagd auf einen Mörder. Er macht Jagd auf den Jungen. Er weiß ebensowenig wie die Polizei, ob der Junge jemanden umgebracht hat oder nicht, aber er versteht, wie der Junge denkt, und er ist sich sicher, daß es aus Liebe geschehen ist, wenn es geschehen ist. Aus Liebe zur Gerechtigkeit. Der Indianer kennt sich mit diesen Dingen aus, behält sein Wissen aber für sich. Er will kein Urteil fällen, sondern die Wahrheit erkennen, sich selbst zuliebe. Deshalb fürchtet er den Jungen auch nicht. Im Gegenteil, er bewundert ihn und fühlt sich zu ihm hingezogen, wegen seiner Fähigkeit, sich versteckt zu halten und seine Spuren zu verbergen. Der Junge scheint jedesmal, wenn jemand glaubt, ihn gesehen zu haben und seinen Aufenthaltsort zu kennen, wie ein Vogel in der Luft zu verschwinden. Insgeheim nennt der Indianer ihn jetzt »Wintergoldhähnchen«. Wer außer dem Wintergoldhähnchen könnte sich lautlos nähern, in Sekundenschnelle das Auge des Opfers mit seinem spitzen Schnabel durchbohren und dann wieder spurlos verschwinden? Es ist eine große Kunst, in einer Stadt wie Hamar spurlos zu verschwinden. Sich von Ort zu Ort zu bewegen, ohne daß jemand einen entdeckt oder den Spuren folgen kann. Dazu mußt du die verborgenen Pfade kennen. Das weiß der Indianer sehr genau. Er weiß das besser als alle anderen. Deshalb bewundert er das Wintergoldhähnchen so sehr, daß er das Gefühl hat, mit ihm zu verschmelzen. Deshalb liebt er den Jungen und gibt sich alle Mühe, ihn als erster zu finden. Deshalb hat er auf den unsichtbaren Pfaden suchen müssen, und deshalb war ihm auch das Glück gewogen.

Obwohl ein Indianer kein Glück braucht, er braucht nur seine Sinne, seine Geduld, sein Wissen und seine Erfahrungen. Und die habe ich. Und deshalb hat meine Suche Erfolg gehabt. Denn ich habe ihn gefunden. Ja, ich habe ihn gefunden! Ich weiß, wo er ist, und bald werde ich ihn auch fangen. Aber jetzt noch nicht. Damit ich die Zeit habe, alles zu erzählen.

Die Mittsommernacht rückt näher, und der Schatten des Bleistiftes hebt sich kurz und kräftig vom Papier ab.

11

Hamars älteste und wichtigste Lebensader zieht sich am Strand entlang. Das Zusammenspiel zwischen See und Stadt, behutsam und gewaltsam, im Krieg wie im Frieden, hat der Stadt ihre Stimmung verliehen, ihre Identität und Dimension. Die Stadt hat immer zum Mjøsa hin geatmet.

In der Stadt wurden ein Anleger für Dampfer und Kanäle für kleinere Boote gebaut. Der erste Eisenbahndamm verlief von Osten her, parallel zur Strandlinie, fraß sich durch die vornehmen Gärten der Villen am Ufer, die bisher den vielen Platz für Boote und Badehütten genossen hatten. Aber der Kummer über den Verlust an privatem Komfort wurde rasch durch die Begeisterung der letzten Jahrhundertwende für Entwicklung und Fortschritt gehindert. Die neue Zugkraft der Gesellschaft, das Feuerroß, schnaufte und dampfte entlang der ganzen modernen Stadt am Ufer entlang und zeichnete Hamar in die Verkehrskarten des Landes ein, um dann eine scharfe Kehre zu machen und nordostwärts ins Binnenland zu fahren, ungefähr dort, wo die Hauptstraße der mittelalterlichen Stadt vor vierhundert Jahren endete, am Hagebekk.

Denn auch die Hauptstraße des alten Handelsplatzes Hamar verlief am Ufer. Hier lagen die Häuser der Handwerker Wand an Wand mit Kaufläden und den bescheidenen Wohnungen der Fischer. Hier wandelten die Domherren mit ihren Schülern, hier zogen die Krämer ihre Karren, und die Bürger ernteten in ihren Gärten ihre Äpfel und brauten Most. Ganz im Westen, auf der Landzunge, lagen Kirche und Bischofssitz, Kloster und Schule. Im Osten in Richtung Hagebekk befanden sich die schlichten Anleger und der Steintisch der Fischhändler. Der Strand war geistiges Zentrum, Handelsplatz, Arbeitsplatz, Schuttabladeplatz, hier atmete der seelische, materielle und rein körperliche Stoffwechsel der Gemeinde.

Noch fünfhundert Jahre früher, um die Jahrtausendwende, war König Harald Hardråde mit seinen Mannen über den Mjøsa gekommen, um die lokalen Fürsten durch seine Streitmacht und seine orientalische Grausamkeit zu unterwerfen. Der Sage, frühen Schriften und einem vereinzelten Münzfund nach war er es, der die Stadt und damit auch den Handelsplatz begründete.

Aber wenn wir noch weiter zurückgehen, in die vergessenen Zeiten, ehe die ersten Langschiffe auf der Vorma in Richtung des Binnenmeeres gerudert wurden, ehe die Höfe der Wikingerzeit durch den fruchtbaren Boden dieser Gegend groß und mächtig wurden, wenn wir in die Zeit der Dämmerung eintreten, in der die Geschichte sich aus dem Schlick der Mythologie erhebt, dann erkennen wir Eichen mit riesigen Wurzeln, die ganz im Osten in der Åkersbucht an Land gezogen werden, von kleinwüchsigen, kräftigen, in Fell gekleideten Männern, in jedem Frühling und jedem Herbst, wenn die Jagd- und Fischsaison beginnt. Und wir sehen das Wild fallen, während ihm blutiger Dampf aus dem verzerrten Maul quillt, und in unübersehbaren Reihen werden Fische zum Trocknen an Pfählen aufgehängt, und zu allem steigt der Rauch der Opferfeuer zum glasklaren Himmel empor.

Der Schatten des Bleistiftes hat ein Fünftel von einem elliptischen Kreis um den Zentrumspunkt gezeichnet, während ich an meinem Tisch sitze und mir das alles durch den Kopf gehen lasse. Es ist Sommer und warm in der Wohnung, und ich habe mir die Mjøsalandschaft so lebensecht vor Augen gerufen, daß ich das Gefühl habe, selber dabeigewesen zu sein. Ich sehne mich nach dem Wasser, der Quelle, dem Ursprung von allem.

Sehne mich nach Weisheit und Ruhe. In Gedanken habe ich mir schon meine Stelle ausgesucht. Natürlich ist es hier, tief in der Akersbucht, wo der Indianer am besten sein Lager für den Sommer aufschlagen kann.
Wenn in der sommerlichen Hitze die kleine therapeutische Wohnung oben in Hamar West zu stickig und muffig wird, muß ich nämlich auf Wanderschaft gehen. Und dann packe ich das Nötigste in einen Rucksack, Kleider, Bücher, Schreibgeräte, ein paar Konservendosen, lade mir alles zusammen mit meinem Zelt auf den Rücken und fahre mit der Buslinie 1 nach Osten über die Disenbrücke, vorbei am sagenumwobenen Gut Åker, das jetzt als Kaserne dient, und weiter in Richtung Hjellum. Hier kann ich sicher sein, daß ich kein Aufsehen errege. Wer mich sieht, glaubt, ich sei unterwegs zur psychiatrischen Klinik Sanderud, zur wöchentlichen Therapie und Medikamentenaufnahme, wie das auch bei anderen Freigängern der Fall ist. Bei den Verrückten, die dort ihre regelmäßige Dosis bekommen...

Aber ich steige zwei Haltestellen früher aus, wo sich in alle Richtungen Felder hinziehen, und laufe, sowie der Bus weitergefahren ist, so schnell ich kann, die Allee hinunter zum Hof Vidarshov, der am Ende der Bucht auf seinem Sagahügel über dem sumpfigen Naturschutzgelände thront. Nach knapp hundert Metern Allee, wenn ich von der Straße aus nicht mehr gesehen werden kann, biege ich ab und arbeite mich durch Büsche und Unterholz hinter den gelbangestrichenen Wirtschaftsgebäuden vor, klettere über den riesigen Grabhügel, den größten der Gegend, der von dichtem Wald und Gestrüpp bewachsen ist, bin erleichtert, wenn ich nicht auf die Stiere stoße, die hier frei weiden dürfen, finde den Karrenweg, der nach und nach zu einem Pfad wird, überquere die Eisenbahnlinie und habe das Naturschutzgebiet am Mjøsa erreicht. Und bin angekommen. Hier ist niemand. Hier kann ich vom Hof aus nicht gesehen werden, und die Häuser von Ridabu sind längst hinter Wänden aus Vegetation versteckt. Der Lärm der Hauptstraße erreicht mich kaum noch. Hinter der ersten Landzunge habe ich dann auch die letzten von Hamars modernen Konturen aus den Augen verloren: die überdimensionale, scheußliche Bootsform der Schlittschuhhalle. Das erleichtert. Ach, wie es erleichtert, in der Natur nur Natur zu sein! Die Pfade der Hechtangler führen über trockene, mit Moos bewachsene Felskuppen, durch Senken mit mannshohem Gras, über gurgelnde Bäche und Gräben, in die märchenhafte Sumpflandschaft, wo riesige Bäume, Kiefern, Ahorn, Linde und Birke seit hundert und aberhundert Jahren in Frieden wachsen durften und auch weiterhin in Ruhe gelassen werden, bis sie aus Altersschwäche umfallen, von Schlingpflanzen und Pilzen bewachsen werden und langsam verrotten. Überall im Wasser steht Riedgras. Ein Reiher steht bewegungslos hab acht. Das Wasser ist unnatürlich ruhig, obwohl kleine Fische herumwuseln, und Geruch und Lautlosigkeit sättigen die Luft. Hier darf sich die Zeit die Zeit lassen, die sie braucht…

Auf ebenem Boden, zwischen zwei riesigen Birken, deren Kronen ein Dach zum Schutz vor Sonne und Regen flechten, schlage ich mein Zelt auf. Ich mache das jeden Sommer an derselben Stelle. Ich bin nur zwanzig oder dreißig Meter vom Wasser entfernt und dennoch vollständig versteckt hinter dichten grünen Wänden, die sich um die natürliche Lichtung erheben, die ich hier gefunden habe. Hier ersetzt das Summen von Insekten das ewige Rauschen des Autoverkehrs. Hier schließt sich das Schilf über meinem Kopf, wenn ich mich einige Schritte vom Zelt entferne und mich hinhocke, um meine Notdurft zu verrichten.

Hier kann ich hinauswaten, meine Füße im Modderboden versinken lassen, meinen großen, unschönen Körper im Mjøsawasser versenken, das jetzt, im Frühsommer, bei noch niedrigem Wasserstand, hier im Inneren der Bucht ganz lauwarm ist. Hier kann ich schwimmen oder mich einfach nur treiben lassen wie ein unförmiger Ur-Lungenfisch, kann den Brodem vom Ursprung aller Dinge einatmen und für einige selige Momente vergessen, daß gerade diese Üppigkeit, das Bakterienleben, das ich wie ein Kribbeln in den Zehen fühle, in sich die Drohung birgt, uns alle auszulöschen, jener Algenwuchs, der für Myriaden von Fischlaich Brutstätte ist, was wiederum hundert Vogelarten und größere Fische ernährt, und bei dem ich ein fast ekstatisches Wohlergehen empfinde. Eine kleine Steigerung der Durchschnittstemperatur wäre schon genug. Zusammen mit einer geringfügig erhöhten Zufuhr von organischen Stoffen in den Binnensee, von Abfällen und Chemikalien aus dem Überkonsum der Menschengesellschaft, Dünger und Phosphor aus der Lebensmittelproduktion. Zusammen könnte das den Kreislauf anormal beschleunigen, könnte zu anormalem Wuchs von Algen und einem Ungleichgewicht in den chemischen Grundprozessen führen. Niemand kann Verwesungsprozesse, die außer Rand und Band geraten sind, kontrollieren. Niemand kann eine Vergiftung stoppen, wenn sie erst einmal in Gang gekommen ist. Das ist alles schon vorgekommen. In Afrika. In den USA. Ich habe darüber Zeitschriftenartikel geschrieben und sie zurückbekommen. Ich habe Leserbriefe an die Zeitungen geschrieben: Der Mjøsa, die nasse Lunge des Hedemarksmenschen, das Fruchtwasser der Binnenlandgesellschaft, trägt die Zerstörung in sich. Das Gift der Schlange verbreitet sich, weil die Menschheit sich nicht einschränken will. Wenn das Klima sich noch etwas mehr erwärmt, wenn wir die Natur mit noch etwas mehr Abfall belästigen, dann kann unsere Mutter sich voller Zorn gegen uns wenden, das Giftfaß über uns leeren, sie kann uns respektlose, selbstzerstörerische Mißgeburten vernichten... Und wenn es soweit ist, dann wird es hier anfangen, in der Åkersbucht, dem Labor der

Mjøsalandschaft, wo alles ein Übermaß annimmt und alle Prozesse ihre Umlaufgeschwindigkeit erhöhen. Gerade an einem Tag wie heute, an dem das Sonnenrad durch den gelben Sonnendunst rollt, an dem die Luft dunstig und satt ist, und das Süßwasser tot und schwer, so daß mein unförmiger Ur-Körper nur mit Mühe darin treiben kann. Selbst die laichenden Hechte bringen im Schilf nur träge Ringe zustande, die sofort von der Unbweglichkeit erfaßt und geglättet werden.

An einem Tag wie heute wird es passieren.

Und hier fange ich meine Suche nach dem Jungen und der wahren Geschichte an. Denn unsere inneren Landschaften werden im selben Tempo zerstört wie die äußeren, und nur die eigentlichen Geschichten können uns das Ausmaß der Zerstörung begreiflich machen. Und deshalb muß ich den Jungen finden.

12

Ich muß am Strand nach ihm suchen. Ich habe zwar noch keine Lösung parat oder konkrete Spuren gefunden, die ich verfolgen könnte, aber Impulse, Sinne, die unsichtbaren Zeichen führen mich zum Wasser. Der Indianer muß den langen Linien folgen. Die Dramen der Stadt haben immer schon mit dem Mjøsa in Verbindung gestanden. Der See war die ganze Geschichte hindurch Eingangstor und Fluchtweg. Und die Untaten, diese *Ereignisse,* die die Stadt erschüttert und sie für kurze Zeit »wirklich« gemacht haben, haben die Einwohner aufmerksam und ängstlich gemacht. Und damit auch aggressiv, mißtrauisch und auf neue, dynamische Weise selbstbewußt, denn sie haben die Gefährdung ihres Lebens begriffen, die Verletzlichkeit ihres Daseins, die falschen Schlupflöcher der Kleinstadtgeborgenheit.

In diesen ersten heißen Sommerwochen suchen ungewöhnlich viele Menschen am Wasser Abkühlung, Ruhe, einen frischen Lufthauch, Entspannung für Gedanken und Sinne, liegen ausgestreckt auf einer Decke oder suchen in lustvollem, spielerischen Zusammensein am Strand Spannung und Abwechslung. Während das Leben in der Stadt immer träger wird und in den Einkaufsstraßen und den ruhigen Wohngebieten stirbt, bevölkert sich der Strand mit Menschen, die ihre Suche noch nicht aufgegeben haben.

In die Stadt komme ich am leichtesten, wenn ich an der Bahnlinie entlanggehe, wenn ich meine Schuhe im groben Kies knirschen lasse, wenn ich meine Lunge die Luft einatmen lasse, die gesättigt ist vom Geruch von Imprägnierung und heißem Metall. Von Disen aus gehe ich ein Stück über den Vangsvei (denn sonst würden mich alle bemerken, wenn ich über die Eisenbahnbrücke bei der Mündung des Flagstadelv balanciere), gehe dann über die neue Laufplanke nach links und überquere den riesigen, grob planierten und mit Unkraut bewachsenen Parkplatz vor der Schlittschuhhalle, halte dann auf die Stangebrücke zu und nehme die Abkürzung über das Gelände der Eisengießerei. Dann überquere ich noch einmal die Bahnlinie und halte mich so lange wie möglich hinter den Werkstätten, klettere dann über den rostigen Zaun und rutsche die Böschung zum Gleiskörper hinunter, und dann bin ich schon, mit den Schuhen voller Kies und Staub, auf Tyvholmen. Warum nicht dort anfangen, wo alle Spuren enden, auf dem Richtplatz – auf der Landzunge des Leidens?

Auf Tyvholmen, unmittelbar unterhalb des Klubhauses vom Ruderverein, wiegen sich Reihen von gelben Blüten auf hohen Stengeln, und Büschel von starrem Gras trotzen am Südhang Hitze und Dürre. Nichts weist darauf hin, daß hier ein Verbrechen geschehen ist, jetzt, wo die Polizei mit ihren schwarzen Koffern, ihren Plastiktüten, Löffeln und Pinseln, Skizzenblocks und Fotoapparaten die Stelle verlassen und ihre roten und weißen Plastikstreifen mitgenommen hat. Jetzt, wo mein alter Freund P. B. nicht mehr in seinen feschen Designerjeans auf dem Weg entlangwandert und aus purer Frustration mit geflochtenen italienischen Schuhen Kieselsteine in die Luft kickt.

Ich blicke mich um, sehe aber keine Spuren, kein schlaues Detail mit direkter Verbindung zu einem Mord, das den geübten Blicken der Fahnder entgangen ist. Was ich sehe, sind die frischen Reste eines Feuers unter eine Lärche, die so alt ist, daß ihre Wurzeln vielleicht vom Sperma des letzten Übeltäters genährt wurden, der hier draußen gehängt wurde. Aber ein Feuer am Strand ist nichts Ungewöhnliches. Tyvholmen ist immer noch ein Ausflugsziel. An den Sommerabenden machen die Leute hier Feuer, sitzen daran, grillen Würstchen, plaudern, streben zueinander. So wie sich den vielleicht auch der unselige Olav Johansen vorgestellt hat, wenn er nur so weit gekommen wäre.

Um das Feuer herum liegen Fischreste, Köpfe und Gräten von Barsch und Hecht. Das ist ungewöhnlich. Es gibt zwar viele Angler im Mjøsa, aber die wenigsten essen ihren Fang auch auf – falls sie nicht gerade eine seltene Forelle erwischen. Ihr Fang ist für die Katze bestimmt, zur Not vielleicht für einen Fischpudding oder eine Bratpfanne voll Frühstücksfisch. Aber hier wurden die Fische über dem Feuer gebraten und verzehrt. Ich sehe den Ruß an Kiemen und Flossen, und ich zähle fünf, sechs Rückgrade von ziemlicher Größe, hier hat jemand richtig getafelt. Obwohl, wer »tafelt« schon mit Barsch und Hecht, die so viele winzige, spitze Gräten haben? Es kann immerhin ein hingerissener Angler gewesen sein, der seinen Ausflug zum Mjøsa voll auskosten und nicht auf die Lagerfeuerstimmung verzichten wollte. Es ist schön hier, und noch vom Land aus kann man gut angeln. Es gibt hier immer Barsche, und im Frühling und Frühsommer beißen viele Hechte an. Oder es war jemand, der wirklich Hunger hatte...

Ich gehe die wenigen Meter zum Klubhaus zurück, auf die Rückseite. Ein Fenster steht auf Kippe. Immer steht ein Fenster auf Kippe. Durch die eingestaubte Scheibe sehe ich einen Aufenthaltsraum. Ein Tisch, einige Stühle. Ein Kühlschrank. Bilder an der Wand. Zwei leere Limoflaschen. Nichts Bemerkenswertes. Aber meine Füße treten auf etwas Weiches, als ich mich recke, um besser zu sehen. Ein Ende eines Schlafsackes. Ein grüner, halb aufgerollter Schlafsack ist in den Spalt zwischen Bretterboden und dem abfallenden Boden gedrückt worden, bei einem der Pfosten im Betonfundament.

Ein gefleckter alter Schlafsack braucht auch nichts zu bedeuten. Er kann von einem Boot aus an Land getrieben und mit anderem Strandgut aufgelesen worden sein, vielleicht hat ein Klubmitglied Verwendung dafür, vielleicht hat er eine Freundin, und sie treffen sich hier draußen...? Aber die Reste eines Feuers, versengte Gräten, ein Schlafsack, ein Fenster auf Kippe, durch das ein Junge ungesehen ein- und ausschlüpfen kann, das alles kann auch etwas anderes bedeuten: ein Lager. Ein Lager beim »Tatort«, zu dem der »Mörder« ja auch schlechten Kriminalromanen zufolge immer wieder zurückkehrt. Ein Hinterhalt? Ein Ort, an dem man sich verstecken und abwarten kann? Oder ein Zufluchtsort. Ein brauchbares Versteck, jedenfalls für einige Zeit. Ein Ort, an dem man das *Ereignis* auf sich wirken lassen kann... Über diese Fragen würde ich gerne mit meinem alten Freund, dem Fahnder, sprechen. Aber er ist hier draußen fertig. Er ist zu sehr mit seinen Ermittlungen beschäftigt, muß sich mit Journalisten unterhalten. Jetzt ist Sommer. Saure-Gurken-Zeit für die Zeitungen. Der Fall ist noch ungelöst, jedenfalls ist gegen niemanden Anklage erhoben worden. Die Zeitungen pressen alles aus der Geschichte heraus, was nur möglich ist. P. B.s Verbindung zur

Stadt und seine entfernte Bekanntschaft mit den Betroffenen ist behandelt worden. Niemand wird verschont. Aber ich muß weiter.

Einen knappen Kilometer weiter westlich, hinter dem Polizeigebäude, hinter dem Betondeck für Autos der Achtmeterebene, hinter dem Restaurant Sea Side, wo im Moment auf der Seeterrasse das Leben tobt, da hinten, bei der Eisenbahnunterführung, die den Anleger mit dem mißhandelten Park verbindet, beim Anblick des ersten Baggers, der wie ein Wächter über dem Graben aufragt, den er gerade anlegt, kommt mir plötzlich ein Einfall, ein Bild: Ich stelle mir vor, daß sie etwas ganz anderes vorhaben, als eine vierspurige Straße durch den wichtigsten Park der Stadt zu bauen. Statt dessen legen sie die alten Kanäle wieder frei, die die Händler, die in kleinen Ruder- oder Segelbooten in die Stadt kamen, vom Hafen bis zum Markt trugen. Ein schöner, mit Stein ausgelegter Kanal vom Yachthafen durch den Park – der wieder bepflanzt worden ist! – bis zum Markt, auf dem noch immer die Tische der geschäftigen Gemüsehändler stehen, wo es Losbuden, Spielleute, Fischwagen mit frischem Hering aus Westnorwegen gibt, ausländische Schmuckverkäufer, die Blumenhändler mit ihren Sträußen, die Beerenpflücker mit ihren Kästen … ein plätschernder, glucksender Wasserweg, Anlegeplätze, und der ganze Autoverkehr umgeleitet – was für ein herrliches Bild! Was für eine Belebung des Stadtbildes! Was für ein Geschenk an die Bevölkerung! Was für eine hoffnungsvolle, kreative Vision!

Die Vision eines jungen Mannes, denke ich stolz, noch immer hingerissen von meinem eigenen Gedanken, und nicht bereit, mich von der Wirklichkeit wieder auf die Achtmeterebene herabziehen zu lassen. Bis ich die beiden schwankenden Gestalten sehe, die sich im düstersten Teil der Unterführung an die Mauer lehnen, gebückt, stolpernd, zugedröhnt. Sie tauschen nuschelnd etwas aus und fuchteln dabei mit den Armen.

Geld? Diebesgut? Eine Spritze? Eine Schnapsflasche? Was geht es mich an? Welche Rolle spielt es, worum es dabei geht? Ich sehe solche Transaktionen nicht zum ersten Mal. Und auch diese Akteure nicht. Leute wie sie. Das alles habe ich schon oft gesehen. Das hier ist im Sommer der Szenetreff der Junkies. Hier wird das Treibgut an Land gespült. Ich sehe sie oft. Ich erkenne sie. Und sie kennen mich. Manchmal sprechen sie mit mir, die meisten haben nur wenig menschliche Kontakte. Sie tun mir leid, aber ich mache, daß ich wegkomme. Es ist besser, wenn ich ihnen vom Leibe bleibe. Ich habe ihnen außer zuviel Mitleid nichts zu bieten, außer zuviel Einfühlung und Verständnis, ich habe Angst, mich in ihren Tränen restlos aufzulösen.

Aber heute nicht. Nicht, wenn diese beiden nuschelnden Trottel durch ihren elenden Anblick meine schöne Stadtvision zerreißen. Aber sie sind nicht die einzigen, die hier etwas zerstören. Hinter ihnen, in dem Teil des Parks, den ich durch den Fußgängertunnnel erkennen kann, hinter Baggern und Graben, grinst mich die unpersönliche, fundierte und geplante Zerstörung an, die Zerstörung durch die Städteplaner: Ich sehe zwei Baumstümpfe, nur zwei, von den zwei Dutzend oder mehr Bäumen, die gefällt wurden. Aber es reicht. Sie leuchten noch, meine Stümpfe, aber nicht weiß und schneidend, wie am Tag, an dem die Motorsägen hier gewütet haben. Jetzt hat eine dicke Schicht geronnenen Saftes die Wundflächen bedeckt und schimmert gelblich. Wie Schaum. Krank. Die letzten Zukkungen der sterbenden Wurzeln jagen den Saft in den Stumpf, und der läuft schließlich über und ergießt sich über den nackten, aufgewühlten Boden. Zorn packt mich – der unbändige, reine, ohnmächtige Zorn eines jungen Mannes –, darüber, wie schön und verheißungsvoll und lebenskräftig das Leben doch sein könnte, und wie ärmlich, zerstört und widerlich alles wird, alles, womit »sie« sich befassen. Ich werde nicht oft wütend. Ich versuche, das zu vermeiden. Aufregung ist nicht gut für mich. Ich bekomme Medizin dagegen. Aber jetzt spüre ich den Zorn, den gerechten Zorn des jungen Mannes. Und die Enttäuschung. Und die Verbitterung. Und den Impuls, gewaltsam und unüberlegt zu handeln. Und ich weiß, daß ich den Bogen spannen und einen tödlichen Pfeil abschicken könnte. Auch ich. Aus Trauer. Zum Beispiel auf die beiden Elenden in der Unterführung. Als erstes auf sie…

Aber so darf ich nicht denken. Das darf ich nicht! Das ist gefährlich für mich. Ich dachte, ich hätte damit aufgehört. Aber jetzt kommen diese Gedanken und erschrecken mich dermaßen, daß ich davonrennen muß. Zitternd vor Wut fliehe ich, ehe etwas passiert, was nicht passieren darf. Nie wieder!

Aber ich begreife noch mehr. Ich komme jetzt näher. Ich bin jetzt näher gekommen.

13

Es fängt am Ridehusstrand an. Da liegen die Körper dicht an dicht. Wie sich bei dem schönen Wetter alle ausziehen! Wie sie alle Scham fahrenlassen und sich zeigen. Wie sie sich sonnen. Wie sie ihre bleiche Haut rot braten lassen. Wie mich das abstößt! Ich habe nie an dieser Intimität teilhaben können. Ich war darüber erhaben und habe meinen Blick niedergeschlagen. Ich finde, es ist wichtig, ein Minimum an Anstand zu bewahren. Und von Abstand. Auch wenn man jung ist, wie die meisten hier am Ridehusstrand. Auch als ich noch jung war, war ich darüber erhaben, ließ mich nicht über die Grenze lokken, auch wenn die anderen lachten. Auch damals gab es Verlockungen und Verführer. Verführerinnen. Mädchen. Aber ich wollte nicht, wehrte mich, hatte Angst, war nicht wie die anderen. Mädchen und Jungen. Jungen und Mädchen. Warum war ihnen allen das so wichtig? Warum mußten sie über mich lachen, wenn ich auf der Seite stand, alles durchschaute und vor Kälte und Angst zitterte?

Aber ich will auch nicht vorurteilsvoll sein. Das würde meinen Plan ruinieren. Ich betrachte sie doch in einer bestimmten Absicht. Ich weiß, daß Sonnenbaden im Sommer einen Teil der Attraktion des Zusammenseins bildet. Laßt die Kleider fallen, laßt die Hemmungen fallen, kommt her, seid ihr selber und seid frei. Aber ist es wirklich so? Diese ganze Entkleiderei ist doch eigentlich ziemlich unschuldig, sage ich mir selber. Wenn alle es tun, bleibt die Wirkung aus. Alle sind gleich. Ein Körper ist ein Körper. Alle Mädchenbrüste ähneln einander. Alle Jungenrücken. Wer sich auszieht, ist nichts Besonderes mehr, wird wie alle anderen, unkenntlich, unmöglich, vom Nebenmann zu unterscheiden. Ein Vogel in einer Vogelkolonie... und bin ich nicht gerade deshalb hergekommen?

Sollen sie doch glauben, was sie wollen, ich bin kein Spanner. Dieses Strandpanorama schockt und stößt mich mehr ab, als daß es mich anzieht. Ich erwecke in meinem langen Mantel sicher Aufsehen unter den Sonnenbadenden, aber die Leute aus Hamar sind ja an meinen Anblick gewöhnt. Den Mantel brauche ich. *Meinen* Körper will ich wenigstens beschützen. Langsam schlendere ich über den Strandvei, meine geliebte *Klosterstræde,* zur Domkirkeodde hinaus, und dabei betrachte ich sie, lasse meinen scharfen Blick auf einem nach dem anderen ruhen, und der eine ist vom anderen fast nicht zu unterscheiden. Nur die Stimmen gellen in allen Oktaven, laut und hart, tief, in Fistel. Aber die Körper ähneln einander. Am frühen Nachmittag liegen sicher Hunderte davon zwischen Koigen und Odden am Strand. Ich gehe langsam und sehe mir jeden einzelnen an, ich suche einen Bestimmten.

Denn hier muß er sich doch tagsüber aufhalten! Ausgezogen und anonym zusammen mit den anderen, gleichzeitig aber allein. Ein junger Körper unter hundert anderen. Mittelgroß. Schmal. Ein muskulöser Rücken. Junge, regelmäßige Züge. Lange mittelblonde, wellige Haare, vielleicht nach einer fröstelnden Schwimmrunde naß. Weite Badehose in wahnwitzigem Muster. Hier sitzt er in hundert ungefähr identischen Ausgaben reproduziert. Hier sitzt er in einer lachenden Menschenmenge, trinkt Bier und ist unsichtbar, oder er sucht die Unsichtbarkeit des Einsamen, ein Stück von der Gemeinschaft entfernt. Wenn du dich selbst und deine Decke auch nur wenige Meter von deinem Nächsten entfernst, dich auf den Bauch drehst, Unterarm oder Handtuch zum Schutz gegen die Sonne in den Nacken legst und einschläfst, erschöpft von deinen nächtlichen Unternehmungen, matt vor Hunger, nur ein weiterer entkleideter Körper auf einer Decke unter den vielen anderen entkleideten Körpern, wer sollte dich da noch erkennen?

Der Indianer. Ich könnte das schaffen. Ich habe alle Bilder studiert, die von ihm veröffentlicht wurden. Ich habe mir alle Merkmale eingeprägt, seine Größe, die Haare, die Gesichtszüge. Ich weiß, daß er sich seine Initialen mit Tinte unter das Uhrarmband geritzt hat. Ich weiß, daß ihm ein Stück von einem Vorderzahn abgebrochen ist. Und außerdem habe ich ihn im Gefühl. Ich weiß, daß er sich hier an diesem Strand befindet. Und wenn die Sonne untergeht und der Himmel sein weißes Licht in der stillen Oberfläche des Mjøsa ertränkt, und die Sonnenbadenden, die allermeisten jedenfalls, in überraschend kurzer Zeit zusammenpacken und sich auf den Heimweg machen, als ob sie plötzlich von einem Gedanken beherrscht würden, einem ganz anderen Gedanken als den an den Genuß des Sommers und des schönen Wetters, einem Gedanken, der ihnen Kälte und Unruhe bringt, dann, ja dann liege ich auf der Lauer! Denn ich weiß, daß ich Jagd mache auf einen, der sich auch unsicher fühlt, wenn die Sonne untergeht, er aber nicht einfach aufstehen und seine Badesachen in Tüten und Taschen packen kann, einen, der nicht ohne weiteres vom Strand fliehen kann, weil er nicht weiß wohin, oder sich zumindest auf dem Weg dorthin verstecken muß. Wer bleibt übrig, wenn die anderen nach und nach auf scheppernden Fahrrädern, in dröhnenden Autos verschwinden? Wer hat alle Zeit der Welt, wenn die anderen in aller Eile ihr Hab und Gut zusammenraffen, wenn sie in dem plötzlich kühlen Wind eine Gänsehaut bekommen? Wer zögert so lange wie möglich, darf aber doch kein Aufsehen erregen dadurch, daß er mutterseelenallein am Strand sitzen bleibt? Er. Der Junge. In der Stunde des Sonnenuntergangs habe ich die besten Chancen, ihn zu finden.

Aber er ist tüchtiger, als ich erwartet habe. Er ist mir nun schon seit Tagen entgangen. Und es wird für mich immer schwieriger, meine Runden zu drehen. Einige scheinen meine Anwesenheit auffällig zu finden. Eine Bande meiner Quälgeister macht sich den Spaß, mich unter allgemeiner Heiterkeit über den Gehweg zu jagen. Aufgekratzt durch ihren illegalen Bierkonsum brüllen sie Schimpfwörter hinter mir her, wenn sie schließlich träge von der Sonne die Jagd aufgeben. Denn sie holen mich nicht ein – ich bin noch immer schnell, ja, einer der schnellsten. Ich bin dergleichen ja schließlich gewohnt. Wie auch die langen, mißtrauischen Blicke derer, denen meine Erscheinung nicht vertraut ist. Aber sie stören mich doch bei meinem Vorhaben. Ich bin hier der Jäger, der geduldig die Zeichen deutet und den Spuren folgt, durch Geschichte und Geographie. Den äußeren Zeichen, die in der Landschaft, dem Wetter und den Jahreszeiten liegen, und den inneren in Gedanken und Gemüt. Im Gemüt derer, die das Entsetzlichste begangen haben, und das aus Liebe. Während die Badegäste hinter mir herschielen, als dächten sie, daß *ich*...

Ich verbringe nach und nach immer mehr Zeit mit der Suche auf der Domkirkeodde. Das Gelände hier ist größer, das Publikum gemischter. Hier gibt es spazierengehende Rentner, Jogger, Familien mit kleinen Kindern. Hier gibt es Rasenflächen, auf denen Fußball gespielt und Würstchen und Koteletts gegrillt werden. Hier ist der Strand unübersichtlicher, es gibt Buchten, in denen man sich unter dem Kamm von Kalkstein, der sich über die ganze Landzunge zieht und »Ziegenrücken« genannt wird, vollständig verkriechen kann. Hier liegt die Parklandschaft mit Büschen und Bäumen, in der man Zuflucht suchen kann. Hier gibt es an der Pontonbrücke einen vielbesuchten Sandstrand. Hier stehen die fünf oder sechs alten sonnenverbrannten, nach Teer duftenden Häuser des Freilichtmuseums, deren Söller, Speicher und Erker Liebespaaren schon immer gute Dienste geleistet haben, die einen Augenblick für sich haben wollen. Und unter dem grünen Wall, tief unten im Boden, wo die Steine und Pflasterreste des alten Handelsplatzes immer noch auf ihre Entdeckung warten, soll es auch einen Geheimgang geben, der einst vom alten Bischofssitz zu der Stelle führte, an der damals ein Anleger lag. Ja, und das ist vielleicht für mich das Wichtigste: Hier draußen auf der Landzunge, im Bischofssitz, wohnte doch der Junge, der Held der Chronik, der Bezwinger des Bösen! Es ist doch klar, daß ich hier suchen muß.

Außerdem kann ich mir hier am Kiosk und in der Cafeteria Würstchen mit Kartoffelfladen und Brot kaufen. Und als ich am Rand des Hofes zwischen den Museumshäusern an einem ziemlich bedeckten Tag auf einer Picknickbank sitze und das dritte doppelte Spezialgericht des Tages genieße, komme ich plötzlich auf die Spur!

Da ist er, den ich gesucht, auf den ich gewartet habe, dessen Aussehen und Züge und dessen mögliche Verkleidung ich mir vorzustellen versucht habe. Das Bild des Jungen, des Wintergoldhähnchens, das auf schnellen Flügeln von Ort zu Ort flattert, ohne von irgendwem gefangen zu werden, verfolgt mich seit Wochen. Aber ich entdecke nicht ihn, sondern das Mädchen. Und ich weiß, daß meine Überlegungen doch nicht ganz vollständig waren. Ich habe vergessen, daß er eine Freundin hat.

Ich hatte noch nie eine Freundin, vielleicht habe ich sie deshalb nicht in Betracht gezogen. Aber er hat eine. Wenn ich an die Liebe denke, dann sehe ich immer nur die Konflikte vor mir. Die Lügen. Die enttäuschten Erwartungen. Die Übergriffe. Die Tragödien. Ich denke nicht gern an diese Dinge, an Liebe, Romantik, Lüste, Forderungen... Das tut mir nicht gut. Aber ich sehe jetzt ein, daß ich die Kraft der romantischen Anziehung zwischen zwei jungen Menschen unterschätzt habe. Ich habe sie doch gesehen, im Krematorium, an diesem wahnwitzigen Vormittag, als die Leichenverwechslung entdeckt wurde. Ein dünnes, blasses Geschöpf mit strähnig gefärbten Haaren, das schrie, sie sei mit dem befreundet gewesen, der tot war und nun aber doch nicht tot war. Ich sah sie nur ganz kurz, aber das war schon genug. Ihre Züge werde ich nie vergessen. Aber ich muß zugeben, daß ich nicht damit gerechnet habe, daß die beiden immer noch miteinander in Verbindung stehen.

Und dann sehe ich sie plötzlich wieder. Und ich begreife. Wenn es kein bedeckter Tag gewesen wäre, dann hätte ich sie wohl nie bemerkt. An sonnigen Tagen wimmelt es hier nur so von Menschen, von jungen, alten, dicken, dünnen, Einheimischen, Besuchern, alle sind irgendwohin unterwegs, alle tragen etwas, alle sind halbnackt oder zumindest sommerlich leicht gekleidet und sich deshalb seltsam ähnlich. Aber heute, wo sich die Wolkenbänke über Nessund zusammenschieben und ein unruhiger Wind über den Mjøsa fegt und Regen ankündigt, sind nur wenige Menschen unterwegs. Und ich bemerke also dieses Mädchen, das von der Seeseite her auf den Museumshof kommt. Sie sieht aus wie ein Badegast, obwohl es heute wirklich nicht sehr warm ist, und sie stutzt einen Moment, als sie mich auf meiner Bank entdeckt, dann geht sie weiter über den

Hof, energisch, aber dennoch seltsam widerwillig, auf eine Weise, die meine Aufmerksamkeit erregt. Dann verschwindet sie zwischen zwei Häusern. Ich denke zunächst nicht weiter darüber nach, ich erkenne sie nicht einmal, als sie wieder zum Vorschein kommt und sie sich wieder, diesmal in der Gegenrichtung, über den Hof bewegt, mit ihrer Strandtasche und ihrer aufgerollten Strohmatte – Strandtasche und Strohmatte, bei dem Wetter! – und, noch auffälliger, einer vollgestopften Plastiktüte aus dem Lebensmittelladen. Und nun geht mir meine Fehlberechnung auf. Ich habe alles einfacher gesehen, als es in Wirklichkeit ist: Er hat eine Mitverschwörerin, eine Freundin, eine hingebungsvolle Botin, die ihm Essen und andere wichtige Dinge bringt. Und er versteckt sich hier draußen in einem der alten Museumshäuser, vermutlich dem Skråstadspeicher oder dem Grimsrudbau aus Nes, das sich mit seinem überhängenden oberen Söller hervorragend als Versteck eignet.

14

Es vergehen zwei weitere Tage, bis ich ihn endlich sehe. Aber ich habe Zeit, mehr als die Polizei, die von der Presse gejagt wird. Wenn die Ermittler aus »Rücksicht auf den Stand der Ermittlungen« sparsam mit Auskünften umgehen, kommen neue Gerüchte in Umlauf, die behaupten, es seien in beiden Fällen »Zweifel an der Todesursache« aufgekommen. Aber niemand will das offiziell bestätigen. Vielleicht ist die Lösung doch nicht so einfach, wie es zu Anfang ausgesehen hat? Vielleicht liegt die Rolle des Jungen doch nicht so klar auf der Hand? Aber solche Fragen beruhigen niemanden, sie führen nur zu noch größerer Aufregung und Unruhe: Wenn er unschuldig ist, warum hält er sich dann versteckt? Die Leute verzichten nicht freiwillig auf einen Verdächtigen, auf eine gefährliche Person, die sie alle fürchten müssen, die noch dazu ein Opfer ist, für das man eben doch eine gewisse Sympathie empfindet. Und die tragische Symmetrie in diesem Familienkonflikt ist schon fast zu einleuchtend. Und die Magie der Zahl drei: Zweimal hat der Mörder zugeschlagen. Einmal fehlt also noch. Bei dreien ist das Maß voll. Eine perverse »Harmonie« läßt sich herstellen: Aller guten Dinge sind drei. Und aller schlechten. Darauf warten sie. Die Ungeduld hängt spürbar in der Luft; bald muß doch etwas passieren. Die Wartezeit wird verkürzt mit Diskussionen, wer das nächste Opfer sein wird, vermutlich die Mutter oder der Vater. Da die Mutter in Untersuchungshaft sitzt, ist der Vater, Erik Linde, an der Reihe, wenn man dem Gerede glauben will, das ich hier und dort aufschnappe. Er zeichnet sich dafür in mehrfacher Hinsicht aus. Er trinkt jetzt angeblich wieder. Er wird oft in allerlei Gesellschaft, zu der auch junge Mädchen gehören, in der Stadt angetroffen. Aber was ist mit der Frau aus Vang, dieser armen, gutgläubigen Kuh, mit der er sich vorher getröstet hat? Wer es satt hat, alle moralische Schuld der Hure des Dramas zuzuschieben, der rotgekleideten Ellen Linde, der Rabenmutter, die jetzt auf ihre Anklage wartet und deshalb auf jeden Fall vorläufig ihren gerechten Lohn erhalten hat, interessiert sich nun für Papa Erik. Das Feuer der Sensationen lodert auf, brennt eifrig weiter und braucht immer wieder neuen Brennstoff.

Aber der Indianer kann sich nicht von vagen Spekulationen ablenken lassen. Der Indianer weiß, daß er jetzt der Spur der Beute bis zu ihrem Versteck folgen kann. Und es ist nur eine Frage der Zeit, bis die Beute ihren Kopf hervorstreckt und sich sehen läßt. Sich verrät. Er braucht nur bewegungslos dazusitzen, so bewegungslos, wie das nur ein Indianer kann, und zu warten und zu wachen. Niemand wartet wie ein Indianer.

Und so schrecklich lange mußte ich dann gar nicht warten. Am Tag, nachdem ich das Mädchen entdeckt hatte, regnete es, schwer und senkrecht, schon frühmorgens, Stunde um Stunde. Ich liege in meinem Zelt in der Åkersbucht und lausche dem Chor der Tropfen und atme die letzten süßen Dämpfe der Vegetation ein, die sich überall um mich herum in üppigem Wuchs suhlt. Ich überlege mir, daß er an einem solchen Tag seinen Aufenthaltsort bestimmt nicht wechseln wird. Er liegt trocken und sicher in seinem Versteck. Deshalb nutze ich die Zeit, um mich auszuruhen und mich auf den nächsten Tag vorzubereiten, der sicher wieder sommerlich und schön sein wird. In dieser Gegend hält Regenwetter nie lange vor. Ich verkürze die Zeit mit Lesen und schreibe die Gedanken auf, die mir so gerade in den Sinn kommen, und am Abend fliegen die Schwalben hoch, wenn die Schauer kurz aussetzen, und ich gehe hinaus, um die weiche Regenluft einzuatmen. Da höre ich ein Stück entfernt Knacken im Unterholz, das sind sicher die Stiere vom Hof Vidarhov. Sie stören mich jetzt nicht mehr, ich bin an sie gewöhnt. Ich hoffe nur, sie kommen nicht so nahe, um mein Zelt umzurcißen. Unten am Strand kann ich einen von ihnen sehen. Er hat sich ins Wasser hinausgewagt und steht mitten in der Bucht an einer seichten Stelle. Als er mich entdeckt, macht er einige platschende Schritte in meine Richtung. Er scheint auf dem Wasser zu gehen, senkt den breiten dreieckigen Kopf, und sein ganzer massiger Körper wird jetzt, wo sich das Wetter aufklärt, von einem wandernden Streifen später Nachmittagssonne strahlend angeleuchtet. Mir fällt der Stier aus der Chronik ein: das Zeichen! Unheil steht bevor! Ich fliehe aufgeregt in mein Zelt zurück, weg von diesem Anblick.

Erst nach langer Zeit bin ich wieder Herr über meine Gedanken. Ein Sonnenstreifen zeichnet irrwitzige Schattenmuster aus peitschenden und wehenden, wehenden und peitschenden Zweigen und Blättern auf die Zeltplane und übertönt meinen armen Bleistift. Erst als es dunkel wird, kann ich ruhig und geborgen wieder meine Schlußfolgerungen ziehen: Nein, er wird an einem Tag mit gutem Wetter aus seinem Versteck gekrochen kommen, überlege ich mir. Wenn die Sonne scheint. Dann wird er das Schicksal herausfordern und sich unter die jungen Leute am Strand mischen. Das Mädchen macht die Sache für ihn leichter. Niemand sucht nach einem jungen Paar, alles hält Ausschau nach einem einsamen, gejagten Wolf, einem ausgestoßenen, wachsamen und verängstigten armen Teufel. Ich ja auch, wenn auch auf andere Weise. Ich habe ihm wohl schon einige Eigenschaften zugeschrieben, *meine* Eigenschaften. Ich habe ihn an einen Platz gestellt, wo er von Feinden umzingelt ist, ein strahlender Anblick, furchtlos, voller Vertrauen auf seinen treffsicheren Pfeil. Ein junger Held ohne die Gabe der Rede, dafür aber mit Handlungen, die für ihn sprechen. Der Knecht des Bischofs, wieder auferstanden zum Kampf gegen die bösen Mächte der Welt. Wie ich auf diese Wiederauferstehung gewartet habe! Wie ich es gespürt habe, daß unsere Zeit gerade das braucht! Auf jeden Fall werde ich dasein, wenn er hervortritt, bereit, die kleinste seiner Bewegungen zu verfolgen, bereit, ihm zu helfen, wenn nötig, ihm zur Seite zu stehen. Wenn alle anderen den Jungen im Stich lassen und ihm den Rücken kehren – ich werde zu ihm halten!

Und richtig. Der nächste Tag brachte Sonne, und ich nahm schon früh meinen Aussichtsposten ein. Auf einem Hang unterhalb des Hofes, halb verdeckt unter einem Vogelbeerstrauch, sitze ich schließlich nicht zu nah und nicht zu weit entfernt, mit guter Aussicht auf Skråstadspeicher und Grimsrudbau. Ich spüre, daß es heute passieren wird.

Aber dann ist es doch nicht so einfach, Wache zu halten, wie ich gedacht hatte, denn plötzlich wimmelt es auf dem Hof nur so von Menschen. Lieferwagen fahren hin und her, laden Waren, Kästen und Schachteln, Stühle und Tische aus, und schon bald setzen Tischler etwas zusammen, was aussieht wie Buden und Tische. Und mir geht auf, daß heute der Sommermarkt für

Kunstgewerbe eröffnet wird und daß der Hof jetzt wochenlang von Keramikern, Steinschleifern, Weberinnen, Strickerinnen, Holzschnitzern, Rosenmalern und Salzteigvirtuosen besetzt sein wird, von ihren Produkten und ihrer Kundschaft. Und wenn ihn – den Gesuchten, mein liebes Wintergoldhähnchen – etwas dazu veranlassen kann, sein Versteck zu wechseln, dann dieses Gewühl. Also muß es wohl ziemlich bald passieren. Falls es nicht schon geschehen ist... denn mich überkommt plötzlich die entsetzliche Vorstellung, er sei vielleicht über diesen Szenenwechsel informiert worden und habe seine Maßnahmen bereits ergriffen, das heißt, sich im Schutze des Regens davongemacht!

Ich kann unmöglich noch länger still auf einem Posten bleiben, und deshalb krieche ich aus dem Busch heraus und schlendere auf den Hof. Dort tue ich so, als wollte ich mich unter die Kunstgewerbefreunde mischen, wo es mir in Wirklichkeit darum geht, mir die Sache genauer anzusehen, aus nächster Nähe... und es ergibt sich, daß meine schlimmsten Ahnungen schreckliche Wahrheit werden, denn als ich wie zufällig unter dem Erker des Grimsrudbaus einherschlendere und die Außentreppe hinaufblicke, sehe ich, daß das Schloß oben an der Tür aufgebrochen ist. Der Riegel hängt herunter, das unbrauchbare Hängeschloß pendelt hin und her. Der Vogel ist ausgeflogen. Das Wintergoldhähnchen ist seinen Verfolgern entwischt, und der Indianer liegt besiegt mit dem Gesicht im Staub.

Ich schaffte es, mich vom Hof herunter auf eine Bank zu retten, die ein Stück vom Gewimmel entfernt lag, aber mein Körper war dermaßen in Aufruhr geraten, daß ich dort nur wenige Minuten sitzenbleiben konnte. Ich wußte, wie wichtig es für mich war, mich so schnell wie möglich wieder zu beruhigen, um von den vielen Menschen möglichst wenig beachtet zu werden, und deshalb nahm ich mehr als meine doppelte Ration von Beruhigungsmitteln. Dann ließ ich mich zum Ausruhen ins hohe Gras sinken, das überall um die Bank herum wuchs, auf der ich nach meinem Unruheanfall liegengeblieben war. Ich fragte mich erschöpft, ob ich nicht vielleicht auch Aufsehen erwecken könnte, wenn ich liegenblieb, aber ich befand mich in einem Zustand, in dem dieser Gedanke mich nicht weiter beschwerte. Ich spürte, daß ich pinkeln mußte, und das erledigte ich dort, im Liegen. Leute, die sich in meiner Nähe zum Picknick auf einer Decke niedergelassen hatten, rückten ein Stück weiter. Nicht einmal das machte mir etwas aus, obwohl ich doch Szenen, Auftritte, Aufsehen mehr hasse als alles andere. Und dann muß ich eingeschlafen sein, denn als ich wieder zu mir kam, war Abend, und der letzte Kunstgewerbler hatte Feierabend gemacht, sein Werkzeug und sein Warenangebot eingepackt, die Bude geschlossen und sich auf sein Rad gesetzt. Und nun war auf dem Museumshof ein normaler Abend angebrochen, das heißt, ein einzelner abendlicher Wanderer, der in der Ferne seinen Hund ausführte, ein junges Paar, das eine Weile auf der Speichertreppe saß, ehe es weiterschlenderte, um eine diskrete Stelle zu finden. Und schließlich konnte ich mich aufraffen, schaffte ich es, auf die Beine zu kommen, wollte eigentlich zur Cafeteria, um den entsetzlichen Hunger zu stillen, der mich vor allem dann quält, wenn ich nervös und niedergeschlagen bin, aber dann ging mir auf, daß ich diesen Ort unmöglich verlassen konnte, ohne mich wenigstens *sorgfältig umzusehen.* Und deshalb schlenderte ich wieder zurück zum Grimsrudbau und versuchte, ganz normal und gleichgültig aufzutreten, obwohl kein Mensch mehr hier war, dem ich meine eigentliche Absicht hätte verheimlichen müssen, und als ich die Treppe erreichte, kroch ich auf Händen und Füßen nach oben, hob die Luke an und war drinnen.

Er war hier gewesen, o ja, das war er! Die geschärften Sinne des Indianers entdeckten überall seine Spuren. Leere Flaschen.

Leere Milchkartons. Ein Paar ausgelatschte Turnschuhe. Verpackungsmaterial von Lebensmitteln. Plastiktüten. Die Hitze der Sonnentage zwischen Wänden aus uraltem Holz. Abgestandener, muffiger Geruch. Zeitungen. Haufenweise Zeitungen. Er hielt sich auf dem laufenden. Er litt angesichts dessen, was über ihn und seine Nächsten geschrieben wurde, über die, die er am meisten haßte und liebte – so mußte es sein. Wie hatten Klatsch, Spekulationen, Lügen über ihn und seine Taten ihn bei seinem Vorhaben beeinflußt? Bei seiner Mission? Denn im Laufe meiner Wartezeit war ich zu der Überzeugung gelangt, er müsse eine Mission haben, da nur die Jungen, die in ihrer Unschuld zutiefst verletzt worden sind, den Schmerz in eine Berufung verwandeln können, in erbarmungslose Entschlossenheit.

»Was ist deine Mission?« flüsterte ich vergeblich, während ich die Hinterlassenschaften an diesem evakuierten Zufluchtsort anstarrte, als ob sie hier oben auf dem dunklen Speicher plötzlich des Rätsels Lösung offenbaren könnten, die Antwort auf das Geheimnis des Jungen oder zumindest ein Hinweis, eine Art Spur, die mich auf eine neue Suche führen konnte, in die richtige Richtung.

Aber nichts davon war hier in der Dunkelheit zu sehen. Die Fenster waren klein. Das Tageslicht verfärbte sich zu dem leichten, beständigen Weiß der Sommerabende, das in den Räumen ruht und die Entfernungen zwischen den Dingen wie eine Substanz fällt, wie ein leichter, geruchloser Rauch, wie etwas Festes und Konkretes, das jedoch nicht erleuchtet, klärt oder entlarvt, das eher einhüllt und bewahrt, die Geheimnisse hütet, die wir sonst vielleicht mit uns in die Nacht tragen könnten. In diesem trügerischen, geheimnisvollen Licht entdeckte ich das Zeichen an der Wand, eine kleine, in das teerschwarze Brett eingeritzte Figur – mit einer Messerspitze? einem Schlüssel? einer Nadel? – ein Kopf. Oder genauer gesagt, die grob skizzierte Karikatur eines Kopfes, primitiv gezeichnet, ein rundes Oval mit Augenlöchern, Nase, Mund, mit deutlich gezeichneten Lippen. Etwas größer als eine Faust. Und mit einer Träne unter dem einen Auge. Und in der Träne ein Totenkopf, ganz deutlich. Das am sorgfältigsten ausgearbeitete Detail auf dem ganzen Bild. Bei diesem Anblick schüttelte ich mich vor Angst und Freude. Ich hatte noch niemals die Nähe eines anderen Menschen dermaßen stark empfunden. Keines Menschen. Soweit ich mich zurückerinnern kann, nicht. Soweit ich mich zurückerinnern darf, nicht. Ich mußte doch trainieren, mich nicht an zu vieles über mich zu erinnern. Statt dessen erinnere ich mich an alles über alle anderen.

Unten auf meiner Bank blieb ich sitzen und brütete über meinem tiefen Kummer. So nah war das Ziel gewesen, und dennoch so unerreichbar. Ich konnte mich einfach nicht von der Stelle bewegen, wo ich seine ersten unzweideutigen Spuren gefunden hatte. Die Spuren des Jungen, der Inkarnation des mittelalterlichen Knabens, des neuen Befreiers der Stadt von den bösen Mächten. Jetzt, wo keine Menschenseele mehr zu sehen war, konnte ich mich auf der Bank zusammenkrümmen, stöhnen und mich anstellen wie ein armes Würstchen mit einer Darmkolik.

Und dann sah ich sie wieder! Das Mädchen. Sie kam auch diesmal vom Strand herauf, aber sie war nicht zum Baden gekleidet, sie wirkte fast herausgeputzt, wenn man diesen Ausdruck auf die unschönen Kostüme der heutigen Jugend anwenden kann. Sie hatte sich jedenfalls geschminkt, und ihre Züge wirkten fester und markanter, sie trug eine Bluse aus schwarzem, glänzenden Stoff, der Gürtel in ihrer engen Hose war mit großen Rosetten aus Nieten besetzt, und in ihren Ohren glitzerten große Trauben aus billigen Steinen. Sie trug eine ziemlich große Tasche. Ich wurde von den abendlichen Schatten versteckt und konnte sie gut beobachten. Ich mochte kaum an mein Glück glauben: Sie ging zum Grimsrudbau, verschwand oben auf dem Söller, war einige Minuten lang verschwunden und kam dann wieder zum Vorschein. Jetzt war ihre Tasche vollgestopft. Sie hatte aufgeräumt. Die Spuren getilgt. Und jetzt würde sie mich zu seinem neuen Versteck führen!

Wir wanderten quer über die offene, mit Gras bewachsene Böschung zwischen der Terrasse der Cafeteria und der Badegelegenheit, vorbei an der Stelle, wo in alten Tagen der Tanzboden gelegen hatte, jetzt aber Spielgeräte für Kinder standen. Dann gingen wir über den Pfad, der die seichte Rosenlundbucht umrundet, wo man beim Schnorcheln im Schlamm Süßwassermuscheln finden kann, durch das Parkgelände des Eisenbahnmuseums, und dann nach Martodden. Sie ging schnell und kannte den Weg offenbar genau, achtete nicht auf die Spaziergänger, die uns begegneten, warf selbstbewußt ihre heute abend gelockten Haare in den Nacken, hielt den Kopf hocherhoben, schien aber ab und zu ganz leicht zu stolpern. Ich nahm an, daß sie irgend etwas eingenommen hatte, und schlich mich in gebührendem Abstand hinter ihr her. Die Spannung, der Duft der Bäume, der Büsche, des Grases und des vielen Grüns, das jetzt in der Dämmerung lag, und der entsetzliche Hunger, den ich nicht hatte stillen können, sorgten dafür, daß mir schwindlig wurde, aber es handelte sich um den Schwindel, der uns vor Glück umhertaumeln läßt: Ich war wieder auf der Spur! Diesmal sollte niemand den Indianer an der Nase herumführen; diesmal würde ich das Wintergoldhähnchen einfangen können!

Aber dann hätte ich sie zwischen den Kiefernstämmen und dem Erlengestrüpp von Martodden fast wieder aus den Augen verloren, dort, wo der Pfad sich verengt und dann über unebene Flächen aus hellen Strandsteinen führt, über Grasbüschel und schwarzen Kies, unterbrochen nur durch die schmalen, rückgratähnlichen Streifen der Kalksteinadern. Die schmächtige Gestalt in den dunklen Kleidern glitt in dem Schattenmuster der Vegetation aus meinem Blickfeld heraus und wieder hinein. Aber als sie durch das Tor des Maschendrahtzaunes schlüpfte, der den Campingplatz umgibt, hatte ich sie wieder fest im Visier, atemlos, verängstigt und aufgeregt: Jetzt suchten sie also auf dem Campingplatz Zuflucht! Noch ein listiger Schachzug. Auf einem Campingplatz bleiben alle anonym, trotz der herzlichen Zeltbekanntschaften, die in raschem Tempo eingegangen und abgewickelt werden, einem sich immer wieder ändernden sozialen Schmelzprozeß in Miniaturform, einem sommerlichen Gesellschaftsspiel, das nur eine flüchtige Karikatur des Daseins in urbaner dichter Besiedelung darstellt, oberflächlich, unbeständig, eitel und unverbindlich. Gesichtslos. Unwahr. Mein Freund, das Wintergoldhähnchen, hatte ein weiteres Mal ein perfektes Versteck gefunden.

Ich ging um den Zaun herum und betrat den Campingplatz vom Strand aus. Sie steuerte jetzt das Gebiet mit den feststehenden Wohnwagen an, den Wohnwagen, deren Besitzer hier alle Ferien verbringen. Diese Leute bekommen die besten Plätze, trocken, auf kleinen Anhöhen, nicht weit von Meer und Anleger entfernt, mit freiem Blick auf Mjøsa und Neslandet. Aber was hatte sie bei den »Seßhaften« zu suchen?

Langsam schlenderte ich über den steinigen Strand und versuchte, mir nichts anmerken zu lassen. Ich war nicht der einzige Spaziergänger, ich sah Ehepaare in Trainingsanzügen im Partnerlook, einige mit Hund (denen ging ich aus dem Weg, ich hasse Hunde, und die mögen mich auch nicht). Ein paar Kinder warfen Steine ins Wasser. Ein einsamer Mann mit tonnendickem Oberkörper und dünnen Oberschenkeln und Waden kam platschend nach seinem abendlichen Bad aus dem Wasser. Ansonsten ruhte über Menschen, Wagen und Zelten eine ruhige, fast verträumte Stimmung. Und mitten in dieser Unbeweglichkeit, diesem norwegischen Traum, in Sommerferien fahren zu können, ohne sich von allem Lieben und Vertrauten verabschieden zu müssen, wie es ein Campingplatz ermöglicht, wanderte die kleine Punkfrau mit langen, dreisten Schritten dahin, als ob sie hierher gehöre, und niemand achtete auf sie.

Sie ging zu einem Campingwagen, öffnete die Tür und war verschwunden. Es war einer der feststehenden, mit aufgespannter Wäscheleine und Fernsehantenne und einigen Stiefmütterchen, die zu beiden Seiten der Treppe aus Leichtmetall in Kreisen aus zusammengelesenen Kieselsteinen eingepflanzt waren. Hier wohnte sie, das war klar. Wie war das möglich? Hatte ich die Situation dermaßen falsch eingeschätzt? Oder hatte ich mich in dem Mädchen geirrt? War die Beziehung der beiden ganz anders, als ich mir das vorgestellt hatte? Oder war ich ganz einfach der Falschen gefolgt, einer echten Campingplatzbewohnerin? Hielt sich vielleicht gar nicht der Junge in dem Wohnwagen auf, sondern irgendein anderer, ein gleichgültiger, fremder, dahergelaufener Jugendlicher? Nein! Nein! Ein Indianer kann sich nicht dermaßen irren, wenn er erst einmal auf der Spur ist, das ist einfach unvorstellbar!

Ich fühlte mich unbezwingbar zu dem Wohnwagen hingezogen. Ich ließ mich so nahe, wie ich es wagte, unterhalb des Wagens am Strand nieder, so nahe, daß ich drinnen Stimmen hören konnte. Ich sah, daß die schmale Tür in der übergroßen Blechbüchse, in diesem seltsamen Wohngefäß, dieser Miniausgabe des durchschnittlichen Wohlfahrtsstaats-Daheims sogar über ein Türschild verfügte. Ich war so nah, daß ich den Namen lesen konnte, SAND. Und endlich begriff ich.

Denn auch ich halte mich mit den Zeitungen auf dem laufenden. Und ich hatte in den letzten Tagen von anonymen Angriffen auf Ellen Lindes Wohnung in der Welhavens gate gelesen: eingeworfene Fenster, verdreckte Haustür, Abfall im Briefkasten, Einbruchsversuche. Natürliche Auslaufsformen für die moralische Empörung der sanftmütigen Hedemärker, wenn es um Mordfälle geht. Und ich hatte auch gelesen, daß die Mutter der in Untersuchungshaft befindlichen Frau in die Wohnung gezogen war, um weiteren Vandalismus zu verhindern, daß sie sich mit der ganzen Würde ihrer sechzig Jahre dort verschanzt hatte und sich schroff weigerte, mit der Presse zu sprechen, was natürlich die Herren und Damen der Presse nicht daran hinderte, das dramatische Potential der Situation voll auszuschöpfen, diesmal mit Frau Sand in der Hauptrolle. Frau Sand, die sonst den Sommer in ihrem Wohnwagen auf Martodden verbrachte, weil sie die Aussicht über den Mjøsa so liebte.

Plötzlich öffnete sich die Tür, das Mädchen kam herausgelaufen, und für einen Moment sah ich auch ihn. Denn ich wußte sofort, daß er es war, obwohl er keinerlei Ähnlichkeit mit dem Bild hatte, das ich mir von ihm gemacht hatte. Er hatte sich die prächtigen Locken abschneiden lassen. Sein runder Schädel war bedeckt von schmutzigblondem, pelzigem Haarwuchs von vielleicht einem halben Zoll Länge. Zum Ausgleich hatte er sich einen Bart wachsen lassen. Anstelle des souveränen Wintergoldhähnchens, das furchtlos dem Zugriff seiner Verfolger entkam und sich in Höhen aufschwang, wo niemand, weder Feind noch Freund, es erreichen konnte, stand vor mir ein entlaufener Sträfling, mit fahler Haut, eingefallenen Wangen unter den Bartstoppeln, weitaufgerissenen Augen. Sein Mund war zu einem schrägen, verbissenen Strich zusammengekniffen, sein Körper bis zum Äußersten angespannt, tödlich wie ein Jagdbogen, als er das Mädchen jetzt am Arm packte und sie wieder in den Wohnwagen zog. Ich sah, wie er den anderen Arm hob, sah die geballte Faust. Sah, daß er schlug. Hörte das ekelhafte Geräusch des Schlages. Hörte den klagenden Schrei. Sah die Tränen, sah noch einen Schlag. Zwei. Dann wieder Gejammer. Dann wurde die Tür krachend zugezogen.

Ein Ehepaar in völlig identischen Trainingsanzügen und Turnschuhen, die kreideweiß durch das Halbdunkel leuchteten, war ebenfalls stehengeblieben, schlenderte dann aber weiter, als es nichts mehr zu sehen gab. Kleine Störungen der Ordnung sind auf einem Campingplatz nichts Ungewöhnliches. Ehelicher Zwist gehört dazu. In den Ferien verlieren die Leute eben leichter die Fassung.

Auch der Indianer entfernte sich. Er hatte es in dieser Nacht noch weit, und da war es besser, er machte sich auf den Weg. Er wanderte zurück zur Domkirkeodde, über den verödeten Strandvei, durch die stillen Straßen der Stadt, nach Osten, zur Åkersbucht. Ich fühlte mich erschöpft nach den vielen Gemütsaufwallungen des Tages, doch von dem Hunger, diesem verzehrenden Hunger, der ab und zu meinen Körper zerfrißt, war nichts mehr zu spüren.

15

Nur schweren Herzens verließ ich mein idyllisches Reservat hinten in der Åkersbucht, aber mein Entschluß war gefaßt, und der Umzug ließ sich problemlos bewerkstelligen.

Natürlich passiert es heutzutage nicht mehr oft, daß irgendwer auf einem öffentlichen Campingplatz ein bescheidenes Zweipersonenzelt aufschlägt, aber mir wurde ein Platz neben zwei deutschen Wanderern und einem Radfahrer angewiesen, der zum Nordkap wollte. Mein Gefühl des Unbehagens angesichts der ungewohnten Umgebung verlor sich rasch, als ich entdeckte, wie praktisch hier alles für die Reisenden eingerichtet war. Stromversorgung, Wasser, heiße Duschen, Möglichkeiten zum Kochen und Grillen, ein gutsortierter Lebensmittel- und Campingartikelladen, und, und das war das Allerbeste, ein Kiosk, an dem Würstchen, Hamburger, Brathähnchenflügel, Pommes frites, kurz gesagt, alles verkauft wurde, was ein hungerndes Herz begehren konnte. Davor standen zwei Tische und einige Stühle. Von hier aus bot sich mir die beste Möglichkeit, die beiden im Wohnwagen zu überwachen, während ich Zeitungen las und in aller Ruhe meinen Hunger stillte, der sich immer dann meldete, sowie ich die beiden eine Weile nicht gesehen hatte. Ab und zu fand ich das alles so angenehm, daß ich mein Gesicht in die Sonne hielt und meinen Mantel aufknöpfte.

Schon nach wenigen Tagen hatte ich die Bewegungsmuster meiner Flüchtlinge kartiert. Sie hielten sich hauptsächlich im Wohnwagen auf, vermutlich schliefen sie sehr lange. Und dann kam immer nur sie zum Vorschein, ging zur Baracke mit den Klos und Duschen hinüber, dann in den Laden, und schließlich kehrte sie mit einer Einkaufstüte, die wohl das gemeinsame Frühstück dieses Tages enthielt, zum Wohnwagen zurück. Später kam sie dann wieder zum Vorschein, diesmal etwas mehr zurechtgemacht, und steuerte den Haupteingang an. Ab und zu kam sie an mir vorbei, wenn sie zur Bushaltestelle ging, und dann hing immer ein Hauch von süßem Parfüm hinter ihr in der Luft.

Er ließ sich nur selten draußen sehen. Und wenn, dann lag er einfach auf einem Handtuch am Strand, gleich unterhalb des Wohnwagens. Aber er zog niemals Hemd und Hose aus, so sehr die Sonne auch stach. Ich überlegte mir, daß er vielleicht wirklich fixte und seine Narben und blauen Flecken nicht zeigen wollte, ein Gedanke, der mich traurig stimmte. Mein Wintergoldhähnchen sollte solchen Lastern nicht erliegen, er war kein Stück tragisches Treibgut, angeschwemmt am steinigen Strand der Selbstzerstörung. Ganz im Gegenteil bekämpfte er Unmoral und Dekadenz, das allerdings mit Mitleid. Mit einer Träne unter seinem einen Auge. Er, dessen Wut und Haß in Tränen ertränkt werden wollten, konnte doch nicht… Nein, jetzt bloß keine übereilten Schlüsse ziehen. Keine Konklusionen, noch nicht! Ich wollte nicht wie alle anderen sein, die, ohne Bescheid zu wissen, ihre Urteile fällten. Nicht der Indianer, der wartet, bis er weiß.

Wenn etwas passiert, dann immer spätabends, wenn das Mädchen nach Hause kam. Dann ging sie meistens über den Strandweg, wie am ersten Abend, als ich ihr gefolgt war. Oft wirkte sie berauscht. Und ich konnte hören, wie sie sich im Wagen stritten. Das heißt, ich hörte ihre Stimme (von meinem Beobachtungsposten am Strand aus), eine dünne Mädchenstimme, die sich in kreischendem Protest immer weiter hob, bis sie in Schluchzen umkippte. Seine Stimme hörte ich nicht. Aber ich hörte Schläge mit der flachen Hand, hörte Körper, die drinnen gegen Möbel stießen, wildes Dröhnen, das den Wagen in seiner Federung erbeben ließ, und das regte mich dermaßen auf, daß die Beine unter mir nachgaben und ich in mich zusammensank. Ich krümmte mich zusammen, um ihr Schluchzen zum Verstummen zu bringen, und biß meine Fingerknöchel blutig, damit der Schmerz meine Gedanken von gefährlichen Bahnen abhielt. So, wie ich das gelernt hatte. So, wie ich es brauchte, um zur Ruhe zu kommen, um nicht wieder eingewiesen zu werden.

Eines Abends setzte er sie vor die Tür. Sie hatten gerade erst mit ihrem täglichen Streit angefangen, als die Tür auch schon aufgerissen wurde, und sie herausgestolpert kam. Sein weißes Gesicht erschien in der Türöffnung, sein Mund stand offen, war verzerrt in dem wahnwitzigen Versuch, etwas in Worten auszudrücken, seine Faust war geballt, dann fiel die Tür wieder ins Schloß. Sie war eindeutig high. Weinte und schniefte. Wartete eine Weile. Klopfte an. Nichts. Versuchte die Türklinke. Abgeschlossen. Versuchte noch einmal. Rief mit gedämpfter Stimme. Rüttelte an der Klinke. Ließ sich auf die Treppe sinken und blieb dort zusammengekrümmt sitzen, das Kinn auf die Knie gestützt. Dabei hatte sie ihr Gesicht genau in meine Richtung gekehrt, und deshalb mußte ich mich nach einer Weile entfernen, um kein Aufsehen zu erregen. Aber ich zitterte. Ich durfte doch nichts versäumen! Ich schlenderte zum Kiosk und bat um eine Flasche Limonade. Ich hatte keinen Hunger mehr. Meine Hände zitterten so sehr, daß ich die Limonade nicht in den Plastikbecher gießen konnte, sondern um einen Strohhalm bitten mußte. Der Knabe hinter dem Tresen musterte mich mißbilligend. »Einen schönen Abend noch«, brachte ich als Dank mit fester Stimme heraus. Aber er hatte sich schon zwei Kundinnen zugewandt, zwei blonden Mädchen in identischen, großkarierten Hemden und engen Jeans von derselben Marke.

Es gab keinen freien Tisch, an den ich mich hätte setzen können. Alles war belegt. Ich war total verzweifelt, plötzlich wußte ich einfach nicht mehr, wohin. Der Abend bildet den Siedepunkt für das soziale Leben auf dem Campingplatz. Dann spielen alle ihre Sommerrollen voll aus. Dann nehmen sie an allem teil. An allen Geheimnissen. Allen Schrecklichkeiten. Dann muß ich in sichere Entfernung fliehen. Dann mache ich einen langen Spaziergang am Strand oder ziehe mich in mein Zelt zurück, lasse die Propanlampe brennen und lese oder mache Notizen. Aber an diesem Abend war ich so unruhig, und außerdem durfte ich sie doch nicht aus den Augen verlieren. Und dann gab es keinen freien Tisch...

Und dann spricht mich jemand an:

»Aber hallo... hei, Bo!«

Am Tisch ganz hinten, ich kann ihn aus dem Augenwinkel heraus sehen. Ich schlürfe meine Limo. Wer kann das sein? Wer kennt mich hier? Es kann für mich alles kaputtmachen, wenn ich erkannt werde, angesprochen, bemerkt.

»Hallo, Bo! Kennst du deinen alten Schulkameraden nicht mehr?«

Er steht auf, schlank, durchtrainiert, sonnengebräunt, in rotem Hemd und makelloser weißer Hose, und in was für Schuhen! Ich richte meinen Blick auf die Schuhe, um ihm nicht ins Gesicht blicken zu müssen, um seinem ironischen, freundlichen, fragenden, ein wenig herablassenden Blick zu entgehen, der verrät, daß es sein Beruf ist, mit Unsicheren zu sprechen, zu fragen und anzuzweifeln, zu bewerten und zu folgern. Dem Blick des Mannes, der weggegangen und nicht zurückgekommen ist. Der Hamars Joch abgeschüttelt hat und auf jeden Fall eine Art Karriere gemacht hat. Was macht der heute abend hier draußen? Ich dachte, die Ermittlungen wären abgeschlossen und die Ermittler in Urlaub gefahren. Ich dachte, man hätte der Polizei von Hamar die Aufgabe überlassen, auf Grundlage der Protokolle einen Bericht für die Öffentlichkeit zu formulieren, eine Meldung, um den Medienhunger zu stillen. Den Hunger nach Klärung des Falles oder nach Freilassung der in Untersuchungshaft sitzenden Frau Linde. Der wunderbaren, wunderbaren Ellen... Nach *etwas* jedenfalls, das den Fall aus dem Stillstand retten könnte, jetzt, wo die Sensation sich selber gefressen und nur Fragen hinterlassen hat, die Unsicherheit, die in das Leben jedes einzelnen Bürgers von Hamar gekrochen ist und die ihn dazu bringt, mit unsicheren Schritten durch sein eigenes Leben zu gehen, aufmerksam und ängstlich.

»Bo Mailand! Wie immer ganz in Gedanken versunken! Setz dich doch, Bo!«

P. B. Backer ist heute abend offenbar jovial gestimmt. Aber das macht mich nur noch wachsamer. Noch nervöser. Und das gilt auch für den Anblick des schwarz-weißen Streifenwagens vor dem Tor. Er muß hier etwas vorhaben. Einer der besten Kriminologen des Landes taucht nicht aus purem Zufall auf dem Campingplatz von Hamar auf. Und er lädt mich auch nicht ein, mich zu ihm zu setzen, er befiehlt es mir.

»P. B.!« rufe ich, als ich gehorsam Platz nehme. »Du verfolgst mich von Richtplatz zu Richtplatz, von Tyvholmen nach Martodden, haha. Machst du das extra? Hier draußen ist es schön, ist das vielleicht der Grund? Ist es ein Zufall, daß der Tod an zwei der schönsten Stellen am Ufer von Hamar sein Gelage abgehalten hat? Genau hier sind sie gefoltert worden, hast du das gewußt? Auf Tyvholmen wurden sie gehängt. Zwei Richtplätze, auf jeder Seite des Handelsplatzes einer, in gebührender Entfernung voneinander, damit das Schreien gehört, die Galgen gesehen und die guten Bürger der Stadt an die Vergänglichkeit des Fleisches erinnert werden konnten, an das Elend des Menschenlebens und an die erbarmungslose Entschlossenheit der himmlischen und irdischen Mächte. Und dann gab es natürlich die *Ereignisse.* Folter und Hinrichtungen waren große, willkommene Ereignisse. Die Leute strömten herbei. Genau wie heute, P. B. Und jetzt leitest du die Show, hast du Frau Linde bald genug gefoltert? Steht sie jetzt lange genug am Pfahl? Hat sie gestanden? Wie ist die Wasserprobe ausgefallen? Tragt ihr jetzt den Scheiterhaufen zusammen, oder wollt ihr sie freilassen?«

P. B. lacht herzlich über meinen Wortschwall. Er hat noch alle seine Zähne, und alle sind kreideweiß. Er will wohl nicht auf meine Gedanken eingehen oder meine Fragen beantworten. Er interessiert sich mehr dafür, wie es mir geht, er will hören, wie ich diese Sommertage verbringe. Diese ungewöhnlich heißen und trockenen Sommertage, die hier im erstickenden Binnenland fast ohne einen Windhauch sind. Wie vertreibe ich mir die Zeit, wen treffe ich und so weiter. In Wirklichkeit ist das hier ein Verhör, ein Teil seiner Ermittlungen. Er hat noch wichtigere Fragen, die er später stellen wird, und er eiert ein bißchen herum, um in die richtige Ausgangsposition für seine Fragen zu kommen. So wie die Sommerfrischler um unseren Tisch herumeiern, in ihrem rituellen Abendtanz, der sie in die

Lage versetzen soll, ihre gegenseitige Anonymität zu berühren. Nicht einmal P. B. wird hier erkannt, obwohl sein Gesicht in den letzten Wochen immer wieder in der Zeitung abgebildet war. Obwohl er sich gut hält und noch immer als gutaussehender Mann gelten kann. Vielleicht ist er aber trotzdem ein gutes Jahrzehnt zu alt für die jungen Damen, die immer wieder im Lichtkreis um den Kiosk auftauchen. Ihre Blicke haben andere Ziele, überfüllte Autos, die am Tor anhalten, eine lebhafte jugendliche Gesellschaft unter einem Vorzelt in der Nähe, das in seiner strahlenden Beleuchtung wirkt wie eine Sommervilla in Miniaturformat. Früher war das anders, damals schwärmten insgeheim alle für P. B., Jungen wie Mädchen, obwohl alle Jungen ihn wegen seines guten Aussehens, seiner Begabung haßten, und alle Mädchen, die ihn liebten, ihn deshalb aus der Ferne und deshalb nur um so inniger liebten. Vor allem Ellen… Aber der Kiosk des Campingplatzes hat seine eigenen Wertmaßstäbe: Hier gelten ein gestylter roter Opel Ascona, ein T-Shirt und ein Paar Levi's mehr als ein rotes Seidenhemd von teurem Fabrikat, dessen Träger bei der Polizei als »Gesicht des Jahres« gilt.

Und dann kommt es endlich:

»Du, Bo, ich möchte dich ganz offen fragen: Was treibst du eigentlich hier draußen auf dem Campingplatz?«

Ich muß ja eine Antwort geben, aber wie soll die aussehen? Vor allem fürchte ich, daß er schon alles durchschaut hat, daß er weiß, was ich vorhabe und nur versucht, soviel wie möglich aus mir herauszuholen, ehe er eventuell seine Karten auf den Tisch legt. Nein, einer wie er legt niemals seine Karten auf den Tisch. Er handelt einfach nur rasch und effektiv. Also versuche ich, etwas über meine sommerlichen Wanderungen zu erzählen, wenn mir meine Blockwohnung zu eng wird und die Mjøsanatur lockt. Ich versuche, ihm mein Gefühl zu erklären, daß die äußere und die innere Natur eins sind, und wenn die eine

Natur zu große Belastungen oder Schäden erleidet, dann muß sich das auch auf die andere auswirken, und das alles beschäftigt mich sehr, so sehr, daß ich meinen eigenen Körper und mein eigenes Gemüt als Barometer für das gesunde Gleichgewicht aller Dinge empfinde. Und es ist ja auch alles wahr. Ich empfinde das so. Aber ist er zufrieden? Habe ich ihn überzeugen können?

»Ich frage dich deshalb, Bo«, sagt er und sieht kein bißchen zufrieden aus, »weil uns dein Name öfter genannt worden ist. Du hast ja alles im Blick. Du weißt, wie es hier in der Stadt zugeht. Die Leute reden, sie stellen ihre Spekulationen an. Und manche spekulieren jetzt über dich. Einzelne kennen ja auch deine Familie und deine Geschichte... tja, darauf brauche ich wohl nicht weiter einzugehen.«

Nein, das braucht er nicht. Die Blicke habe ich bemerkt. Auch ich habe in den Zeitungen Hinweise auf den »Klatsch in der Stadt« gelesen, der »eine vierte Person betrifft, die die Polizei noch nicht verhört hat«, und ich hatte dabei so meinen Verdacht. Aber ich habe nichts gesagt. Ich habe den Gedanken nicht einmal zu Ende verfolgt, denn mein Therapeut sagt, ich soll mich vor Gedanken hüten, die mir angst machen. Nein, ich habe nicht daran gedacht, wollte nicht... das ist einfach nicht gut für mich!

»Und deshalb, Bo, müssen wir uns auch darum kümmern, und meine Aufgabe ist es, dir ein paar Fragen zu stellen. Zum Beispiel, was du über diese Todesfälle weißt. Ob du die Verstorbenen gekannt hast. Ob du irgendwelchen Kontakt zu den Lindes hattest. Wo du dich in der Mainacht aufgehalten hast, in der Olav Johansen sein Leben verlor. Ob du die Szene kennst, die sich im Park herumtreibt... Routinefragen. Du verstehst sicher, daß wir sie dir stellen müssen, weil wir Tips bekommen haben, denen wir nachgehen müssen. Um die Leute zu beruhigen. Niemand verdächtigt dich. Das ist kein Verhör.

Das sind einfach nur Fragen, simple Fragen, und du antwortest, und ich schreibe deine Antworten auf, und damit ist die Sache aus der Welt. In Ordnung?«

Aber ich habe keine Antworten! Das heißt, ich habe viele. Fast zu viele, sogar für mich. Aber nicht für ihn. Also schlürfe ich den letzten Rest Limo, um Zeit zu gewinnen, und dabei denke ich wie besessen nach. Eins freut mich ja doch: daß P. B. Backer, der Stardetektiv, der Oberermittler, nicht den geringsten Verdacht hegt, ich könnte auf der Spur sein. Daß ich die Person gefunden habe, nach der alle schon so lange schon so verzweifelt suchen. Daß ich die Lösung des Rätsels sozusagen in der hohlen Hand halte. Ich könnte einfach den Zeigefinger ausstrecken, auf den Wohnwagen deuten und sagen: »Da. Da drinnen ist er. Das Wintergoldhähnchen, das ihr nicht fangen könnt. Ich habe es erwischt.« Wenn ich daran denke, muß ich fast laut lachen, obwohl ich solche Angst habe, etwas könnte noch schiefgehen, diese Episode könnte die ganze Jagd für mich ruinieren. Das macht mir fast noch mehr angst als die Vorstellung, ich könnte in den geheimnisvollen Mordfall verwickelt werden. Daß es mir offenbar gelungen ist, meine Manöver gut genug zu tarnen, um sogar P. B. an der Nase herumzuführen, muntert mich auf und macht mich froh. In einem Moment des Übermutes, um Zeit zu gewinnen und um diese verwirrende und unerwünschte Begegnung zu beenden, sage ich zu ihm:

»Ich habe wirklich etwas für dich, P. B. Ich weiß nicht, ob ich deine Fragen beantworten kann, aber ich habe etwas: Ich habe Notizen. Ich schreibe alles auf, was ich erlebe. Ich habe zum Beispiel im Zusammenhang mit diesen Todesfällen einiges notiert. Du kannst meine Notizen lesen und sehen, ob dir das weiterhilft. Vielleicht steht da auch, was ich in dieser Mainacht gemacht habe. So auf Anhieb kann ich mich nicht erinnern. Wer kann denn eine Mainacht von der anderen unterscheiden?«

Und er geht mir auf den Leim! Er hat wirklich Interesse und sagt, daß er meine Notizen sehr gerne lesen möchte, wenn ich sie ihm nur lange genug überlasse, daß er sie kopieren kann, dann bekomme ich mein Original sofort zurück. Und ich sage, alles klar. Warte hier, dann gehe ich sie holen. Und dann stürze ich los. Denn ich habe immer meine wichtigsten Notizen bei mir, egal wo ich bin. Im Zelt greife ich zu den beiden Schuhkartons, in denen die Papiere nach Namen und Thema ziemlich gut sortiert sind, wenn ich das selber sagen darf, und finde sofort einen kleinen Stapel »Ellen« und einen »Olav J.« (zumeist Zeitungsausschnitte), sowie einen Terminkalender, in den ich Verabredungen, Begegnungen und Ereignisse eintrage (obwohl ich eigentlich nie Verabredungen oder Begegnungen habe, nicht so jedenfalls wie andere), und ein paar lose Blätter. Die Stapel »Junge« und »Seeschlange« lasse ich liegen. Dann krieche ich rückwärts aus dem Zelt und preise mich glücklich für meinen klugen Einfall.

Aber als ich dann den Kopf aus der Zeltöffnung ziehe, sehe ich sie und ihn über den Platz gehen! Zum Glück nicht auf den Eingang zu, denn wenn P. B. den Jungen entdecken und erkennen würde, wäre ja alles ruiniert, sondern auf die Öffnung im Zaun unten am Strand, wo der Strandweg endet, und das ist auch schon schlimm genug. Das ist mehr als schlimm, das ist eine Katastrophe! Sie tragen zwei schwere Taschen. Sie ziehen weiter – ob sie der Streifenwagen erschreckt hat? Auf jeden Fall muß ich ihnen doch folgen.

Also renne ich zu meinem Freund, dem Detektiv, zurück, der noch immer am Tisch sitzt, jetzt mit zufriedenerer Miene, und der sich gerade etwas zu trinken geholt hat und der möglicherweise – was weiß denn ich! – auf noch mehr Konversation eingestellt ist, was ich um jeden Preis verhindern muß! Also knalle ich die Papiere vor ihn auf den Tisch und spiele den Unberechenbaren, trete von einem Fuß auf den anderen und zappele herum und klage darüber, daß das ganze Gewühl hier am Kiosk mich so nervös macht, daß ich jetzt meine Runde drehen muß, um später vielleicht ein paar Stunden schlafen zu können, daß er gern ein Stück mitkommen kann, wenn er will...

Und auch darauf fällt er herein! Bedankt sich freundlich, sagt aber, im Büro warte noch eine Menge unerledigter Arbeit auf ihn und deshalb müsse er jetzt los. Und außerdem habe es sich bewölkt und ein kühler Wind komme vom See herüber, es sei sicher das Beste, sicher unter Dach und Fach zu kommen, das Campingleben sei nichts für ihn. Aber er freue sich sehr über meine Bereitschaft zur Zusammenarbeit, und wir verabreden, daß er am nächsten Nachmittag wie versprochen meine Notizen zurückbringen wird.

Dann trennen wir uns, er geht zurück zu seinem Auto, das er diskret, aber nicht diskret genug, draußen abgestellt hat. Und der Indianer kann endlich blitzschnell über den Platz zwischen Zelt und Wohnwagen zum anderen Ausgang sprinten und die Verfolgung aufnehmen.

16

Sie gehen nicht über den Strandweg zurück in die Stadt, sondern biegen nach links ab und folgen der *Bispestræde* nach Norden. In meiner Erregung kommt es mir ganz natürlich vor, die mittelalterlichen Bezeichnungen für die alten Orte, Naturformationen, Wege oder zumindest für die Richtungen zu verwenden. Der ursprüngliche Stadtplan scheint ein Netz aus Stromlinien in die Topographie der Umgebung eingeritzt zu haben, die noch immer lebendig, aktiv sind: die *Bispestræde*, der Hauptweg aus der Stadt, führte vom Handelsplatz aus direkt nach Norden, in Richtung der Höfe Furuberget und Hoel, um dann in den Kongevei zu münden.

Sie gehen den Vognveg entlang, jedenfalls bis zur Eisenbahnunterführung bei Sonerud. Ich sehe sie ein ziemliches Stück vor mir am Straßenrand entlangstapfen, sie haben ihre Gesichter von der Straße abgewandt und lassen überhaupt keine Zweifel daran aufkommen, daß sie sich auf der Flucht befinden – zumindest nicht für einen aufmerksamen Beobachter. Für mich bilden sie jetzt das perfekte Bild von zwei Ausgestoßenen, zwei vertriebenen Vogelfreien unterwegs zur nächsten Stadt. Sogar der Wetterumschwung unterstreicht diese dramatische Flucht. Schwarze Wolkenbänke schieben sich zusammen, einzelne schwere Regentropfen treffen uns. So lebhaft ist diese zeitlose, bedrückende Fluchtszene, daß ich mich bei dem Gedanken ertappe, daß sie vielleicht wirklich aus Hamar weglaufen wollen. Das würde alle komplizierter machen. Das würde meine herrliche, historische Symmetrie zerstören und mein Schicksalsdrama in ein Küchenlied verwandeln.

Aber jetzt verlassen sie den Vognveg und biegen nach Westen ab. Offenbar ist Hoelsjordet ihr Ziel. Obwohl sich in den Sträuchern und dichten Hecken dieses Wohngebiets normalerweise tausend Augen verbergen, können sich die beiden heute abend ziemlich sicher bewegen, denn das heranziehende Gewitter jagt alle rasenmähenden, federballspielenden und würstchengrillenden Menschen von den Terrassen ins Haus. Der Große Wagen, der Orion, die Waage... hier oben haben die Straßen Sternennamen, hier oben ist alles ordentlich und wohlgeordnet und still. Häuser und Ziergärten liegen an ihrem Platz im zierlichen Karomuster des Stadtplans, als ob sie in ewiger, unverletzlicher Ordnung ruhten, und ich habe mir oft überlegt, daß hier Menschen hinter ihren großen Fenstern sitzen, beschützt und isoliert, als schwebte jeder in seinem Raumschiff und blickte zum nächsten Raumschiff hinüber, dem erleuchteten Fenster des Nachbarn nämlich, jedes in seiner lautlosen Bahn hoch über dem fernen Galaxienfunkeln der Stadt.

Aber meine beiden Flüchtlinge zerbrechen diese bewegungslose Idylle brutal. Sie sehen aus wie zwei Landfahrer aus früheren Zeiten, wie sie da mit gesenkten Köpfen und ihrer schweren Last weiterziehen. Sie gehen rasch und zielbewußt. Sie wissen, wohin sie wollen. Ich halte mich ein gutes Stück hinter ihnen, obwohl sich beide kein einziges Mal umblicken. Ich glaube auch nicht, daß sie ein Wort miteinander wechseln. Sie gehen einfach nur. Die ganze Gegend wirkt unter dem Gewitterhimmel wie ausgestorben. Zu hören sind nur der Wind, der an den Blättern reißt, und das Zischen einzelner Rasensprenger, die jemand aus Versehen nicht abgedreht hat. Und dabei fällt der Regen jetzt so dicht wie ein klebriger Rauch, der eine graue Haut über Sonnenschirme und farbenfrohe Markisen zieht.

Und dann gehen sie plötzlich über eine Auffahrt und sind verschwunden. Ich erhöhe mein Tempo. Auf so etwas war ich nicht vorbereitet, werde aber dennoch von der panischen Angst erfaßt, sie könnten mir entwischen. Ich kann ein ängstliches Wimmern fast nicht unterdrücken, als ich zu der Stelle haste, wo ich sie aus den Augen verloren habe. Als ich die Auffahrt erreicht habe, ist niemand mehr zu sehen. Aber es ist eine auffällige Stelle. Der Garten ist vernachlässigt, und die Blumenbeete sind überwuchert. Jemand hat mit einem Rasenmäher eine Schneise durch das wildwachsende Gras gezogen, vom Parkplatz vor der Garage, wo sich der Löwenzahn breitmacht, bis zur Haustür. An der Garagenwand hängt das Schild eines Grundstücksmaklers. Noch ein unverkauftes Haus in der besten Wohngegend. Und ich weiß sofort, um welches Haus es sich hier handelt. Die Presse hat uns doch alle gründlich über die privaten Verhältnisse der Lindes informiert, eben auch über die finanziellen: Die »Luxusvilla«, die sie aufgeben mußten, was an sich ja schon für eine Familientragödie reicht. Wollen sie sich hier wirklich bis auf weiteres verstecken?

So muß es sein, denn sie sind schon im Haus. Er muß einen Schlüssel haben. Oder war ein Fenster angelehnt? Ein Kellerfenster? Ein Fenster im Badezimmer? Um das leere Haus durchzulüften? Hier in dieser Stadt, die lange in ihrem Unschuldszustand verharren durfte, in dem Einbrüche und andere Vergehen gegen fremdes Eigentum noch nicht auf der Tagesordnung stehen, steht immer ein Fenster auf Kippe. Im Haus sind sie jedenfalls. Ich drücke mich jetzt an die Wand und kann sie hören. Der überwucherte Garten bietet Schutz und Schirm. Sie scheinen unten zu sein, im Kellerraum. Sehr gut. Ich kann deshalb unter eine Art Veranda kriechen, wo eine Reihe Gartensträucher zu einem hohen Gestrüpp aus Blättern und Blüten aufgeschossen ist und vor der Mauer einen duftenden Tunnel bildet. Die Fenstertüren dominieren die untere Südwand. Hier auf der Ostseite, wo ich mich hingehockt habe, gibt es nur hoch oben in der Mauer über der Böschung drei schmale Scharten. Eine davon steht auf Kipp. Immer ein Fenster auf Kipp! Deshalb kann ich trotz des Regens ihre Stimmen so gut hören. Genauer gesagt, ihre Stimme. Ich kann hören, wie sie sagt, sie sei naß, ihr sei kalt. Irgendwer wühlt drinnen herum. Ich traue mich schließlich, durch das letzte Fensterchen zu schauen. Ich erblicke ein großes, fast leeres Zimmer. An der hinteren, weißgestrichenen Wand steht ein Sofa. Zwei klobige schwarze Sitzsäcke liegen auf dem Boden. An den Wänden hängen zwei Plakate: Batman. Ein schwarzer Fußballspieler. Das hier war sicher früher das Zimmer des Jungen. In einer Ecke sind Schachteln und Umzugskartons aufgestapelt und scheinen darauf zu warten, daß sie abgeholt werden. Als sei der Auszug aus diesem Hause nie ganz beendet worden. Mildes Nachtlicht strömt durch die Fenstertüren und zeichnet die Gestalten der beiden vor den weißen Wänden deutlich ab.

Sie steht zitternd mitten im Zimmer und hat sich die Arme

um die Schultern geschlungen. Er reißt einen Karton nach dem anderen auf und durchwühlt ungeduldig und gereizt den Inhalt. Bis er einen Karton mit Kleidern findet, mit Frauenkleidern, die er herauszieht und ihr zuwirft. Sie hebt eine Hemdbluse nach der anderen auf, Röcke, eine Hose, die ihr wohl zu groß ist, einen roten Blazer, einen roten Wollpullover. Er dagegen beobachtet sie, er hat die eine der beiden Reisetaschen geöffnet und eine Flasche hervorgezogen, aus der er jetzt eilig trinkt. Sie blickt ihn hilflos an, als wolle sie ihn fragen, was sie denn anziehen soll. Er kommt auf sie zu und zieht ihr T-Shirt hoch: Erst runter mit den nassen Sachen. Sie fängt brav an, sich auszuziehen. Das kann ich nicht mit ansehen! Ich habe noch nie ein nacktes Mädchen gesehen. Das darf nicht passieren. Ich weiß, daß das nicht gut für mich ist. Also falle ich auf die Knie, krümme mich zusammen, presse die Stirn auf den Boden und schlage die Arme über dem Kopf zusammen. So bleibe ich eine Weile liegen und wiege meinen Körper dabei hin und her. Das beruhigt. Es regnet nicht mehr, und der Duft der blühenden Büsche raubt mir fast den Atem.

Als ich es wage, wieder hineinzuschauen, hat sie sich angezogen. Sie sieht plötzlich ganz fremd aus, viel älter in ihren klassischen Damenkleidern: einer dunkelgrauen Hose mit Bügelfalten, einem weißen Rollkragenpullover und dem roten Blazer. Der Junge hat sicher die abgelegten Kleider seiner Mutter gefunden. Er hat das Mädchen neu erschaffen. Sie sitzt in der Sofaecke und lehnt den Kopf an die Armlehne, als ob sie schlafen wollte. Er lehnt an der Wand gegenüber, immer noch mit der Flasche in der Hand, und scheint sein Werk begutachten zu wollen. Sein Mund arbeitet. Sein ganzes Gesicht verzerrt sich bei der Anstrengung, ein Wort herauszubringen. Es hört sich an wie »hu… hu«, ich kann es einfach nicht deuten. Sie blickt auf und hat offenbar Angst. Er bückt sich und hebt ihre nasse Jeans hoch, durchwühlt die Taschen, zieht eine

Handvoll Geldscheine heraus. Hunderter. Mehrere. Er hält sie ihr hin. Sie schüttelt den Kopf, sie ruft abwehrend:

»Das stimmt nicht!«

Er wühlt weiter. Seine Finger finden noch mehr, ein schmales Plastiketui von der Sorte, die manche mit Kreditkarten vollstopfen. Er reißt eine Karte heraus, sieht sie sich an. Sieht sie sich noch mal an. Macht eine Entdeckung. Sein Mund, seine ganze untere Gesichtshälfte arbeitet: »Hu... huuu...« Sein ganzer Körper verspannt sich bei der Anstrengung, das Wort auszusprechen, was ihm auf der Zunge liegt.

»Nein! Das darfst du nicht glauben!« schreit sie noch einmal. »Jedenfalls nicht mit ihm!«

Er schleudert ihr die Scheine ins Gesicht. Sein Körper bebt vor Erregung, vor Wut, und gleichzeitig scheint er über ihre Proteste zu lachen.

»Das stimmt einfach nicht!« ruft sie. »Ich hab' es wirklich nicht getan. Herrgott, mit so einem alten Kerl! Wir haben ihn unten am Strand betrunken gemacht, okay. Er wollte knutschen, okay. Und dann ist er weggeknackt, und ich hab' mir seine Brieftasche gekrallt. Frag doch Ska, der war die ganze Zeit dabei. Ska hat ihm sicherheitshalber auch was ins Bier getan. Der liegt sicher noch immer unten am Strand im Koma!«

»Huuuuuu...«

Er bringt das Wort nicht über die Lippen, und deshalb schlägt er sie. In seinem angespannten Körper steckt eine furchtbare Kraft. Er trifft sie seitlich am Kopf, und der Kopf schlägt so hart gegen die Rückenlehne des Sofas, daß sie umkippt und auf den Boden rutscht. Er steht vor ihr, über ihr, aber nun ist etwas von seiner entsetzlichen Energie aus seinem Körper entwichen. Er sieht nicht länger wie ein Boxer im Ring aus, der neben einem geschlagenen Gegner tänzelt. Und er scheint auch seine Stimme jetzt besser unter Kontrolle zu haben.

»Hure!«

Das bringt er stoßend heraus, aber klar und deutlich. »V-verdammte Sch-scheißhure...«

Die physische Entladung scheint seine Sprachstörung ein wenig gemildert zu haben. Seine bitteren Anklagen ergießen sich in abgehacktem, unzusammenhängendem Strom. Aber es kommt alles heraus. Seine Enttäuschung. Seine Verbitterung. Seine Wut. Während er auf den Boden sinkt, neben das Sofa, wo das Mädchen noch immer bewegungslos liegt, und ihre Arme streichelt, ihre Beine, als wolle er sie wieder ins Leben zaubern. Oder streichelt er ihre Kleider? Die geliehenen Klamotten? Seine Finger wandern am Revers des roten Blazers auf und ab, an den Rippen des Strickpullovers, an den Hosenbeinen. Er beugt sich vor und schmiegt sein Gesicht an ihren Körper. Er ist immer noch unruhig, schnüffelt an der bewegungslosen Gestalt herum, versucht, Witterung aufzunehmen, von den Düften, die noch immer im Stoff sitzen, wie ein Hund, der eine Fährte sucht.

»M-mama.« Wie jämmerlich das klingt. Wie verlassen.

»M-ama... Mama...«

Sie liegt starr und bewegungslos da, schluchzt nur ab und zu einmal gepreßt, als habe sie Angst, noch ihre kleinste Bewegung könne seinen Zorn wieder zum Leben erwecken. Schließlich liegt er dann still neben ihr auf dem Boden und hat den Kopf in den Händen vergraben. Und der Indianer reckt ebenfalls seinen Körper, sucht sich an der Mauer, auf dem trockenen Streifen unter der Veranda, eine einigermaßen bequeme Stellung, um ein wenig Kraft zu sammeln.

17

Der Indianer hat einen leichten Schlaf. Die kleinste Störung erweckt all seine Sinne zum Leben. Es reicht schon aus, wenn sich die Schlafgeräusche hinter der Mauer ändern, wenn sich ein Körper reckt und erhebt, wenn er Schritte über den Teppichboden hört. Es ist ganz früh am Morgen, und er ist unterwegs!

Das Mädchen schläft auf dem Boden. Er scheint nicht mehr auf sie zu achten. Hebt Geldscheine und Kartenetui auf, steckt alles in die Tasche, ehe er verschwindet, geschmeidig, rasch, zielgerichtet. Ich höre ihn auf der Treppe. Ich höre ihn an der Haustür, höre, wie seine Füße durch die Wildnis schlurfen, die einst eine Rasenfläche war, über den Kiesweg, auf die Straße hinaus. Der Himmel strahlt in den weißen Pastelltönen des frühen Morgens, die aus ungewohnten Winkeln ihr Licht werfen und jede Formation, jeden Gegenstand, jede Gestalt ganz besonders deutlich hervortreten lassen, fast übernatürlich deutlich. Traut er sich jetzt denn wirklich auf die Straße?

Natürlich muß ich ihm folgen. Natürlich muß ich mich auf Distanz halten, denn auch ich bin in diesem Licht ja übernatürlich deutlich zu sehen, und meine Schritte hallen wie schmetternde Fanfaren auf dem frischgewaschenen Asphalt wider. Aber er scheint nichts auf dieser Welt zu fürchten zur Stadt hinunter, ins Zentrum, denn er nimmt den kürzesten Weg: Utfart, Ringgate, Aluvei... Ich muß fast laufen, um mit ihm Schritt zu halten. Ich merke, daß ich mich mehr davor fürchte, er könne entdeckt werden, als daß ich mich vielleicht selbst verrate. Aber unterwegs legt sich diese Angst schrittweise. Einerseits, weil er so dreist dahinschreitet, als ob es keine Gefahren gäbe, und weil seine Kühnheit auf mich übergreift. Andererseits aber auch, weil es so früh am Morgen ist, zu früh, die

Stadt ist hier draußen in den Wohngebieten noch nicht zum Leben erwacht, und die Ruhe, die auf Häusern, Gärten und Rasenflächen ruht, erscheint absolut unerschütterlich. Sie besitzt eine spröde, gläserne Unverletzlichkeit, die jegliches Anzeichen menschlicher Anwesenheit sofort zerschlagen würde. Deshalb bewegen wir uns durch eine ausgestorbene Stadt, er und ich, unwirklich wie in einem Traum. Eine Geisterstadt, strahlendhell wie ein Kristallüster, perfekt, aber jeglichen Lebens beraubt. Als ob die Menschen in dieser harmonischen, durchorganisierten und anziehenden kleinen Stadt plötzlich, nachts im Schlaf, von ihrem Schicksal eingeholt worden seien. Als ob das Gift der Schlange unmerklich vom Mjøsa aufgestiegen sei, sich zu einer drohenden Wolke zusammengeballt habe, um sich dann, im Laufe einer einzigen Nacht, in einem kräftigen Wolkenbruch über alle zu ergießen.

Ich gehe und gehe. Daß meine Sohlen auf den Asphalt knallen, macht mir nichts mehr aus. Ich gehe den schnurgeraden Aluvei hinunter, zwischen den Reihen von menschenleeren Gärten und Häusern, und werde von einer seltsamen Munterkeit erfaßt. Diese unwirkliche Stimmung fesselt mich dermaßen, daß ich denke: Endlich, endlich ist es passiert! Meine Ahnungen, meine Vorhersagen haben sich erfüllt. Ihr seid am Ende doch getroffen worden, so wie ihr es verdient hattet. Ich lebe seit vielen Jahren in einer öden Stadt. Seit vielen, vielen Jahren. Für mich ist das alles nicht neu oder erschreckend, es nimmt nur endlich Gestalt an. Vollendet sich.

Vorbei am Gefängnis, die Grønnegate hinab, wir nähern uns dem Stortorg. Ich fühle mich nicht mehr wie verzaubert: Was will er hier? In der Innenstadt, beim wichtigsten Verkehrsknotenpunkt dieser Stadt? Hier ist er doch allzu sichtbar für die, die um diese Zeit schon auf den Beinen sind, die ganz früh zur Arbeit müssen. Was bezweckt er nur damit? Soll das eine Provokation sein? Plant er noch einen schockierenden Auftritt, um dann über eine neue, unbekannte Fluchtroute zu verschwinden? Meine Gedanken jagen mit mir davon, während ich gleichzeitig mein Tempo steigere, als würde ich ihn eigentlich einholen wollen, ihn aufhalten, ihn mit Gewalt daran hindern, sein Ziel zu erreichen, wie immer das auch aussehen mag. Ich spüre, daß dieser Aufmarsch nichts Gutes mit sich führen kann. Ich wittere die Katastrophe. Hat er aufgegeben? Will er sich ergeben? Gleichzeitig weiß ich, daß ich ihn jedenfalls nicht aufgegeben habe. Der Indianer gibt niemals auf, er ist dazu verurteilt, seiner Beute hinterherzujagen. Er verspürt Achtung vor seiner Beute. Er identifiziert sich mit seiner Beute. Sie sind jetzt eins. Und deshalb muß er die Beute aufhalten und zurückholen. Wenn der Junge sich nicht mehr selber schützen kann, dann muß ich das übernehmen. Ich bin groß. Ich bin stark. Und auch ich kenne hier in dieser Stadt einige Fluchtwege.

Wir gehen jetzt Kirkebakken hinunter. Wir passieren das Bürgerhaus mit seinem Kino, seinem Videoladen und seinem pakistanischen Lebensmittelgeschäft. Wir gehen jetzt im selben Takt, wie beim Marschieren. Es kommt mir natürlich vor, gerade hier im Takt zu marschieren, Kirkebakken hinunter zum Marktplatz, der Aufmarschstätte von Hunderten von Blaskapellen, die im Laufe der Jahre an den Blasmusikfesten der Stadt teilgenommen haben. Hamars zentrale geographische Lage eignet sich perfekt für Blasmusikfeste, weit, offen, übersichtlich und symmetrisch. Dieser Gedanke bietet mir augenblicklich einen absurden Trost: In einer so perfekten Blasmusikstadt kann einem nichts wirklich Schlimmes passieren. Schon gar nicht bei dieser Aussicht: Mitten vom Kirkebakken aus kann man den Marktplatz überblicken, sieht über die niedrige Markthalle auf der anderen Seite hinweg und kann seinen Blick mit einem großartigen, von Stangelandet, Skreia und Helgøya eingerahmten Mjøsa-Panorama füllen: blauer Himmel, blaue Hügel, blauer See, und fast glaubt man, die schmissigen Fanfaren der Bläser zu hören…

Aber ich habe jetzt keine Zeit, um die Aussicht zu bewundern, denn dort unten, an der Ecke der Markthalle, taucht eine Gestalt auf, ein Mann, und die Alarmglocken in meinem Kopf fangen an zu schrillen. Der Mann sieht nicht eigentlich bedrohlich aus, eher ein wenig heruntergekommen, aber er kommt mir irgendwie bekannt vor, und es paßt mir überhaupt nicht, daß der Junge, mein Begleiter, über den leeren Parkplatz direkt auf diesen Mann zugeht. Er scheint den Fremden jedoch nicht zu bemerken, versucht nicht, dessen Aufmerksamkeit zu entgehen, geht nun aber schneller, so daß ich mich noch mehr anstrengen muß, um nicht zu weit zurückzufallen. Und je näher wir kommen, um so sicherer bin ich mir, daß ich den Fremden erkannt habe, ich weiß, wer er ist. Und das bedeutet, daß auch *er* ihn erkannt haben muß, daß er sich diese Konfrontation wünscht, ja, daß sie vielleicht das wirkliche Ziel seiner Wanderung darstellt. So muß es sein! Aber kann bei der Begegnung des Jungen mit seinem Vater etwas anderes herauskommen als Unglück? Aus einer Begegnung zwischen dem skandalumwitterten und von den Medien madig gemachten Erik Linde und seinem gerechtigkeitssuchenden, des Mordes verdächtigten Sohn? Hier muß ich eingreifen, aber wie? Wie kann ich dazu beitragen, diese Katastrophe zu verhindern?

Und als ob das noch nicht genug wäre, kommt nun auch noch plötzlich ein Streifenwagen um die Ecke. Die Ordnungshüter kehren von einer Routinerunde am Anleger zurück. Der Wagen verlangsamt seine Fahrt, und die beiden Beamten scheinen sofort die Lage zu erfassen. Ich sehe nämlich, wie der eine ein schwarzes Sprechgerät an den Mund hebt und etwas sagt, während der andere den Lenker dreht, Gas gibt und auf den Bürgersteig fährt. Dann reißen beide gleichzeitig die Türen auf und springen heraus.

Und ich renne los. Ich bin schwer, aber ich bin noch immer schnell. Ich muß ihn einholen. Ich muß ihn vom Kurs abbringen und mit mir ziehen. Wenn wir uns nach rechts halten, durch den Park, kann die Polizei uns nicht mit dem Auto verfolgen. Und dann? Keine Ahnung. Nicht denken. Auch er rennt, aber ich hole auf. Erik Lindes Gesicht leuchtet irgendwo da vorne weiß und glotzend. Die beiden Polizisten halten kurz an und wirken verwirrt. Ich rufe, ich brülle den Jungen an, er solle abbiegen, nach links, in den Strandgatepark, das ist unsere Chance. Er blickt sich kurz um. Ich begegne seinem Blick, rufe noch einmal, fuchtele mit dem linken Arm, in der Hoffnung, daß er das versteht. Versteht, daß ich ihm helfen will. Ihn retten. Daß ich der einzige bin. Daß er bei mir sicher ist... Und dann bleibt er wirklich stehen, dreht sich um, scheint auf mich zu warten. Aber ein Blick in sein Gesicht sagt mir, daß ich mich geirrt habe, entsetzlich geirrt. Seine Züge sind verzerrt. Sein Gesicht zeigt nicht die geringste Spur der trauerbeladenen Leidenschaft des Gerechtigkeitssuchenden. Er schreit mich an, ich höre seine Worte nicht, spüre sie aber, sie sind erfüllt von Haß und Abscheu. Aber ich laufe weiter, und er schreit weiter. Ich habe verloren. Alles ist verloren. Und das letzte Stück stolpere ich ihm mit geschlossenen Augen entgegen, lasse meinen Körper von seinem eigenen Tempo getragen werden, als liefe ich sorglos über einen Strand, hinunter zum Wasser, um mich hineinfallen zu lassen, um meinen Körper einfach nur fallen zu lassen, bis er vom süßen, lindernden, schäumenden Wasser umfangen wird, um dann mit schweren Zügen loszuschwimmen, mich treiben zu lassen, die Kraft zu spüren, die mich umschließt, mich hebt, mich trägt, und dann wieder zu schwimmen.

In meinem Urelement werde ich niemals müde, nicht einmal mit ihm auf dem Rücken. Dem Jungen, den ich sicher auf die andere Seite bringen soll.

18

Als Erik Linde erwachte, kam er sich seltsam sorglos und leicht vor, obwohl sein Kopf und sein Körper sich gar nicht so wohl fühlten. Als er unter dem umgedrehten Boot hervorkroch und Sand zwischen den Fingern spürte, erfaßte ihn sofort die kindliche Lust, sich im Sand zu wälzen, einen Purzelbaum zu schlagen, eine Handvoll in die Luft zu werfen, dann noch eine und noch eine... sich den Sand über den Kopf rieseln zu lassen. Er, der nun wirklich nie das Kindliche gepflegt hatte, nicht einmal als Kind, er läuft nun durch die kühle Morgendämmerung im Zickzack über den steinigen Ridehusstrand, dessen Sand von zermahlenem Alaunschiefer schwarz gefärbt wird, versetzt einer einsamen Bierdose einen Tritt, grinst, lacht, plaudert mit sich selber...

Er war alles andere als nüchtern, aber das kann nicht die ganze Erklärung sein. Er war in dieser schwierigen Zeit schon häufiger mit einem Kater erwacht, normalerweise ging es einher mit einer gehörigen Portion Selbstverachtung, nachdem er sich die betrübliche Tatsache vorgehalten hatte, daß er am Vorabend wieder abgestürzt war. Aber heute war es anders. Eigentlich war alles anders gewesen, seit er sein neues Leben angefangen hatte, sein Leben »im Schattenland«, das ihm seltsamerweise – jedenfalls in diesem Moment – vorkam wie ein Leben in Glück und Strahlenglanz.

Natürlich war er verliebt! Und die Begegnung des Vorabends ließ seinen Körper und seine Sinne mindestens ebenso erzittern wie das, was er sich einverleibt und was ihn vollends umgeworfen hatte, worum immer es sich dabei auch gehandelt haben mochte. Er mußte wieder lachen: Nach einem Filmriß am Ridehusstrand hatte er ganz einfach unter einem Ruderboot übernachtet.

Erik Lindes Leben hatte sich verändert. Und zwar so sehr, daß es ihm schwer fiel, zurückzublicken und sich sein früheres Leben vorzustellen, als er beschlossen hatte, die Dinge so zu akzeptieren, wie sie nun einmal waren, sich einzuordnen, demütig zu sein. Als er in seinem alten Kinderzimmer wie ein Mönch gelebt und seine Aktivitäten auf das absolute Minimum reduziert hatte. Eine Vernunftbeziehung zu Astrid Bjartun eingegangen war. Sich damit abgefunden hatte, daß es so sein mußte. Das war sein Leben, und damit hatte es sich.

Daß sein Sohn Jon ums Leben gekommen war, daß seine Leiche im Park gefunden wurde, hatte dazu geführt, daß es keine Entschuldigung und keine Fluchtwege mehr für ihn gab, keinen Schutz vor Gerüchten und wilden Spekulationen und öffentlichen Diskussionen über das Privatleben der Familie, über Scheidung, Geldangelegenheiten, Freundeskreis, peinliche, schamlose Details, die von Volksmund und Zeitungen weitergegeben wurden. Und es gab keinen Trost, keine Gnade für einen solchen Vater, nur Verdächtigungen, Mißtrauen, Verurteilung. Und er hatte den Kopf gesenkt und alles in sich hineingefressen, hatte kaum mehr das Haus verlassen, hatte am Ende nicht einmal mehr gewagt, die Zeitungen zu lesen, hatte abends getrunken, um einschlafen zu können, und Buße und Besserung gelobt.

Bis zu der sensationellen Nachricht, daß sein Sohn doch nicht tot war, daß eine Verwechslung vorgelegen hatte. Was war das Beste daran? Was das Schlimmste?

Anstelle der Sympathie und des Mitgefühls seiner Umgebung, womit man vielleicht hätte rechnen können, schien die Verfolgung nur an Wildheit und Intensität zuzunehmen. Und doch wurde die Lage etwas leichter für Erik Linde, denn jetzt war *sie* es, die Exfrau, die Rabenmutter, die die Brut vernachlässigt hatte und deshalb die brutalste Bloßstellung ertragen mußte. Er kam in dieser Runde billig davon. Jetzt war *sie* es...

Er schäumte über vor Selbstgerechtigkeit. Er empfand einen fanatischen Drang, jemandem die Schuld zuschieben zu können!

Aber als er sich gerade auf diese Weise von jeglicher Schuld freigesprochen hatte, überkam ihn ein ganz unerwartetes, überwältigendes Vatergefühl. Er entdeckte zu seiner Überraschung, daß er ununterbrochen an seinen Sohn dachte. Er interessierte sich für ihn, ängstigte sich um ihn, grämte sich über sein ungewisses Schicksal. Er fing an, ganz klare Fragen zu stellen, zum Beispiel, was eigentlich mit Jon passiert war, wie sich alles hatte so schlimm entwickeln können, und wie er, Erik Linde, seinem Sohn helfen konnte. Unbarmherzige Fragen. Schmerzliche Fragen. Aber sie verlangten nach einer Antwort. Und nur er, Jon, sein geliebter Sohn, der aller Wahrscheinlichkeit nach noch am Leben war, war im Besitz der Antworten. Erik Linde spürte, fast überraschte es ihn, daß er sich brennend und schmerzlich nach seinem Sohn sehnte. So intensiv sehnte, daß er beschloß, ihn suchen zu gehen, auf eigene Faust zu versuchen, ihn zu finden und ihn nach Hause zu holen, sich mit ihm auszusprechen und vielleicht die Antwort auf einige der Fragen zu finden, mit denen er sich herumquälte.

Aus dieser Stimmung heraus fing er an, die Kneipen Hamars abzuklappern. Er besuchte eine nach der anderen, systematisch in seiner Suche. Es fiel ihm nicht schwer, mit seinen mühsam erkämpften neuen Gewohnheiten zu brechen und abends durch die Stadt zu ziehen. Astrid Bjartun war in Urlaub gefahren, und er hatte das Gefühl, daß er sich selber und seinem Gefühl, vom Schicksal schlecht behandelt worden zu sein, überlassen war, weshalb er einfach Gesellschaft brauchte. Die fand er dann auch, und es ging oft lustig zu, aber nirgendwo hatte er den Eindruck, seinem verlorenen Sohn auf die Spur zu kommen. Bis er bei Stallen vorbeischaute, einer bekannten Kneipe in der Stadt, in der vor allem Jugendliche verkehrten. Das hatte er zumindest gehört. Und in einer Zeitung war er plötzlich auf die Information gestoßen, daß Stallen eine Zeitlang die Stammkneipe von Jon und seinen Freunden gewesen war, deshalb ging er hin. Und als Erik Linde das niedrige, von lauten Stimmen und Rauch, unklaren Gesichtern und ohrenbetäubender Musik erfüllte Lokal betrat, fing sein neues Leben an.

19

Es war ganz klar, daß er nicht hierhergehörte. Niemand im Lokal war älter als dreißig. Niemand trug eine helle Sommerhose, ein richtiges Oberhemd und eine großkarierte Tweedjacke. Er blickte sich suchend im Lokal um, begegnete aber keinem einzigen Augenpaar. Natürlich hatten ihn alle sofort erkannt, aber trotzdem blickte niemand in seine Richtung. Zum Ausgleich erkannte auch er keine Menschenseele im ganzen Laden. Er trank am Tresen seinen Halben und bewertete die ganze Aktion als einen soliden Schuß in den Ofen. Wahrscheinlich war Jon doch noch zu jung für dieses Lokal. Eigentlich wollte er jetzt nur noch so schnell wie möglich weg hier, während die Musik dröhnte, das Lachen an den Tischen schallte und klikkende Kugeln auf dem Billardtisch in der Ecke miteinander kollidierten. Wie war er bloß auf die Idee gekommen, er könne hier eine Spur seines Sohnes finden, bei diesem primitiven Stamm von langhaarigen, halbnackten, feindlich gesinnten Individuen?

Aber als er schon gehen wollte, stieß er in der Tür mit Leuten zusammen, die hereinwollten, und die sich, typisch, ohne Rücksicht auf ihn vorbeidrängten, an ihm, der schon mit der Hand auf der Klinke dastand. Und unter diesen Leuten glaubte er plötzlich, das Mädchen aus dem Krematorium zu erkennen. Das Mädchen, das geschrien hatte. Das ihm Jon gewissermaßen wiedergeschenkt hatte. Das die eigentliche Ursache für alles seither Geschehene war. Und sie erkannte ihn auch, denn sie blickte auf, begegnete seinem Blick, und er glaubte sogar, daß sie ihn mit einem blassen, kleinen Lächeln bedachte, ehe der Rest der Bande sie ins Lokal schob.

Nach dieser Begegnung ging er natürlich wieder ins Stallen. Jeden Abend. Erst nach einer Woche sah er das Mädchen wieder, fand sich im Laufe dieser Zeit dort jedoch immer besser zurecht. Und er kleidete sich jetzt auch etwas legerer, so daß seine Anwesenheit nicht mehr so gnadenlos auffiel. Er kam mit dem Barmann auf Grußfuß und erkannte einige Stammgäste. Manchmal trank er drei oder vier Halbe, ehe er in sein Zimmer im ersten Stock seines Elternhauses zurücktrottete, ohne eigentlich mehr erreicht zu haben, als seine Neugier zu steigern. Aber trotzdem, oder vielleicht gerade deshalb, ohne das Gefühl, seine Zeit verschwendet zu haben. Er war mit etwas beschäftigt. Er war auf der richtigen Spur. Er hatte jetzt ein konkretes Projekt, nämlich, das Mädchen wiederzutreffen und mit ihr zu reden. Das taube Gefühl der Ohnmacht angesichts der Kräfte, die sein Leben lenkten und lähmten, nahm ab. Er fand das Leben wieder spannend. Er *lebte* von einem Tag zum anderen, in der Erwartung, daß er abends in die zum Schneiden dicke, lärmerfüllte Luft des Stallen treten, sehen und horchen und vielleicht etwas entdecken würde. Und auf jeden Fall etwas *erleben* würde.

Und dann war sie plötzlich wieder da, eines Abends ziemlich spät, an einem Tisch. Er konnte den Blick nicht von ihr wenden. Sie bemerkte schließlich sein Glotzen und kam zu seinem Tisch herüber. Er hatte ein paar Halbe getrunken und war nicht besonders nervös, als er sie auf sich zukommen sah.

»Hallo«, sagte sie. An diesem Abend hatte sie sich zurechtgemacht. Ihr Gesicht war stark geschminkt, die Haare gefärbt. Ihre Augen glänzten groß und blank in dem schmalen Gesicht.

Sicher Medikamente, dachte er, und bei diesem Gedanken fühlte er sich einen Moment lang noch einmal entsetzlich unwohl, denn das bedeutete, daß der einzige Weg zu seinem Sohn durch diese verkommene, halbkriminelle Szene führte, das erschreckendste und erniedrigendste, und gleichzeitig das pathetischste und abscheuerregendste Milieu, das er sich als normaler Kleinbürger überhaupt nur vorstellen konnte. Er war durch die vielen Zeitungsartikel ja darauf vorbereitet. Das heißt, er hatte gedacht, darauf vorbereitet zu sein. Aber als dieses Mädchen hier nur einen Arm weit von ihm entfernt stand und ihn so anlächelte, aufgekratzt und tranig zugleich, einladend und unerreichbar fern, wurde alles für ihn auf einmal so entsetzlich *wirklich*, daß er plötzlich bereute, jemals einen Fuß ins Stallen gesetzt zu haben.

»Hallo«, sagte sie noch einmal.

»Hallo«, antwortete Erik Linde.

»Du bist doch Jonnys Vater, nicht wahr? Ich glaube, ich habe dich erkannt.«

Sie kicherte.

»Setz dich doch«, sagte er. Sie setzte sich.

»Ich heiße Nina.«

»Ich heiße Erik. Ich würde gern ein bißchen mit dir reden.«

»Über Jonny?«

»Ja. Darüber, was du neulich gesagt hast. Daß du ihn gesehen hast.«

»Suchst du nach ihm?«

»Ja. In gewisser Hinsicht schon. Aber ich weiß nicht, wo ich anfangen soll. Ich dachte, vielleicht bei dir.«

»Ich habe keine Ahnung«, sagte sie rasch und lugte zu dem Tisch hinüber, an dem sie bisher gesessen hatte, als wolle sie dort eine Bestätigung für ihre Behauptung finden.

»Aber du hast gesagt, du hättest ihn gesehen.«

»Ja, aber nur zweimal. Und das ist schon Wochen her. Und

er war schon wieder weg, bevor ich mit ihm sprechen konnte. Er sah auch nicht so aus, als ob er mit irgendwem reden wollte. Und das war ja auch vor der ganzen Aufregung.«

»Schade.«

»Ja. Ich wüßte auch gern, wo er steckt.«

»Sicher. Das verstehe ich.«

»Dann sitzen wir also irgendwie im selben Boot.« Wieder lächelte sie, und diesmal hielt er das Lächeln wirklich für echt.

»Ja, das tun wir wohl. Kann ich dich zur Feier des Tages auf irgendwas einladen? Ein Bier vielleicht?«

»Ja, gerne. Nett von dir. Und auf eine Pizza. Kannst du dir das leisten? Ich habe heute noch nichts gegessen. Und hast du vielleicht auch Feuer für mich?«

Sie hatte eine Zigarette aus der Packung geschüttelt, und zum ersten Mal bemerkte er, wie groß ihr Mund und wie füllig ihre Lippen waren, und daß sie ihre Fingernägel schwarz lakkiert hatte.

Er bestellte. Während sie warteten, blickte er mehrmals zu dem anderen Tisch hinüber, wie um sich zu vergewissern, daß die anderen die Entwicklung der Dinge im Auge behielten.

»Aber vielleicht kannst du mir trotzdem etwas über ihn erzählen.« Er kam einfach nicht weg von dem Thema. »Etwas, das vielleicht erklärt, warum er... wie er in diese Sache hineingerutscht ist.«

»Aber du bist doch sein Vater!«

Das Bier war gebracht worden, und sie hatte einen langen Schluck genommen und sich den Schaum von den Lippen gewischt. Mit jeder Minute kam sie ihm anziehender vor. Allein schon, daß sie hier saß und mit ihm reden wollte. Allein schon, daß er hier in einem Lokal mit einem jungen Mädchen saß, ihr Gesicht betrachten durfte, ihre Gestalt, daß er ihr kräftiges Parfüm roch, das noch stärker war als der Gestank des Zigarettenrauches.

»Eigentlich müßtest du mir doch allerlei erzählen können. Über Jonny, meine ich...«

»Seit er ausgezogen ist, hatten wir nur wenig Kontakt, seit wir... seit ich...«

»Ja, ich weiß, daß er mit seiner Mutter zusammengewohnt hat. Das lief wohl nicht sehr gut. Er konnte nie darüber sprechen, fing sofort an, dermaßen zu stottern, daß ich kaum ein Wort verstehen konnte.«

Die Pizza kam, heiß und dampfend, frisch aus der Mikrowelle. Sie packte die zurechtgeschnittenen Stücke begierig und verschlang eines nach dem anderen.

»Wunderbar. Vielen Dank!« Sie lächelte mit vollem Mund.

Erik Linde fühlte sich immer wohler. Jetzt glaubte er wirklich, mit ihr im »selben Boot zu sitzen«, wie sie sich ausgedrückt hatte.

20

Ihr nächstes Gespräch hatte zwei Abende später stattgefunden. Der Auftakt war ungefähr derselbe gewesen: Er saß mit seinem Bier an einem Tisch, sie kam mit zwei oder drei anderen herein. Jetzt erkannte er auch den Jungen aus dem Krematorium wieder, den, den sie Ska nannten. Und er merkte auch, daß die anderen ihn registrierten. Sie kam sofort zu seinem Tisch:

»Hallo!«

»Selber hallo.«

»›Suchst‹ du noch immer?«

»Heute habe ich eigentlich auf dich gewartet.«

»Wie schön für mich!«

»Jedenfalls, wenn du Hunger oder Durst hast.«

»Ein Bier, *please*«, sagte sie fast schelmisch. Aber an diesem

Abend war sie nicht so munter. Ihre rabenschwarzen, gefärbten Haare verliehen ihrem Gesicht eine zusätzliche Blässe. Sie war fast unnatürlich blaß, jetzt wo der Sommer mit Sonne und warmem Wetter Einzug gehalten hatte, und wo alle auf der Straße frisch und fast aufdringlich sommerbraun aussahen, Shorts trugen und bei jeder Gelegenheit ihr Gesicht in die Sonne hielten. Sie dagegen war blaß und kühl, schien aber ihr Bier zu genießen.

»Wie habt ihr euch kennengelernt?« fragte er.

»Jonny und ich? In der Schule, kurz bevor ich abgegangen bin. Ich hab' die Schule einfach nicht gepackt. Und er auch nicht. Und deshalb haben wir uns beim Schwänzen ab und zu in der Eisdiele getroffen.«

»Und dann kam die ›Liebe auf den ersten Blick‹?«

Es überraschte ihn selbst, daß er einem wildfremden Mädchen diese direkten, so intimen Fragen stellen konnte. Normalerweise war er nicht so aufdringlich, eher im Gegenteil. Aber ihr Wesen und ihre Haltung hatten etwas Anspruchsloses, etwas Unverkrampftes und Unverstelltes, so wie sie ihm da gegenübersaß, eine Zigarette nach der anderen rauchte und ihr Bier nur so hinunterkippte. Das signalisierte eine Art Zugänglichkeit, die auf ihn unbeschreiblich befreiend wirkte.

»Himmel, was ist das denn für eine Frage!« protestierte sie, aber sein Drang, mehr zu erfahren, etwas Konkretes über das Leben seines Sohnes zu hören, brach sich Bahn wie ein Fluß nach der Schneeschmelze. Etwas in seiner Brust löste sich, nachdem es lange, lange Zeit im eisigen Zugriff des Winters festgesteckt hatte.

»Ja, ihr wart doch dann zusammen – oder wie würdest du das nennen?«

»Wir waren eine Weile zusammen, ja. Willst du was darüber wissen?«

Er nickte.

»Und was kriege ich dafür...?«

Es war klar, daß sie ihn auf die Probe stellte, aber nicht einmal diese Provokation brachte ihn an diesem Abend aus der Fassung.

»Was du willst.«

»Himmel, was soll ich dir denn bloß erzählen? So richtig ernst war das ja auch nicht. Nicht für mich. Wie das bei ihm aussah, weiß ich ehrlich gesagt nicht. Er ist ja nicht gerade besonders gesprächig, wenn du verstehst, was ich meine. Eine Zeitlang lief es gut. Er war sehr emotionsgeladen, manchmal habe ich mich fast gefürchtet. Und dann ist es schiefgegangen. Weil er eben so ist, wie er ist. Und meinetwegen natürlich auch. Und dann ist der ganze andere Scheiß passiert!«

Er legte ihr die Hand auf den Arm, automatisch, es passierte ihm einfach, als er sah, daß ihr die Tränen in den Augen standen. So saßen sie eine Weile da, fast ohne sich zu bewegen, dann schob sie plötzlich ihren Stuhl zurück und wollte gehen:

»Ich weiß eigentlich gar nicht, wieso ich hier sitze und herumsülze. Ich muß los«, sagte sie.

»Moment noch«, bat er. »Du brauchst nichts mehr zu sagen. Ich will dich nicht bedrängen.«

»Das bringt doch alles nichts.«

»Den hier schulde ich dir jedenfalls.« Er schob ihr einen Hunderter zu. Sie nahm ihn.

»Du bist wirklich lieb«, murmelte sie. »Das sind nicht alle...«

»Wie meinst du das?«

»Vergiß es. Vergiß es einfach.«

»Kommst du morgen wieder her?«

»Ja. Vielleicht. Nein, ich weiß nicht...«

Und damit war es vorbei. Sie stand einfach auf und ging zu ihren Freunden zurück. Aber er blieb nicht mit leeren Händen sitzen. Und einige Tage später, als sie wieder im Stallen gesessen und über Dinge gesprochen hatten, an die er sich jetzt nicht mehr erinnerte, und er ihr zwei Bier spendiert und einen Vorwand ersonnen hatte, um ihr noch einen Hunderter zuzustekken, sagte sie:

»Du, wenn du willst, kannst du morgen abend so gegen neun zum Ridehusstrand kommen. Wir wollen da ein bißchen feiern, mit Lagerfeuer und so. Viele Leute. Es ist so schönes Wetter. Bring ein paar Bier mit. Okay?«

»Okay.«

»Okay, okay, okay!« sang er, als er später nach Hause wanderte, in Bierlaune, fast feierlich gestimmt. Seit seiner Jugend, seit er nach Schulfesten nach Hause getorkelt war, hatte er die atemlose Sommernacht Hamars nicht mehr so verzaubert empfunden, so intensiv. Seit seiner frühesten Periode von jugendlichem Übermut war er sich nicht mehr dermaßen als Zentrum der schönsten Verheißungen des Daseins vorgekommen, hatte beim Gedanken daran, was der nächste Tag bringen könnte, keine so verzehrende optimistische Erwartung mehr erlebt.

In Wirklichkeit aber war er sich dann ziemlich überflüssig und fehl am Platze vorgekommen, als er wie verabredet am Ridehusstrand erschienen war und eine Gruppe von fünfzehn bis zwanzig Personen vorgefunden hatte, fast alles Jugendliche so um die zwanzig, fast alles Jungen, die meisten in eine chaotische gemeinsame Aktion vertieft, bei der Treibholz gesammelt und ein Feuer gemacht wurde, um mitgebrachte Würstchen zu braten und eine Pizza heißzumachen und dem Nächstsitzenden die Bierflasche zu reichen. Und alles sollte offenbar gleichzeitig passieren, mit soviel Geschrei und Gejohle wie nur möglich, und untermalt von unbegreiflich lauter Musik aus einem auf Maximum aufgedrehten Ghettoblaster.

Er entdeckte Nina mitten in der hektischsten Gruppe und kam sich noch mehr fehl am Platze vor, als er sich mit seiner

Tüte voller Bierflaschen und seiner Enttäuschung ganz am Rand, möglichst weit weg vom Feuer, niederließ, wo er nicht riskierte, niedergetrampelt zu werden oder eine fremde Person auf den Schoß zu bekommen. Eigentlich war er auch ein bißchen irritiert, ja, fast empört über das Gefühl von Verlassenheit, das ihn erfüllte, als ob diese Gruppe von wildfremden, nicht besonders freundlich gesinnten Jugendlichen seine letzte Verbindung zur Wirklichkeit von Hamar darstellte, eine unsichere Ankerkette, die aufgrund der Gleichgültigkeit der anderen langsam davonglitt... Aber was konnte er schon erwarten von so einer Bande? Ovationen? Sollte er nicht lieber ein Bier aufmachen, sich möglichst gemütlich in den Sand setzen, sich auf die Ellbogen lehnen und so tun, als mache er mit und amüsiere sich königlich?

In gewisser Hinsicht wiederholte sich sein erstes Stallen-Erlebnis. Die Nächstsitzenden blickten kurz in seine Richtung, als er sich hinsetzte, und übersahen ihn danach. Die allermeisten übersahen ihn. Auch Nina. Er war nicht einmal sicher, ob sie sein Kommen überhaupt registriert hatte. Sie saß zusammen mit Ska und zwei, drei anderen dicht beim Feuer. Alle hatten eine Flasche in der Hand. Das beruhigte ihn irgendwie: Nichts dagegen zu sagen, daß jemand an einem schönen Sommerabend am Mjøsaufer ein Bier trinkt!

Unruhig wurde er erst, als jemand im Kreis um Nina eine Tabakspackung und Zigarettenpapier aus der Tasche zog und anfing zu drehen, was sofort die Aufmerksamkeit der anderen erregte. Natürlich wußte er schon, was hier passierte, ehe die Zigaretten angezündet wurden und von Hand zu Hand wanderten. Erik Linde war schließlich keine Unschuld vom Lande, auch wenn er einwandfrei nicht in diese Clique gehörte. Er hatte zwanzig Jahre als Journalist gearbeitet, er erkannte eine Marihuanazigarette, wenn sie ihm unter die Nase gehalten wurde. Und wieder überkam ihn ein Gefühl des Schwindels und fast schon der Übelkeit, wenn er daran dachte, daß so das Leben seines Sohnes ausgesehen hatte, nachdem der sein Zuhause aufgegeben hatte. Das hier war vermutlich sein Umgangskreis, waren seine Freunde, die Menschen, die er bewunderte, die Lebensweise, für die er sich freiwillig entschieden hatte. Was hatte das mit ihm gemacht? Zu was für einem Menschen war er geworden? Wo war er jetzt? Und würden sie sich je wiederbegegnen, einander nahekommen, Freunde werden, ja, überhaupt miteinander sprechen? Erik Linde fühlte sich sehr einsam und verlassen, als er da in der Schar lärmender, ungepflegter junger Leute saß und so tat, als sei alles in bester Ordnung, während jeder dieser mehr und mehr berauschten Jungen theoretisch sein eigener Sohn hätte sein können und sein Sohn theoretisch ein Liebesverhältnis zu jedem dieser Mädchen hätte haben können, und kein Mensch auch nur die geringste Notiz von ihm nahm.

»Na, Daddy, geht's dir gut?«

Plötzlich stand Nina neben ihm, und das Gefühl der Einsamkeit fiel in sich zusammen und stieg zusammen mit dem Rauch des Feuers zum hellen Abendhimmel hoch. Sie war schon ziemlich angedröhnt, und der Joint leuchtete zwischen ihren Fingern wie ein Glühwürmchen. Aber das machte nichts, wenn er nur wieder ein paar Worte mit ihr wechseln konnte. Wenn sie nur in der Nähe blieb. Wenn sie nur zeigte, und sei es durch die belanglosesten Gesten, daß sie sich seiner Existenz bewußt war und ihn in ihrer Nähe haben wollte.

»Gut«, antwortete er, und in seiner neuen Munterkeit klang er auch ganz überzeugend. »Sehr… äh, gut und schön. Setz dich doch!«

Sie setzte sich. Sie hatte ihre Lippen an diesem Abend schwarz gemalt, und das viele dunkle Augen-Make-up ließ das blasse Gesicht ein bißchen wie einen Totenschädel erscheinen. Sie zog ausgiebig an ihrer Zigarette, inhalierte den Rauch, warf den Kopf in den Nacken und stieß den Rauch langsam wieder durch ihre Nasenlöcher hinaus. Es war ein erschreckendes, aber auch attraktives Bild. Sie kam ihm vor wie eine Hohepriesterin, die eine schwarze Messe zelebriert.

»Und möchte der Herr Vater vielleicht auch mal ziehen?«

Ihre Stimme schien aus der Ferne zu kommen, ihr Lächeln war lockend und gleichzeitig abwesend, genau wie am ersten Abend. Und der Rauch, der in feinen Kräuseln von der Zigarette, die sie ihm anbot, hochstieg, roch wie würzige Blumen, durchaus nicht unangenehm. Aber er fand, er dürfe hier nicht nachgeben. Er lehnte ab:

»Äh, ich weiß nicht… ich habe schon vor Jahr und Tag damit aufgehört. Mit Zigaretten, meine ich. Ich weiß wirklich nicht, ob ich das noch kann, ich…«

»Alle können fliegen«, antwortete sie und legte ihre Hand auf die Hand, mit der er sich abstützte. »Du mußt nur den Mut haben, dich gehenzulassen und die Flügel zu öffnen.«

Der Duft der Zigarette hüllte seinen Kopf ein, wie Weihrauch in einem Tempel, ein Duft aus einer anderen und wärmeren Welt. Sie ließ ihre Hand auf seiner liegen. Er hatte schon zwei Flaschen Bier getrunken und dachte: Scheiß drauf. Von einem Zug ist noch keiner gestorben. Als er die Zigarette aus ihren Fingern zog, sagte er:

»Aber das wirkt bei mir sicher nicht. Ich bin doch nur ein netter, kontaktfreudiger Alkoholkonsument, weißt du.«

Sie lächelte von weither und bewegte ihren Oberkörper im Takt der langsamen Musik des Ghettoblasters. Er verspürte den innigen Drang, ihr näherzukommen. Er machte einen Zug. Der Rauch kam ihm nach der langen Zeit ohne Zigaretten im Mund sehr ungewohnt vor, aber der Geschmack war durchaus nicht direkt unbehaglich.

»Du mußt ihn in dir behalten.« Sie lehnte jetzt ihren Kopf an seine Schulter, als ob sie gern geschlafen hätte, und wiegte sich weiterhin in diesem trägen Rhythmus. »Halt den in dir, so lange wie du kannst, und dann brechen wir auf, Daddy.«

Er zog noch einmal, und noch einmal, und dann noch einmal und behielt den Rauch in sich, bis sein Hals brannte und sich zusammenschnürte, und er husten und nach Luft schnappen mußte.

»Jetzt besser?« flüsterte sie.

Er spürte, wie fast im selben Moment in seinem Kopf eine sanfte, behagliche Leere entstand, während sich dort, wo ihre Hand auf seiner lag und wo ihr Kopf an seiner Schulter lehnte, eine wunderbar prickelnde Hitze entwickelte. Er brannte, und gleichzeitig schwebte er in sicherer, fast kühler Distanz zu allen und allem dahin. Geistige Abwesenheit und körperliche Abwesenheit – was für eine wunderbare Kombination! Er blickte sich mit warmem Wohlwollen um. Er war nicht weggetreten, im Gegenteil, er erkannte deutlich die ganze Parade der Einzelpersonen, die am Fest teilnahmen, registrierte Gesichter, Mienen, Bewegungen und Einzelheiten aller, ihr Aussehen, ihre Kleidung, alles zeichnete sich viel klarer ab als vorher, so als wären sie alle plötzlich in strahlendes Licht gebadet, *seinem* inneren Licht! Und sie kamen ihm jetzt freundlicher, schöner, sympathischer vor als noch vor einem Moment. Und gleichzeitig hatte er das Interesse an ihnen ganz und gar verloren, fragte sich nicht mehr, wie sie seine Anwesenheit hier unten aufnahmen. Jetzt erlebte er dieses Fest, bei dem er ein mißlungener Teil gewesen war, als malerische Kulisse, die sich langsam und wogend um sein eigenes souveränes Wohlbehagen herum bewegte. Er wollte mit niemandem reden, auf niemanden Eindruck machen, mit niemandem Kontakt aufnehmen. Er wollte nicht einmal die Frage stellen, die ihn doch eigentlich hergeführt hatte, die Frage, die ihn wirklich intensiv beschäftigte, die wichtigste Frage in seinem Leben: Jon. Dessen Leben unter diesen Menschen. Das Schicksal seines Sohnes als Mitglied dieses Stammes aus fremden Wesen. Denn er brauchte jetzt nicht mehr zu fragen. Er begriff. Er gehörte dazu, er stand gleichzeitig drinnen und draußen, war allein und umschlossen von der Bruderschaft. Er wollte einfach nur dasitzen und dieses neue Gefühl auskosten, als sitze er allein am Strand einer einsamen Insel und sehe das leuchtende Schiff am Horizont verschwinden, glücklich, glücklich, weil er hier allein war mit den vielen unbekannten und überwältigenden Empfindungen.

Sie lehnte jetzt schwerer an ihm, und er legte ihr den Arm um die Schulter und ließ seine Hand auf ihr T-Shirt sinken, und nun spürte er deutlich ihre Brust unter dem dünnen Stoff. Und als er ihr immer wieder über die warme, lebendige Brust strich und sie das wie im Schlaf mit sich geschehen ließ, ohne ihn aufzumuntern oder auszuweichen, löste sich in ihm ein neuer und durchgreifender Gedanke wie eine Lawine, die ihm langsam und unerbittlich den Boden unter den Füßen entzog und ihn mit sich riß: Er war verliebt! Zum ersten Mal in seinem Leben war er wirklich verliebt, hemmungslos, selbstlos, ohne Angst, ohne Gedanken an praktische Konsequenzen, an Erwiderung oder Schicklichkeit. Zum ersten Mal in seinem Leben als geschiedener Mann mittleren Alters konnte er sich die Tatsache klar vor Augen halten, daß er seine Exfrau Ellen nie geliebt hatte, nicht *geliebt*. Niemals hatte er eine so leichte und unproblematische Glückseligkeit empfunden, niemals eine so hingebungsvolle und unkomplizierte Lust, wie die, die ihn jetzt erfüllte, als er einfach nur neben diesem schmächtigen Mädchen namens Nina saß und ihre Brust unter seiner Handfläche spürte, ihren Atem warm an seinem Ohr:

»Das machst du gut, Daddy...«

»Ich liebe dich!« flüsterte er.

»Mach weiter...«

Das waren ihre letzte Worte, ehe sie einschlief.

»Ich liebe dich«, hauchte er in die weiche Luft hinaus. »Liebe dich, liebe dich, liebe dich.«

21

War es der Rausch der Verliebtheit oder ganz einfach der des Alkohols, der dafür sorgte, daß Erik Linde die nächsten Wochen als die wunderbarsten erschienen, die er je erlebt hatte? Daß er alles um sich herum durch einen von Wohlbefinden und Hoffnungen vergoldeten Schleier sah? Daß er jeden Tag in sich eine unwiderstehliche Freude wachsen spürte – wenn er erst in Ruhe zwei Halbe getrunken hatte, um das Wüten seines Katers in den Griff zu bekommen – eine Zufriedenheit mit sich und seinem Dasein, die denen seltsam erscheinen mußte, die ihn und sein Leben von außen betrachteten. Denn es konnte durchaus so aussehen, als ob er sich Abend für Abend mit einer Clique von heruntergekommenen Typen aus einer mehr als zweifelhaften Jugendszene der Stadt vollaufen ließ, er, ein Mann in mittleren Jahren, der allerdings unter der Familientragödie, die in diesem Sommer zu Hamars kollektiver Tragödie geworden war, grausam zu leiden hatte. Aber nicht einmal das konnte es entschuldigen, daß er sich dermaßen gehen ließ.

Und Erik Linde ließ sich gehen! Wenn er wollte, dann konnte er sich sehr gut mit den Augen Außenstehender sehen. Aber warum sollte er? Er ließ sich zwar gehen, aber es war durchaus kein Gleitflug *nach unten*, höchstens vielleicht auf der Skala von Prestige und sozialem Ansehen, auf der er es nie weit nach oben gebracht hatte. Ließ er sich gehen? Nein, er war eher ein Mann, der sich verwandelte. Und ein Mann, der sich in einem Verwandlungsprozeß befindet, bedeutet für einen kleinen Ort eine ernsthafte Bedrohung, das sah er ja ein. Hamar war zu klein und übersichtlich, um einen passenden

Rahmen für die Häutung eines Menschen darstellen zu können. Die Gassen waren nicht schmal, die Ecken nicht dunkel und verschwiegen genug, es gab nicht genug Lokale, und die Straßen dazwischen waren zu offen und unkompliziert. Der Stadtplan allein war schon so symmetrisch, die Straßen zu lang und gerade, die Blocks zu rechteckig. Hamar ist ein Aquarium, dachte er. Von allen Seiten fällt das Licht herein. Eine baufällige Scheune, durch die die Winde wehen. Alles, was in dieser Stadt vor sich ging, wurde vor diesem Hintergrund der Übersichtlichkeit in klaren Umrissen deutlich. Und die Menschen kümmerten sich. Mischten sich ein. Es ist doch immer wieder dasselbe, verdammt noch mal, dachte er, und dann fiel ihm ein, daß er gerade diese Eigenschaften der Kleinstadt schon in seiner Jugend so sehr verabscheut hatte. Die Durchsichtigkeit, die Vorhersagbarkeit des Lebens in Hamar war ihm wie eine Hand vorgekommen, die alle Ambitionen und Träume erstickte. Und deshalb war die Sehnsucht so stark gewesen. Und als sie niemals gestillt worden war, war sein Leben zwangsläufig zu einem langen Absturz verkommen, zu einem Fall zum Nullpunkt. Arbeitslosigkeit. Scheidung. Zusammenbruch.

Das alles ließ sich natürlich auch noch anders erklären. So einfach war das Schema nun doch wieder nicht, denn damals waren auch andere Sehnsüchte im Spiel gewesen als der Drang, fortzukommen. Zum Beispiel hatte er geheiratet, und das hatte schließlich klare Verantwortungen und Verpflichtungen mit sich gebracht. Er hatte zu früh geheiratet, das wußte er jetzt, nachdem er seine Entscheidung überstürzt getroffen hatte. War es denn überhaupt sein eigener Entschluß gewesen? Erst jetzt konnte er sich diese Frage stellen. War es denn wirklich wahr, daß er gerade sie unbedingt gewollt hatte? Oder hatte er sich so schnell entschieden, weil sie plötzlich zu verstehen gegeben hatte, daß sie ihn wollte? Sie hatte jeden haben können, warum hatte sie sich plötzlich für Erik Linde entschieden? Er hatte einfach angenommen und das Gefühl gehabt, den ersten Preis errungen zu haben. Und das war lange Zeit für ihn genug gewesen. Obwohl er dadurch niemals seine entscheidende Frage hatte stellen können, und niemals eine Antwort erhalten hatte und deshalb in einer erstarrten Form ewigen Erstaunens hatte verbleiben müssen. Gleichermaßen erfüllt von einer dankbaren Freude und einer heimlichen Furcht war er durch sein eigenes Leben getrippelt, als habe er Angst, einen Fehler zu begehen, einen fatalen Fehler, der den Zauber brechen und ihm seinen ersten Preis wieder entreißen könnte. Noch, als sie ausgezogen war und Schränke und Regale leer zurückgelassen hatte, war er weiterhin zu den Klängen eines ewigen Refrains auf Zehenspitzen über die Trümmer seines Lebens getanzt: Was war denn bloß schiefgegangen? Wie hatte es dermaßen schieflaufen können? Was habe ich bloß für einen schrecklichen Fehler begangen?

Und wie gut ihm diese Selbstverstümmelung gelungen war! Wie gut Ellen allen seinen Versuchen von Dämonisierung und Vertreibung widerstanden hatte! Natürlich konnte er sich leicht einreden, daß er sie und ihren Einfluß auf sein Leben haßte, da nannte er eine einfache Tatsache beim Namen. Aber es war kein einfacher, kalter Haß. Es war ein Haß, der ihn im Stich ließ, der das Messer plötzlich so drehen konnte, daß die Schneide auf ihn selber zeigte. Wie an diesem Abend, als er ihr am Taxistand begegnet war. Als sie mit derangierten Kleidern aus der Unterführung gelaufen war, eine Situation, die seiner Ansicht nach eine deutliche Sprache sprach und die ihn dermaßen abstieß, daß er sich in einem Anfall rein physischer Übelkeit hinter dem Maschendrahtzaun erbrechen mußte, der den Taxistand vom Bahnhofsparkplatz trennte. Wo war dabei der Haß, der ihm helfen sollte, die Besinnung zu bewahren? Die Distanz. Die Kälte. Warum erwachte *er* am nächsten Morgen mit dem Gefühl, sich schämen zu müssen und verschmäht worden zu sein? Warum hatte er nicht die Kraft gefunden, aufzustehen, und noch im Bett gelegen, als die Polizei anrief, um ihn zum Verhör einzubestellen. Warum ließ *er* sich ins Büro seines ehemaligen Schulkameraden P. B. Backer führen wie zum Schafott? Und auf die Frage, ob er sie am Vorabend dann und dann da und da gesehen habe, hätte er da etwas anderes antworten können als nein? Er hatte doch an diesem Tag noch keine Zeitung gelesen und ahnte nicht, worum es ging. Aber er begriff immerhin, daß er indirekt darum gebeten wurde, Ellen für irgend etwas ein Alibi zu geben, oder daß seine Aussage gebraucht wurde, um sie bloßzustellen. Beide Möglichkeiten erschienen ihm erniedrigend, verliehen ihm aber gleichzeitig das absurde Gefühl, in noch mehr hineingezogen zu werden, als er ohnehin schon ertragen mußte. Also stritt er ab. Er stritt alles ab. Natürlich stritt er ab. Aber sogar die Tatsache, daß er sich damit doch nur die Einzelheiten ihres unberechenbaren Tuns ersparen wollte, wandte sich dann gegen ihn. Denn der Ermittler, der gute alte P. B. Backer (der damals selbst zu Ellens Verehrern gehört hatte, o ja!), hatte sich über den Schreibtisch gebeugt, sein ganzer schlanker, durchtrainierter Körper war eine einzige Geste falscher Vertraulichkeit gewesen, und er hatte mit einem wissenden, ja, fast kumpelhaft fröhlichen Augenzwinkern gesagt:

»Du gibst also zu, daß du dich um diese Zeit am Taxistand aufgehalten hast, aber du behauptest, nichts gehört oder gesehen zu haben. Kann das daran liegen, daß du in einem Zustand warst, der… sagen wir mal, der es nicht ganz leicht für dich machte, überhaupt irgend etwas mit absoluter Sicherheit festzustellen? Wieviel hattest du eigentlich getrunken, Erik?«

Und Erik Linde war von bohrender Scham überwältigt worden und in seinem Sessel zurückgezuckt, als fürchte er, immer noch nach Erbrochenem zu stinken. Eine Sekunde später war er nur noch beleidigt gewesen: Wieso brachte der Ermittler überhaupt so einen Spruch? Als ob es überhaupt noch irgendeine Verbindung zwischen ihm und Ellen und ihren Unternehmungen gäbe! Als ob er einen tadellosen Lebenswandel vorweisen müsse, um ihre Ausschweifungen auszugleichen! In diesem Moment machten ihm Selbstgerechtigkeit und Zorn mehr zu schaffen als das Gefühl von Grauen und Abscheu bei dem Gedanken daran, daß seine Exfrau in ein weiteres entsetzliches Verbrechen verwickelt war. Sofort sah er ein, daß er etwas Konkretes unternehmen mußte, etwas Demonstratives und klar Sichtbares, um die vielen unmerklichen Fäden zu zerreißen, die ihn noch immer mit Ellens Leben und ihren Taten verbanden, damit sie nicht zurückkehren und ihm noch weiteren Schaden zufügen konnte. Die vertrauliche Miene des Fahnders schien seine, Erik Lindes, Mitschuld anzudeuten. Es war empörend! Sollte er je wegen irgendeines Verbrechens angeklagt werden, dann wollte er es jedenfalls selber begangen haben!

Als er die Wache verließ und nach Hause gehen wollte, machte er einen Umweg durch den Hafen, nicht weil er den Sonnenschein und den Blick auf den Mjøsa genießen wollte, sondern weil ihm der Gedanke, zum Haus, zu seinem Zimmerchen zu gehen, überhaupt nicht behagte. Zu seinem Gefängnis, wo er – das war ihm nach dem Gespräch mit P. B. Backer klargeworden – immer noch in ungesunder Gemeinschaft mit dieser Frau lebte, die noch immer die Macht hatte, ihn zu zerstören, und wo er es sich auferlegt hatte, für *ihre* Sünden Buße zu tun.

An diesem Abend ging er zum ersten Mal ins Stallen.

22

Aber nun machte er sich keine solche Gedanken mehr über sich und sein Dasein. Oder um seine ehemalige Gattin. Es war nicht mehr interessant. Nicht, seit die Fragen nach dem Schicksal seines Sohnes für ihn so zentral und aktuell geworden waren. Nicht, seit er beschlossen hatte, die Kneipe Stallen und die dortige Szene aufzusuchen. Nicht seit seiner Begegnung mit Nina und der Teilnahme am Strandfest. Das alles war jetzt für ihn entscheidend. Es hatte seinem Leben eine ganz neue Richtung gegeben, das begriff er im durchdringenden Licht des Morgens, nachdem er das Unbehagen seiner nächtlichen Ausschweifungen abgeschüttelt hatte. Nun glaubte er, es zum ersten Mal klar zu sehen: Er machte die ersten entscheidenden Schritte auf die Verwandlung zu. Er tastete sich über einen Pfad, auf dem er nach und nach Spuren fand, die ihm halfen, sich und seinen Sohn aufs neue zu verstehen. Es war schmerzhaft und gefährlich. Aber es führte kein Weg zurück.

Es drehte sich auch um ganz konkrete Pfade: Wege durch die Stadt, die er noch nicht gekannt hatte, Abkürzungen von Kneipe zu Kneipe, von einem zufälligen Unterschlupf in einem Abbruchhaus zu einem Zimmer oder einer Wohnung, die viele teilten. Routen, die seine neuen Freunde kannten und benutzten, weil die Polizeistreifen dort nur selten unterwegs waren, Straßen und Wege, die ihm natürlich nicht unbekannt waren, aber die er seines Wissens noch nie betreten hatte, schon gar nicht, um die Orte zu erreichen, die er jetzt aufsuchte. Das alles bedeutete für ihn eine neue, faszinierende Einführung in Hamars Geographie, ein alternatives Wegenetz, das sich über den vertrauten und übersichtlichen Stadtplan breitete, die geheimen Fährten der Untergrundmenschen. Das alles gehörte nun zu seinem neuen Leben. Unter Menschen, die natürlich vorher auch schon existiert hatten, die aber auf irgendeine Weise seiner Aufmerksamkeit entgangen waren. Die in einem Schattenland zu leben schienen, während er sich sein Leben lang um einen Platz an der Sonne bemüht hatte. Zu einem bestimmten Zeitpunkt hatte sein Sohn eine Grenze überschritten und sich in dieses Schattenland hineinbewegt, während er selber hilflos und geblendet auf der anderen Seite zurückgeblieben war. Jetzt glitt er selber in die Schatten und freute sich darüber.

Nicht, daß er neue tiefe Freundschaften einging. Sein neuer Umgangskreis erschloß sich ihm nur spärlich. Er wußte eigentlich nicht viel über die anderen. Eigentlich wußte er nicht einmal, wo Nina, seine neue Geliebte, wohnte. Aber dennoch hatte er das Gefühl, daß ihr Kontakt gut war, wirklich, unabhängig von oberflächlichen Regeln und Konventionen. Er war einfach nur da. Seine neuen Freunde, die eigentlich keine waren, verlangten nicht viel. Alle trugen bei, was sie konnten. Er selber trug einiges an Geld bei, für Bier und die eine oder andere Flasche Schnaps. Sein neuer Umgangskreis bestand fast ausnahmslos aus Sozialfällen.

An den warmen Abenden waren sie jetzt fast immer draußen. Zumeist traf sich spätnachmittags am Ridehusstrand eine kleine Gruppe von ihnen, wenn die normalen Badegäste ihre Sachen zusammenpackten und ihnen die besten Plätze überließen. Oft hatten sie zwei Plastiktüten mit Bierflaschen, für die Erik zumeist bezahlt hatte, etwas Gutes zum Knabbern, einen Ghettoblaster und vielleicht ein bißchen Gras in einer Streichholzschachtel dabei, genug für zwei oder drei Joints.

In der Regel trafen sich immer dieselben Leute, und immer war Nina dabei. Sie war immer nett zu ihm, und er hatte das Gefühl, daß sie seine Nähe suchte, obwohl sie immer Blickkontakt zu Ska hielt und ganz bewußt niemals direkt einladend war, sich nicht anmerken ließ, daß zusätzlich zum normalen kameradschaftlichen Kontakt noch etwas anderes zwischen ihnen lief. Er sah ein, daß er sich beherrschen und bei ihrem coolen Geschlechtsspiel mitspielen mußte, obwohl er so verliebt war, daß er schon beim bloßen Anblick ihrer schmächtigen Gestalt nach Luft schnappte. Denn er wußte inzwischen, wenn er nur geduldig den Höhepunkt der abendlichen Stimmung abwartete, wenn der Joint von Hand zu Hand wanderte und eine wogende, distanzierte Nähe zwischen allen schuf, dann bestand die Chance, daß sie sich wieder neben ihn fallen ließ und ihren Kopf schwer an seine Schulter lehnte, daß er dann den Arm um sie legen und mit ihren Brüsten spielen und in ihre Haare alles hineinmurmeln durfte, was ihm gerade einfiel. Mehr aber nicht. Niemals mehr. Und in der Regel verließ sie ihn dann, ohne eine andere Erklärung als den plötzlichen Ausruf: »Jetzt muß ich aber los!« Das verblüffte ihn. Die anderen schienen es einfach hinzunehmen, und da blieb ihm ja auch nichts anderes übrig. Wenn er sie bat, sie ein Stückchen begleiten zu dürfen, dann stimmte sie leicht widerstrebend mit einem Seitenblick auf Ska zu, und wenn sie sich trennten und er seinen Abschiedskuß bekommen hatte, dann steckte er ihr immer etwas Geld zu, ehe sie darum bitten konnte. Er sah, wie sie lebte, er wußte, daß sie Geld brauchte. Er hatte noch ein wenig Kapital und kam sich im Vergleich zu seinen neuen Freunden richtiggehend wohlhabend vor, obwohl seine Reserven jetzt, wo er kein Arbeitslosengeld mehr bekam, doch langsam zur Neige gingen.

Auf diese Weise nahm sein Leben nun Form an, im Kontakt mit einem alternativen Freundeskreis, mit alternativen Tätigkeiten, geregelt durch einen alternativen Tagesablauf, verbracht in einer alternativen Stadtgeographie, und Erik Linde fand das alles ganz ausgezeichnet. Er ließ die Anwaltsbriefe ungeöffnet liegen. Es machte ihm nichts aus, in den Laden zu gehen und sein Bier zu kaufen, gleich nach dem Aufstehen, unrasiert und mit roten Augen, um die Zeit, wenn normale Leute auf dem Heimweg von der Arbeit fürs Abendessen einkauften. Nein, es gefiel ihm sogar. Es regte ihn an! Denn die ganze Zeit passierten kleine Dinge: Er fand zum Beispiel, daß seine Beziehung zu Nina inniger wurde. Er hatte den deutlichen Eindruck, daß auch sie seine Gesellschaft suchte, und trotz der schläfrigen Passivität, in die sie ihre physische Intimität hüllte, glaubte er zu spüren, daß auch sie sein Gefummel an ihrem Körper genoß. Und sie sprach mit ihm.

Er hatte seine Zeit gebraucht, um sich an dieses seltsame Schweigen zu gewöhnen, das diese Gruppe prägte, seine neuen Freunde also, die er in Gedanken jetzt »Schattenmenschen« nannte. Nicht, daß sie nicht miteinander sprachen, das schon. Aber sie schienen die Sprache zu etwas ganz anderem zu verwenden als zu dem verhältnismäßig zusammenhängenden und klaren Austausch von Informationen und Meinungen, an den er gewöhnt war. Wenn Ska, Nina und andere »sprachen«, schienen sie Serien von kurzen, komprimierten Lautsignalen auszustoßen, ziemlich unverständlich für das ungeübte Ohr, aber offenbar gesättigt mit Informationen für die, die den Code beherrschten. Und wenn sie sich ein seltenes Mal zu etwas aufrafften, was einem normalen Gespräch über ein alltägliches Thema ähnelte, zum Beispiel über Hamars alljährliches Blasmusikfestival oder über den Bau der neuen Straße durch den Strandgatepark, der sie aus ihrem früheren Territorium vertrieben hatte, dann schienen doch alle Aussagen doppelten Boden zu haben, eine unausgesprochene ironische Distanz, ein geheimnisinniges Lachen, als ob alles schon längst durchdiskutiert sei und sie eigentlich nur allgemein akzeptierte Kommentare zu einem früheren Gespräch auswechselten, so daß jeder, der damals nicht dabei war, sich jetzt ausgeschlossen vorkommen mußte. Aber obwohl Erik Linde sich sein Leben lang als einen Mann der Sprache betrachtet hatte, ehrlich gesagt sogar als eine Art Poet, fühlte er sich durch die Spracharmut in seiner neuen Szene durchaus nicht demoralisiert. Ganz im Gegenteil hatte er das Gefühl, nach und nach zu verstehen. Er glaubte, die Bedeutung zu erfassen, die sich hinter den verbalen Signalen versteckte, die zwischen seinen Bekannten durch die Luft schwirrten. Und, noch wichtiger: Er sah ein, wie anziehend diese Kommunikationsform, die eigentlich schon fast als sprachlos zu bezeichnen war, auf seinen sprachgestörten, wortlosen Sohn gewirkt haben mußte.

Seine Freude wuchs nur noch, als er merkte, daß Nina Dinge hatte, die sie ihm gern in ihren eigenen Worten erzählen wollte. Er hatte sich ja alle Mühe gegeben, sie nicht zu sehr wegen Jon auszuhorchen. Er spürte, daß das zögernde Vertrauen, das ihm in dieser Szene entgegengebracht wurde, davon abhängig war, daß er seine Wißbegierde im Zaum hielt. Ihm war völlig klar, daß zumindest einige aus dieser Clique wußten, was mit Jon passiert war und wo er sich versteckt hielt. Er wußte auch, daß er beim geringsten Schnüffelversuch unwiderruflich außen vor sein würde. Gleichzeitig aber bildete der Gedanke an den Jungen, der gemeinsame Anknüpfungspunkt gewissermaßen, auch für sie beide die Grundlage ihres Kontaktes.

Auch bei ihm und Nina, um nicht zu sagen, zwischen ihnen, existierte Jon, wenn sie zusammen waren. Daß er so unverhohlen offene Gefühle für die frühere Freundin seines Sohnes hegte, hatte natürlich in den bittersten Katerstunden zu einigen Runden von Selbstvorwürfen geführt. Aber gleichzeitig: Gerade durch die enge Verbindung zu Nina hatte er das Gefühl, sich Jon langsam zu nähern und Verständnis zu entwikkeln für das, was mit ihm passiert war.

Und Nina zeigte ihm inzwischen durch kleine Signale, daß sie mit ihm sprechen wollte. Über Jon. Ihre Verwandtschaft. Seine stellvertretende Anwesenheit in diesem heruntergekommenen und doch sonderbar wachsamen Haufen hatte langsam die Mauer des Schweigens zum Einstürzen gebracht, dieses künstliche Vakuum, das ihren früheren Freund umgab, der dennoch so anwesend wirkte. Er merkte, daß sich um diese Abwesenheit eine Spannung aufbaute und daß seine Person diese Spannung greifbar werden ließ. Nina wurde das alles plötzlich zuviel.

Eines Abends, als sie sich beide gerade einen Joint angesteckt hatten und auf den Transport zu ihrem gemeinsamen Ozean von genießerischer Distanz warteten, mit seinen vertrauten leichten Wellen sinnlicher Spannungen, sagte sie plötzlich, wie zur Glut, die zwischen ihren schwarzen Nägeln leuchtete:

»Nicht einmal das hat ihm gefallen, nicht einmal ein unschuldiges Horn.«

»Du meinst Jon?«

»Ich meine *ihn*. Ich erwähne seinen Namen nicht mehr.«

»War er... war er gemein zu dir?«

Sie sah ihn nicht an und gab keine Antwort.

»Hat er Drogen genommen?«

»Er hat Drogen gehaßt. Alle Sorten Dope. Und im Grunde auch alle, die damit zu tun hatten.«

»Das... das war doch sicher nicht so schlimm?«

»Schlimm? Das war verdammt schlimm. Er war so streng! Er wollte sich an nichts beteiligen.«

»Du meinst, das war schwierig für dich – und ihn?«

»Ich meine«, seufzte sie und rollte sich eine halbe Umdrehung auf ihn zu, so daß sie jetzt auf dem harten Schieferboden dicht neben ihm lag. »Ich meine, er war nicht so wie du, Daddy. Du bist einfach nur lieb. Du bist ganz schön cool für so ein Fossil.«

Und dann, etwas später, flüsterte sie, während sie ihn ihre Haut unter ihrem T-Shirt betasten ließ:

»Er hat den Elch nicht fertiggemacht. Das darfst du nicht

glauben. Das hat Ska damals in der Kapelle einfach nur behauptet, weil er eifersüchtig war. Er wollte ihm die Tour kaputtmachen. Jonny wollte einfach nur untertauchen. Er packte das alles nicht mehr, die Schule, seine Mutter, die Szene. Er wurde damit nicht fertig, und dann ist er auf die geile Idee mit der Jacke gekommen. Aber Ska war eifersüchtig. Deshalb sind wir in die Kapelle gekommen. Und dann hat er mich dazu gebracht, alles zu verraten. Spitzenaktion, was – falscher Typ im Sarg!« Sie stieß ein Lachen aus, das sich wie Husten anhörte. »Ska ist ein Arsch, aber er besorgt uns jetzt unseren Kram, und deshalb muß ich die Klappe halten. Nein, hör überhaupt nicht auf mich, ich rede nur Blech. Ich wollte nur nicht, daß du glaubst, Jonny könnte so was getan haben…«

Erik Linde hatte das Gefühl, daß überall unter seinen Handflächen Feuerfliegen explodierten, wenn er ihren Körper berührte. Und am Strand verliefen die Süßwasserwellen wie feine Bleistiftstriche und beleckten mit seidenweichem Klang die runden Steine, unermüdlich, wieder und wieder.

»Aber was ist mit dem anderen?« fragte er, als sie am nächsten Abend wieder beieinandersaßen.

»Mit welchem anderen?«

»Mit diesem anderen Toten, Johansen. In den Zeitungen hat ja soviel Scheiß gestanden… weißt du was darüber?«

»Was du alles wissen willst!«

»Auch das ist wichtig für mich, weißt du.«

»Aber ich weiß überhaupt nichts! Es muß die Mutter gewesen sein. Nein, keine Ahnung. Aber er hat sie ja verfolgt und bespitzelt. Vielleicht hat er sie überrascht…? Nein, frag mich nicht mehr, bitte! Laß mich mal ziehen.«

Sie saßen still da und rauchten. Dann legte sie sich in den Sand und streifte ihr T-Shirt hoch.

»Wenn du heute abend Titten willst, dann mußt du dich beeilen. Ich muß bald los…«

23

Und dann kam der Abend, an dem er glaubte, sie würde sich überhaupt nicht sehen lassen, weil es schon so spät war, aber dann kam sie doch noch, aufgetakelt, geschminkt, mit einer Miene, als gehöre ihr der ganze Ridehusstrand. Sie schien sogar ein wenig beleidigt zu sein, weil die anderen ein wenig näher zur Domkirkeodde umgezogen waren, sie stellte sich an und rief die Aufmerksamkeit der anderen auf eine Weise auf sich, die ihr eigentlich überhaupt nicht ähnlich sah. Ihm ging auf, daß sie unterwegs irgend etwas eingeworfen hatte und schon high war. Er war selber kurz vor dem Abheben und fürchtete sich vor nichts, registrierte aber ihr Auftreten und fragte sich doch, was dieser Rollentausch wohl bedeuten mochte. Als sie sich schließlich so dicht zu ihm setzte, daß er sie berühren konnte, wenn er die Hand ausstreckte, wie er da so bequem an dem umgedrehten Ruderboot lehnte, spürte er in ihr eine Unruhe, die tiefer saß und bedrohlicher wirkte als der normale aufgekratzte Pillenrausch. Und unter der bleichen Schminke, die ihr Gesicht in der Dämmerung dramatisch weiß aussehen ließ, ahnte er zwei dunkle, ovale Flecken, einen auf dem linken Wangenknochen und einen unter dem linken Auge, und er sah, daß zwei ihrer langen, schwarzlackierten Fingernägel abgebrochen waren. Als er ihr die geschnitzte Pfeife reichte – an diesem Abend war Hasch im Umlauf, »prima Afghane, sehr potent«, wie der Lieferant behauptet hatte – merkte er, wie ihre Hände zitterten. Und als sie endlich, nach ein, zwei Zügen, anfing, tiefer und ruhiger zu atmen, sich ans Boot lehnte und ihren Körper langsam in seine Richtung sinken ließ, konnte er sich nicht mehr beherrschen, und dicht an ihrer Wange flüsterte er:

»Wer war das?«

Sie zuckte nur mit den Schultern, als ob sie einen Strohhalm, ein Insekt, eine unangenehme Erinnerung abschütteln wollte.

»Du mußt doch begreifen, daß ich wissen will, wer dir so was antut!«

»Hör doch auf«, murmelte sie.

Er drückte sie fester an sich. Er streichelte ihre Wange und merkte, daß sie geschwollen war. Die Pfeife brachte in ihm stärkere Gefühle in Gang. Sein Mitleid mit dem mißhandelten Mädchen wuchs ins Grenzenlose. Er spürte heiße Tränen auf seinen Wangen. Er versuchte, noch mehr zu sagen, brachte aber nur ein trockenes Schluchzen zustande. Er konnte sie nur noch enger an sich ziehen, ihre Wangen streicheln, sie drücken und streicheln, drücken und streicheln. Sie ihrerseits schlang die Arme um ihn und preßte sich mit einer Heftigkeit an ihn, die etwas ganz anderes war als die verschlafene Fügsamkeit, die sie sonst an den Tag gelegt hatte, wenn er seine bescheidenen Ansprüche an Nähe und Intimität gestellt hatte. Dann machte sie sich frei und griff nach der Pfeife, die Ska ihr gerade in diesem Moment hinhielt.

»Dröhnen wir uns doch zu«, murmelte sie und zog daran. »Laß uns so richtig, echt zudröhnen. Du auch!«

Später, als sie sich neben dem Boot umarmten und er seine Umgebung nur noch als unterschiedliche Blautöne an Strand und Wasser wahrnahm, wimmerte sie an seiner Brust wie ein Kind:

»Ich habe Angst vor ihm. Er wird so entsetzlich wütend. So, als ob er sich die ganze Zeit rächen wollte. An allen. Und dann schlägt er. Und deshalb geht alles so schrecklich daneben!«

Er hörte gut, was sie sagte, und das überwältigte ihn, obwohl der Haschrausch alles um ihn herum verzerrte. Sie sagte: Ich *habe* Angst vor ihm... Er *wird* so wütend... sie schilderte also etwas, das hier und jetzt geschah. Eine Bestätigung, daß Jon hier unter ihnen existierte, in der Nähe also, in Reichweite, und daß sie wußte, wo er sich versteckte, daß sie ihn besuchte, sich seinem gewalttätigem Temperament aussetzte, seine Verbitterung und seine ängstliche Sehnsucht entgegennahm. Und was sonst? Das alles erfüllte ihn mit heftiger Freude, einem Glücksgefühl ohne Grenzen und Einschränkungen. Weder Eifersucht noch Scham überkamen ihn, weil er an diesem Abend hier lag und geil auf ein Mädchen war, das doch die Freundin seines Sohnes war. Solche Einschränkungen zählten nicht in diesem Zusammenhang, unter diesen Freunden, das hatte er gelernt. Nein, das Unzulässige in dieser Situation schien ihn eher mit einem noch stärkeren Drang als zuvor zu erfüllen, sie zu trösten, lieb zu ihr zu sein. Es war, als ob sie ihm durch ihre Worte soeben seinen Sohn wiedergeschenkt hätte. Und genau das versuchte er dann auch, benebelt, wie er war, sie zu trösten und lieb zu ihr zu sein, ihr alles zu geben, was er glaubte, geben zu können. Und sie nahm es an und war willig, sie küßte ihn mit offenem Mund, drehte sich lachend um und setzte sich auf ihn. Und er mußte kräftig zupacken, um sie wieder unter sich zu ziehen, und plötzlich lagen sie halbwegs unter dem umgekippten Boot, und er brauchte nur noch ein wenig zu schieben und zu stoßen, und schon waren sie drinnen, verschluckt von den Schatten, ganz allein, dicht beieinander, atemlos, hingegeben, besessen von dem verzehrenden, alles verschlingenden Drang, einander nah zu sein, nah, ganz, ganz nah… Und was passieren würde, war ziemlich klar, was passieren mußte und sollte, und er gab sich auch alle Mühe, um es durchzuführen, so eng, wie es unter dem Boot war, aber sie hielt ihn ab:

»Nein…«

»Willst du nicht?«

»Wir können hier nicht vögeln, das ist nur nervig«, flüsterte sie. »Ich blas' dir einen, das geht am leichtesten. Für mich ist das ganz okay.«

24

Das Glücksgefühl war sofort verschwunden, als er das Fehlen seiner Brieftasche bemerkte. Er hatte sie verloren. Wie blöd. Der Strand lag erst hundert Meter hinter ihm, aber die Begeisterung über die Ereignisse der letzten Nacht legte sich schon. Und als er jetzt kehrt machte und zum Boot zurückging, spürte er auch den Wetterumschwung. Es hatte geregnet, und der Sand war schwer und klebrig, die Luft beißend und kalt, seine Kleider waren feucht, und er fror. Unter dem Boot fand er keine Brieftasche, obwohl er drunterkroch und den Sand durchwühlte. Er setzte sich hin, um sich die Sache noch einmal durch den Kopf gehen zu lassen.

Es war sehr früh, graues Morgenlicht, kein Mensch zu sehen, keine Sonnenscheibe, die ihm verraten hätte, wie früh es eigentlich noch war. Als er auf die Uhr schauen wollte, entdeckte er, daß auch seine Armbanduhr verschwunden war. Er versuchte, sich an die Einzelheiten des Vorabends zu erinnern, ob er vielleicht zu irgendeinem Zeitpunkt die Uhr abgenommen hatte, ob sich das alles auf irgendeine Weise erklären ließ. Aber es fiel ihm nichts ein. Das einzige Ungewöhnliche an diesem Abend war die Sache unter dem Boot gewesen. An die erinnerte er sich nur allzu gut. Aber danach kam nichts mehr. Filmriß. Das passierte ja bisweilen mit Leuten, die zuviel tranken. Für ihn war es das erste Mal. Er versuchte, sich zu erinnern, was er im Laufe des Abends konsumiert hatte, zwei Bier, ein oder zwei Schluck aus einer Flasche mit Schwarzgebranntem, und dann dieses Hasch. Er war nicht ans Haschrauchen gewöhnt. Und dann noch ein oder zwei Drinks in einem Pappbecher. Konnte es daran liegen…?

Aber egal, wie hatte er es geschafft, Brieftasche und Uhr zu verlieren?

Er gab sich noch einmal alle Mühe, sich diese Frage auf intelligente und unhysterische Weise zu stellen, obwohl er jetzt die Antwort kannte. Es lag doch auf der Hand. Mehr als deutlich. Es war so lächerlich einleuchtend und gleichzeitig so deprimierend, daß er laut aufstöhnte: die alte Geschichte, der Strohwitwer auf Brautschau, der sich mit fremden Freunden amüsiert und ein schönes Mägdelein trifft... Himmel! War er so? Waren sie so? War sie so? War das denn wirklich möglich?

Er ertrug den Gedanken nicht, aufstehen, sich auf den Weg machen zu müssen, obwohl er so sehr fror, daß er in seinen klammen Kleidern zitterte. Wohin sollte er gehen? Nach Hause, in sein Knabenzimmer? Nein. Und wenn, dann wäre es das letzte Mal. Der letzte Brief der Anwälte Finck und Nordenhagen hatte keinen Zweifel daran gelassen, daß das Haus bald geräumt werden würde. Sollte er zur Polizei gehen und den Diebstahl melden? Seine neuen Freunde anzeigen – und Nina? Jetzt wurde sein Körper vor Kälte geschüttelt und vor Tränen.

Nach einer Weile ging er dann aber doch über den Strandvei zur Stadt. Er versuchte, sich an das Datum zu erinnern. Denn nun dachte er an Astrid. An Astrid Bjartun, an heißen Kaffee in blauen Tassen auf einer karierten Tischdecke in der kleinen Küche ihrer Reihenhauswohnung draußen in Ridabu. Müßte sie jetzt nicht wieder da sein? Er konnte sich nicht genau erinnern, aber es war doch sicher schon drei Wochen her, daß sie in Urlaub gefahren war? Er hatte zwar registriert, daß ein Brief und zwei Karten gekommen waren, hatte sie aber nicht gelesen. In seinem neuen Leben hatte es keinen Platz für Postkarten mit Motiven vom Schärengürtel Nordfosens gegeben. Aber jetzt. Allein schon der Gedanke, in ein Haus zu kommen, an einem Küchentisch zu sitzen, zuzuhören, wie sie herumpusselte und den Tisch deckte, den Duft von frischem Toast zu riechen!

Als er den Anleger erreicht hatte, fiel sein Blick auf die Kirchturmuhr, und er sah, daß es zwanzig vor sechs war. In einer halben Stunde fuhr der erste Bus. Oder erst in einer Stunde? Es spielte keine Rolle. Jetzt wußte er, worauf er wartete, jetzt machte ihm das Warten nichts mehr aus.

Als er auf dem Weg zur Bushaltestelle auf dem Stortorg um das Basargebäude bog, entdeckte er die ersten Morgenvögel. Zwei Männer, einer noch ganz jung, der andere älter und seltsam gekleidet, kamen Kirkebakken herab auf ihn zu. Sie gingen schnell, der ältere hinterher, er lief, als ob er den anderen einholen wollte. Der vordere sah fast bedrohlich aus, als er vorwärtsmarschierte, steif und zielbewußt. Er kam auf Erik Linde zu, der noch immer so von den Gedanken an seine Erlösung in einer warmen kleinen Küche in Ridabu beseelt war, daß er kaum die Szene wahrnehmen konnte, die sich vor seinen Augen abspielte. Dann hörte er hinter sich Motorenlärm, wütend wurden Autotüren geschlagen, und noch zwei Akteure traten in sein Blickfeld: zwei uniformierte Polizisten. Bei ihrem Anblick fing der große Mann im langen dunklen Mantel, der hinter dem anderen herlief, zu schreien an. Wild fuchtelte er mit den Armen und zeigte auf den Park, während der Junge einfach weitermarschierte, direkt auf Erik zu, als ob er versuchte, rechtzeitig zu einem wichtigen Termin zu erscheinen.

Er verringerte die Entfernung zwischen ihnen um einige weitere Schritte, und diese wenigen zusätzlichen Sekunden reichten aus, um Erik endlich Jon erkennen zu lassen, seinen verlorenen Sohn, obwohl er sich den Kopf kahlgeschoren und sich länger nicht rasiert hatte, so daß er aussah wie eine groteske Sträflingskarikatur. Hier kam der Sohn, für den er sein altes Leben aufgegeben hatte, den letzten Rest von gesellschaftlichem Ansehen in der Kleinstadt, für den er den Becher der Demütigung bis zur Neige geleert hatte, um ihm auf die Spur zu kommen. Hier kam er auf ihn zugestürmt, und sein Gesicht war von beängstigendem Haß verzerrt.

In diesem Moment erkannte Erik, daß sein Sohn wirklich ein

Mörder sein könnte und daß er vielleicht das nächste Opfer dieses Mörders war. Aber er verspürte nur eine lähmende Ohnmacht. Statt auf seinen Sohn zuzurennen und ihn zu umarmen oder die Flucht zu ergreifen, um sein Leben zu retten, schaffte er es nur noch, mit einer Hand gegen die Hausmauer zu lehnen, um wenigstens auf den Beinen zu bleiben.

Er hörte einen Ruf, es klang wie ein Kommando, die Polizisten stürzten auf die Straße, um dem Jungen den Weg zu versperren. Aber noch ehe sie ihn erreicht hatten, war schon der große Mann im Mantel da, und nun erkannte Erik auch ihn: Es war Bo, der arme Bo, dieser Trottel, der immer in der Stadt herumschnüffelte und der in diesem Sommer in einigen Gegenden so unangenehm aufgefallen war, daß die Leute schon behauptet hatten, er habe vielleicht etwas mit diesen Todesfällen zu tun... Es war Bo Mailand, der Eriks Sohn zuerst erreichte und der die Arme um den Jungen schlang. Dabei schrie Bo und benahm sich wie ein Irrsinniger. Aber der geschmeidige Junge konnte sich aus seinem Zugriff befreien, er drehte sich um und stürzte sich auf den Verrückten, hob den Arm und schlug zu, zwei, drei, vier schnelle, furchtbare Schläge auf den Kopf des anderen, erbarmungslos effektive Schläge, die, noch ehe das Opfer zu Boden sank, aus seiner linken Gesichtshälfte eine widerliche Blutsuppe gemacht hatten.

Aber dann hatten die Polizisten ihn erreicht und gingen schnell und professionell vor. Der eine wich geschickt den wilden Ausbrüchen des Jungen aus, packte seinen Arm und drehte ihn um, der andere stand schon hinter ihm und legte ihm den Arm um den Hals. Gleich darauf lag er bäuchlings auf dem Asphalt, und die beiden keuchenden Uniformträger knieten auf ihm.

Erik Linde klammerte sich in wilder Erregung an seine Hausecke. Jetzt waren es Gefühle und nicht die Nachwirkungen des nächtlichen Gelages, die ihn hilflos machten und schwindeln ließen. Es war ein Chaos von Wut, Entsetzen und allerlei Impulsen, das ihn erfüllte: Er wollte doch seinen Sohn vor diesen Gewalttätern retten! Er konnte den Anblick nicht ertragen, wie sie ihn mit einem Knie zwischen den Schulterblättern zu Boden drückten, er wollte den Polizisten zurufen, sie sollten aufhören, vorsichtig sein, es sei doch sein Sohn, den sie hier mißhandelten wie einen schnöden Verbrecher… Und gleich dahinter lag Bo Mailand wie tot in einer Blutlache. Und das hatte sein Sohn vor aller Augen verursacht. Und er erinnerte sich an Jons Miene, als ihre Blicke sich unmittelbar vor dieser Schlägerei getroffen hatten. Er hatte noch nie ein dermaßen von Haß verzerrtes Gesicht gesehen. Vielleicht sollte er dort liegen und nicht der arme Bo? Er wollte noch immer hinstürzen und seinen Sohn retten, ihn an sich drücken, ihn trösten, ihn beruhigen, ihm sagen, daß sein Vater sich nun um alles kümmern, ihm helfen und alles in Ordnung bringen würde… Und gleichzeitig wollte er nur noch so weit weglaufen wie möglich, weg von dieser verzerrten, destruktiven Figur, die das Gesicht gegen das Straßenpflaster preßte und spuckte und entsetzliche Schimpfwörter fauchte. Weg wollte er, weg von dieser schrecklichen Szene, während er gleichzeitig mit entsetzlicher Klarheit einsah, daß sein Platz hier war, bei seinem Sohn, der dringender denn je seine Hilfe brauchte. Seine Karriere als Vater endete hier neben diesem Sohn, der sich vor seinen Augen in ein wütendes Ungeheuer verwandelt hatte, das ihn mit einem Schrecken und einer Abscheu erfüllte, wie er sie noch nie verspürt hatte.

Da stand nun Erik Linde, zitternd, an die Wand gedrückt, als ob er sich nicht darauf verlassen könnte, daß ihn seine eigenen Beine noch trugen. So stand er da, wie gelähmt, ohne seine Gedanken sammeln oder seine letzten Reste an Energie mobilisieren zu können, um irgend etwas zu unternehmen, zu fliehen oder wie ein fürsorglicher, verantwortungsbewußter Vater vorzutreten. So wie er sein Leben lang dagestanden hatte, neben den Ereignissen, neben seinem eigenen Leben, wie er gleichgültige, vage Versuche unternommen hatte, für und wider abzuwägen, richtig und falsch, gut und schlecht, ohne je zu einer echten Überzeugung zu gelangen, die ihn wirklich zur Tat hätte schreiten lassen.

25

Und dann war es vorbei. Der Krankenwagen hatte den Verletzten abgeholt. Die grüne Minna war mit den Polizisten und dem Festgenommenen davongefahren. Einer der Beamten hatte mit ihm gesprochen und eine vorläufige Aussage aufgenommen. Zwei Zuschauer hatten sich wieder entfernt. Und Erik Linde stand allein am Wartehäuschen der Bushaltestelle und starrte einen Blutfleck an, der zwanzig Meter von ihm entfernt auf dem Asphalt zu sehen war.

Zwei, drei andere hatten sich eingefunden, um auf den Bus zu warten. Der mußte jetzt jeden Moment eintreffen. Eine Frau hatte schon ihre Fahrkarte in der Hand. Aber als Erik Linde seine Taschen nach Fahrgeld durchwühlte, fand er natürlich keine einzige Münze. Die, die ihn abgezockt hatten, waren wirklich gründlich vorgegangen.

Also hatte er kein Geld. Wirklich gar keins.

Er konnte ein erschrockenes Kichern nicht unterdrücken: nicht einen Zehner, keine einzige Krone. Keine Kreditkarte, keine Scheckkarte, kein Scheckheft. Unfaßbar. Er sah sich um. Die anderen schienen einfach nicht zu begreifen, in welch unvorstellbarer Zwangslage er sich befand; zum Glück. Beim Zeitungskiosk stand eine Telefonzelle. Er konnte Astrid anrufen… aber dazu brauchte er zwei Kronen. Kein Geschäft war offen, wo er vielleicht umsonst hätte telefonieren dürfen. Was nun? Sollte er zur Polizei gehen, den Diebstahl melden und um Hilfe bitten? Zur Polizei, die gerade erst seinen Sohn wie ein Stück Schlachtvieh davongeschleppt hatte? Nein. Nein…!

Das Allerschlimmste, das dem Bewohner einer norwegischen Kleinstadt passieren kann, war Erik Linde passiert: Er stand ohne eine Öre an einem öffentlichen Ort, in einer Situation, in der er Geld brauchte, und ohne die geringste Möglichkeit, sich aus diesem Dilemma zu befreien, weder im Moment noch auf längere Sicht, denn es dauerte ja auch seine Zeit, bis man als Sozialfall registriert war. Was für eine unvorstellbare Demütigung! Nach Hause konnte er nicht gehen. In seinem Zustand war das viel zu weit. Und dort wartete doch schon der Räumungsbefehl, vielleicht hatte man den schon ausgeführt, und sein bescheidenes Hab und Gut war zusammengepackt und in irgendeinem Lager verstaut worden? Was für eine unbeschreiblich miese Lage!

Nein, seine einzige Chance, ins Leben zurückzufinden, lag in Astrids warmer Küche mit dem fröhlichen, französisch inspirierten Steingut. Und der Bus, der ihn dort hinbringen konnte, konnte jeden Moment hier sein. Mit träumerischer Klarheit sah er ein, daß er etwas unternehmen *mußte*. Und zwar sofort. Und deshalb handelte er. Er schritt zur Tat, als der bewußte Entschluß noch darum rang, in seinem langsamen, gequälten Gehirn zu etwas zu werden, das mit Tatkraft eine vage Ähnlichkeit hatte. Er wandte sich an seine Nachbarin im Wartehäuschen, eine Frau mittleren Alters. »Entschuldigen Sie bitte, hören Sie, könnten Sie wohl… ja, Sie müssen wirklich entschuldigen, aber es ist nämlich so, daß ich… ja, ich habe doch tatsächlich mein Geld zu Hause vergessen, und deshalb kann ich nicht einmal den Bus bezahlen… und ich wollte nur fragen, ob ich vielleicht etwas leihen könnte… ja, nur für den Bus, einen Zehner, zwei Zehner… könnten Sie vielleicht… ich gebe es Ihnen natürlich zurück, so wie ich zu Hause bin…«

Aber die Frau mittleren Alters wandte sich einfach ab und ging mit festem Griff um ihre Handtasche demonstrativ ein paar Schritte weiter. Eigentlich war er ja darauf vorbereitet gewesen. Es war eine unerhörte, einfach unmögliche Vorstellung, in Hamar mitten auf der Straße die Leute um Geld anzuschnorren. Das ging einfach nicht, es sei denn, man war jung und spielte Gitarre. Aber er tat es trotzdem. In seiner Not kam ihm das als die einzige Möglichkeit vor. In ihm war ein kaltes Vakuum entstanden, in dem er nichts spürte. Es fiel ihm dadurch leichter, den nächsten anzusprechen, einen Mann so ungefähr in seinem Alter, normal und ordentlich gekleidet, mit einer kleinen Tragetasche über der Schulter.

»Entschuldigen Sie bitte, aber könnte ich Sie kurz etwas fragen? Es ist nämlich so, daß ich...«

Dieser Mann blickte ihm immerhin ins Gesicht, musterte ihn von Kopf bis Fuß. Und dann sagte er:

»Sie sollten sich schämen!«

Dieser Aufforderung hätte es nun wirklich nicht bedurft. Zusammen mit der Erkenntnis seiner akuten Geldnot war Erik Linde auch sehr lebhaft und kristallklar bewußt, wie er aussah. Seine schütteren Haare wild durcheinander, mit Zweitagebart, roten, verkaterten Augen und Kleidern, in denen er im Freien geschlafen hatte, war er kaum ein Anblick, der großes Vertrauen erweckte. Seltsamerweise machte ihn das abweisende Verhalten dieses Mannes für den Moment weder sonderlich niedergeschlagen noch verlegen, eher war das Gegenteil der Fall. Als er sah, daß sein nächstes Opfer, eine jüngere Frau, bereits zurückwich, als sie seinen Blick bemerkte, spürte er in sich eine seltsame, aggressive Stärke aufsteigen: Die da war nun jedenfalls fällig. Aber noch ehe er sie ansprechen konnte, hörte er aus dem Wartehäuschen einen Ruf, und, auf alles vorbereitet, drehte er sich um. Dort saß ein älterer Herr mit einem Stock auf der Bank. Er streckte ihm die Hand entgegen.

»Hier. Nehmen Sie das. Mehr Kleingeld habe ich nicht. Und machen Sie, daß Sie nach Hause kommen.«

Einige Münzen fielen in Eriks ausgestreckte Hand. Er bedankte sich murmelnd bei den grauen Hosenbeinen, die über zwei blankgeputzte braune Schuhe fielen. Nun kam der Bus. Die Wartenden bildeten eine Schlange, Erik stand ganz hinten. Als er einstieg und die Münzen klirrend in die Schale fielen, verriet das Zögern des Fahrers, daß sie nicht ausreichten. Statt vorne im Bus vor aller Augen eine Szene zu machen und danach wie ein Suffkopp hinausgeworfen zu werden, fegte er sein Geld wieder zusammen und stieg aus.

Eine halbe Stunde bis zum nächsten Bus. Er saß mit den acht Kronen in der Hand im Wartehäuschen und registrierte die raschen Seitenblicke der Vorübergehenden. Aber das machte ihm nichts mehr aus. Jetzt saß er einfach mit seinen acht Kronen da und wartete auf neue Fahrgäste, die er um mehr anbetteln konnte. Die Fahrkarte kostete dreizehn Kronen. Aber wenn er mehr bekam, war das nur gut. Inzwischen schnürte ihm nämlich ein heftiger Durst die Kehle zusammen. Er sah schon einen schäumenden Halben vor sich. Er dachte noch immer an die erlösende Tasse Kaffee in Astrids Küche, ja, genauso sehr wie an das Bier. Aber auch der Bierdurst ließ sich nicht unterdrücken. Er hatte das Gefühl, vor einer wichtigen Entscheidung zu stehen, die richtige Wahl treffen zu müssen: Buslinie 1 über Åkersvika nach Ridabu und eine ruhige, versöhnliche Tasse Kaffee an Astrids Küchentisch, oder einen belebenden Halben vor ganz Hamars glotzendem Blick, hier im Straßencafé, nur einen Steinwurf entfernt, so wie das öffnete. Beide Möglichkeiten kamen ihm gleichermaßen verlockend und notwendig vor. Und in beiden Fällen war er verloren.

Er zitterte, ja, Sehnsucht und Drang nach beidem taten richtig weh. Und dann fiel sein Blick auf die Telefonzelle neben dem Kiosk gegenüber. Jetzt hatte er Kleingeld. Jetzt konnte er anrufen und feststellen, ob Astrid zu Hause war. Aber als er die Straße zur Hälfte überquert hatte, sah er, wie die Leitung lose aus dem Telefonhörer heraushing, und da konnte er nur noch kehrtmachen und zur Bank zurückstapfen. Und hier saß er nun und registrierte mit der nachsichtigen Geduld eines Heiligen die scheelen Blicke seiner Stadtgenossen, und er sah ein, daß das Schicksal ihm nur die eine Wahl ließ. Also beschloß er mit einem Aufflackern von übermütigem, selbstauslöschendem Humor, alles dem Zufall zu überlassen: Wenn er genug für einen Halben zusammenscharren könnte, also einundvierzig Kronen, ehe der nächste Bus kam, dann würde er ins Straßencafé gehen. Wenn nicht, dann würde er mit dem Bus nach Ridabu fahren. Er sehnte sich so sehr nach beidem, daß ein wehes Wimmern aus seiner Kehle quoll, während er noch dasaß und seine Münzen umklammerte.

Dann erhob er sich. Ein Mann stand jetzt vor dem Pfosten mit dem Fahrplan. Ein Arbeiter, nahm Erik an, ein Schreiner oder Mechaniker. Aber sicher arbeitslos, denn Handwerker fahren doch mit dem Auto zur Arbeit. Also ziemlich abgebrannt. Aber vielleicht gerade deshalb einer kleinen Anfrage von seinesgleichen gegenüber offen? Erik fand die Tatsache witzig, daß seine kurze halbe Stunde als Straßenbettler ihn zu einem guten und auf realistische und bodenständige Weise vernünftigen Beobachter gemacht hatte. Zu einem zuverlässigen, brauchbaren Beobachter, der alles zum ersten Mal zu *durchschauen* schien und sich entsprechend verhalten konnte. Er ging zu dem Mann hinüber, wünschte guten Tag und sagte seinen Spruch auf.

26

Das Wetter hatte sich jetzt geändert, aber er konnte es noch immer gut auf der Terrasse des Restaurant Sea Side aushalten, die über das Wasser ragte, was ihm das Gefühl gab, auf einem Schiffsdeck zu sitzen. Das bewölkte Wetter hatte die meisten Gäste ins Haus getrieben, ins Café, und damit konnte er in aller Ruhe mit seinem Kaffee dasitzen und die anziehende Mjøsalandschaft mit all seinen Sinnen genießen. Es kam ihm vor wie eine Läuterung, eine Gesundung der Seele. Aber P. B. Backer wußte trotzdem nicht so genau, warum er hier saß, genauer gesagt, warum er in Hamar geblieben war, jetzt, wo die Ermittlungen abgeschlossen und der Fall geklärt war. Aber er war geblieben. Und dafür hatte er sich sogar seiner Lebenspartnerin gegenüber einen Vorwand aus den Fingern gesaugt und sich eine Woche Urlaub genommen, um hier in seiner Heimatstadt, in der *Lonesome Town*, die er doch bis vor kurzem angeblich so verabscheut hatte, Überstunden abzustottern.

Was für ein Selbstbetrug! Nun versank er in sein Entzücken über diese Umgebung. Auf jeden Fall gab es unter dem Himmel über dem Mjøsa entsetzlich viel Platz, Platz für die unterschiedlichsten Wolkenformationen, ihre rollenden Gewitterschauer im Osten über Stange und Romedal. Ein Regenschauer zog seinen Schleier über Tingnes, verhüllte für eine Weile die Brücke, und ließ sie dann saubergewaschen, weiß und wie neu wieder zum Vorschein kommen. Er spürte, wie gut es ihm tat, einfach dazusitzen und sich das alles anzusehen. War es wirklich so, wie er glaubte, einmal irgendwo gelesen zu haben, daß die Landschaften der Kindheit im Gemüt Abdrücke ihrer charakteristischen Formen hinterlassen, so daß wir sie unbewußt wiedererkennen, wenn wir zurückkommen und deshalb Harmonie empfinden?

In diesem Moment hätte er das fast glauben können. Und er sah vor seinem inneren Auge mit unangenehmer Klarheit Asker und Bærum, die er doch so viele Jahre lang als seine Heimat betrachtet hatte, die Landschaft, in die er rein praktisch gesehen nun einmal gehörte, und er merkte, daß sie durchaus keine vergleichbare Wirkung auf ihn ausübte. Dichtbevölkert und zersiedelt, voller Gewimmel und chaotisch, so sah diese »Heimat« jetzt für ihn aus, ein Streifen zugebauter Freiflächen um Oslos westliche Ausläufer, wo die Gier der Bauunternehmen die Natur zerstört und die Menschen in ihrem ganzen bequemen Komfort heimatlos gemacht hatte.

Da war Hamar doch etwas anderes! Hier gab es keine großen Eingriffe, egal worüber die lokalen Umweltaktivisten sich auch beklagen mochten. Hier lebten die Menschen wirklich seit zwei-, dreitausend Jahren auf demselben Grund und Boden. Aber das galt nicht nur für die Natur. Trotz einzelner Frustrationen im Zusammenhang mit den Ermittlungen hatte er sich hier bemerkenswert wohl gefühlt, auch beruflich. Die Stimmung bei der Polizei war angenehm, entspannt, wenig geprägt von Intrigen und Leistungsdruck. Und obwohl er noch immer meinte, daß die Kollegen hier am Ort zu Beginn der Ermittlungen mangelhafte Arbeit geleistet hatten und daß deshalb der ganze Fall unnötig hochgespielt worden war, schien es die Zusammenarbeit doch nicht belastet zu haben, daß die Osloer Kriminalpolizei sich eingeschaltet hatte.

Und wieder: Machte das nicht gerade den Charme dieser Stadt aus? Eine gewisse Unprofessionalität – die man gerne »Unschuld« nennen konnte. Im Park wird die Leiche eines jungen Mannes gefunden. Die Mutter, die zufällig vorbeikommt, glaubt, die Jacke und den Inhalt der Taschen wiederzuerkennen, und das geht als Identifizierung durch. So läuft das ja auch in vielen Kriminalfilmen, aber nicht in der schlichten Ermittlungsarbeit der Wirklichkeit. Höchstens vielleicht an einem

Ort, an dem das soziale Netzwerk noch intakt ist und die Verbindungslinien zwischen den Menschen noch funktionieren und etwas bedeuten, so wie hier.

Dachte P. B. Backer, als er so dasaß und die weiße Schleppe des Regengusses über Helgøyas juligrünem Umriß beobachtete. Nur mit Unlust zwang er seinen Blick zurück zu dem wuchtigen Ensemble von Tisch und Bänken aus imprägniertem Holz, an dem er sich niedergelassen hatte, und betrachtete die leere Kaffeetasse und den Teller, auf dem ihm ein Brötchen mit Schinken und Salat serviert worden war. Er versuchte zu entscheiden, ob er noch mehr bestellen oder gehen sollte. Zum Beispiel einen Spaziergang zur Domkirkeodde machen. Oder zurück zur Pension Seiersted schlendern, wo er sich einquartiert hatte, seit der Fall abgeschlossen war und er eine Art Urlaub angetreten hatte. Es war billiger und gemütlicher als das Hotel Victoria, und es lag in einem alten Villenviertel. Fast sofort hatte er das Gefühl gehabt, dort zu wohnen, »zu Hause« zu sein. Jedenfalls hatte er das so empfunden.

Sein Dilemma wurde durch das Piepsignal des Telefons gelöst. Das Krankenhaus hatte bei der Polizei angerufen und eine Nachricht für ihn hinterlassen. Der diensthabende Kollege meinte, es werde ihn vielleicht interessieren, daß Ellen Linde bewußtlos eingeliefert worden sei, vermutlich nach einer Überdosis. Lebensgefahr bestand angeblich nicht. Bis auf weiteres mußte sie zur Beobachtung dableiben.

P. B. Backer winkte dem Kellner und zahlte. Er fluchte und stand auf. Fluchte, weil seine gemütliche Meditation auf diese Weise gestört worden war. Fluchte, weil sie blöd genug waren, ihn nicht in Ruhe zu lassen, die Kollegen von der Wache. Obwohl der Fall geklärt, die Anklage erhoben und er im Grunde ein Unbeteiligter war, der nichts mehr in der Stadt zu suchen hatte, nervten sie ihn mit Anrufen. Und er fluchte, weil er wußte, daß es hier in Hamar eben so sein mußte. Er mußte ins

Krankenhaus gehen und sich nach ihr erkundigen. Es führte kein Weg daran vorbei, so unprofessionell das auch wirken mochte.

Er war weder bei ihrer Festnahme noch vier Wochen später bei ihrer Entlassung aus der Untersuchungshaft zugegen gewesen. Natürlich nicht. Obwohl es eine Möglichkeit zu einer neuen Kontaktaufnahme gewesen wäre. Trotz allem waren es seine steten Mahnungen gewesen, die das Gerichtsmedizinische Institut dazu gebracht hatten, die endgültige Lösung zu liefern und Ellen von jeglichem Verdacht freizusprechen. Insofern hatte er sein Versprechen gehalten, und seinen Dank konnte er nun wohl beanspruchen. Aber er war nicht hingegangen. Er hatte schon mit dem Gedanken gespielt, ihn aber unterdrückt, hätte es zu auffällig gefunden, zu demonstrativ, dort aufzutauchen – als was? Als Ermittler, der zu ihrem »Retter« geworden war? Als alter Schulkamerad und Freund? Nein, es gab offenbar keine neutrale und einigermaßen elegante Möglichkeit, sich ihr zu nähern, und deshalb ließ er es sein.

Und damit war klar, daß er sie wirklich wiedersehen wollte. Er mußte sich eingestehen, daß er an sie dachte und sich um sie sorgte. Irgendwie fühlte er sich verantwortlich für sie. Aber das war noch nicht alles – er sehnte sich auch nach ihr! Und das beunruhigte und irritierte ihn: Warum mußte ihm das gerade jetzt passieren? Gerade hier? Warum sie? Er dachte an zahllose andere Fälle, die für das eine oder andere Opfer der Zustände glücklich ausgegangen waren, weswegen sie dann das Gefühl gehabt hatten, ihm Dank zu schulden. Darüber war er natürlich erhaben. Arbeit und Privatleben wurden nicht vermischt, schon gar nicht in dieser Branche. Wenn irgendwer es an die große Glocke hängen wollte, daß die Hauptverdächtige und der Chefermittler alte Bekannte aus der Schulzeit und vielleicht auch noch mehr waren, konnte das schon schlimm genug sein. Die Frage der Befangenheit ist bei Kriminalfällen wirklich ein Problem. Besser war es, vernünftige Distanz zu halten. Besser war es, alles zu vergessen, nach Hause zu fahren, ein paar Tage frei zu nehmen und sich auszuruhen, einen Ausflug mit dem Boot zu unternehmen, vielleicht die schwedische Küste entlang, und sich alles aus dem Kopf zu schlagen, sich auf die nächste Aufgabe zu konzentrieren, hatte er sich gesagt. Und war geblieben.

Blumen. Bei einem Krankenbesuch brauchte er einen Blumenstrauß. Also ging er über den Marktplatz. Über den Østre Torg, wo die Buden der Gemüsehändler jetzt dicht an dicht in zwei Reihen standen. Aber vorher mußte er noch durch den Strandgatepark. Durch das, was noch übrig war, nachdem die Bagger sich bedient hatten. »Sie fressen meine Wälder…!« Bo Mailand schreckte nicht vor Anleihen bei den Dichtern zurück, wenn er glaubte, daß das Thema seiner Erörterungen danach verlangte. Und zu seiner Überraschung stellte auch P. B. Backer fest, daß ihn die Traurigkeit ergriff angesichts dieses zerstörten Parks. Während seines Aufenthaltes in Hamar war er schon Dutzende von Malen durch diese Anlage gegangen, ohne besonders auf die Arbeiten an der geplanten Straßenerweiterung zu achten. Aber jetzt ging ihm auf, wie scheußlich gerade hier eine Durchfahrtsstraße sein würde, wie schädlich für diesen Teil der Stadt. Aber was ging ihn das überhaupt an? War er schon zu lange hier? Hatten sich die verschwommenen Formen der Mjøsalandschaft in sein Gemüt eingeprägt und ihn zum Opfer für Bo Mailands gefühlsduselige Ausbrüche und Rolf Jacobsens Poesie gemacht? Eigentlich, so überlegte er, hätte er nach allem, was in diesem Sommer in dieser Stadt passiert war, einen noch viel stärkeren Widerwillen gegen diese Stadt empfinden müssen als bei seinem Eintreffen: zwei Morde, Morde, die eigentlich keine echten Morde gewesen waren, sondern auf irgendeine Weise noch schlimmer, noch unheimlicher, perverser und empörender. Zwei Tote, die ein zweites Mal getötet worden waren. Getötet und dann gebrandmarkt…

Auf dem Marktplatz duftete es, blühte es üppig. Die ersten lokalen Erdbeerverkäufer waren auch schon angetreten, und er mußte von einem blonden, sommersprossigen jungen Mädchen einfach einen Korb mit leckeren, glänzenden roten Beeren zu neunzehn Kronen und fünfzig Ören erstehen. Dann ging er zu einer größeren Bude und kaufte einen Blumenstrauß, und während der eingewickelt wurde, kam ihm in den Sinn, daß er ungefähr an der Stelle stand, an der vor genau einer Woche Jon Linde festgenommen worden war.

Auch diese Festnahme war P. B. Backers Werk gewesen, jedenfalls indirekt, da er seine Spitzel auf Erik Linde angesetzt hatte. Er war sich nämlich sicher gewesen, daß es früher oder später zu einer Begegnung zwischen Vater und Sohn kommen würde. Daß das auf so dramatische Weise ablaufen und auf so tragische Weise noch einen Dritten einbeziehen würde, hatte er natürlich nicht ahnen können, obwohl er natürlich die Wut des Jungen in keiner Hinsicht unterschätzt hatte, schließlich hatte er sie seit einiger Zeit in direkten Bezug zu den mißhandelten Leichen gesetzt.

Der arme Bo Mailand überlebte, lag aber im Krankenhaus, mit kaputtem Auge und gebrochenem Kiefer, Wangen- und Schläfenknochen. Das »Wintergoldhähnchen« hatte sich in der Tat gegen seinen Verfolger, den »Indianer«, gewandt und ihn mit einem Stein zu Boden geschlagen. Jetzt hielt er durch Notizen, die er in einigermaßen klaren Momenten schrieb, eine Art Kontakt zu seiner Umwelt aufrecht: Bitten und Gebrabbel, Flehen und Beschwörungen, einen zerstückelten, leidenschaftlichen Bericht über seine Verfolgung Jon Lindes, der verblüffend war in seinem Detailreichtum und sich schließlich zu nebelhaften Vorstellungen auflöste: »Der Indianer ist zum Wintergoldhähnchen geworden – Wintergoldhähnchen und Indianer sind eins...« war eine Formulierung, die in dem wilden Wortstrom immer wieder auftauchte.

P. B. Backer hatte Bos sämtliche Notizen gelesen, die neuen und die, die er auf dem Campingplatz bekommen hatte, und sie hatten ihn verwirrt und inspiriert. Das Überraschendste war ja, daß ein als schizophren Erklärter sich so klar und flüssig auszudrücken verstand, daß er – jedenfalls zeitweise – die Zusammenhänge im Leben anderer Menschen so klar durchschaute. Bisher hatte er die Schizophrenie für ein Leiden gehalten, das auftrat, wenn die Fähigkeiten, logische Linien und plausible Kausalverbindungen zwischen äußeren und inneren Phänomenen zu erkennen, aus irgendeinem Grunde zusammenbrachen und den Patienten kopfüber in sein eigenes, unübersichtliches Chaos fallen ließen. Aber Bo hatte offenbar die Möglichkeit gefunden, Stücke aus diesem Chaos zu fischen und sie zu Mosaiken zusammenzusetzen. Worte und Bilder fügten sich so zu einer Aussage zusammen, die oft eine besondere, überraschende Erkenntnis zum Ausdruck brachte. Obwohl Manien und Zwangsvorstellungen vorherrschten – unter anderem schien er sich dazu verpflichtet zu fühlen, an den Anfang jedes Gedankenganges eine Schilderung des Winkels zu setzen, den der Schatten des Bleistiftes mit der Nordsüdachse des Papiers bildete, und dazu die nachgemessene Länge des Schattens mit Datum und Uhrzeit zu notieren, als sei es für ihn von äußerster Wichtigkeit, daß sich die Erdachse im Weltraum nicht verschob.

Aber P. B. Backers Kenntnis und Verständnis des Falls, den er schließlich zur allgemeinen Zufriedenheit aufgeklärt hatte, hatte sich um einiges verschoben.

27

Im Krankenhaus war keine Besuchszeit, aber man ließ ihn trotzdem zu ihr. Die Stationsschwester hatte Bilder von ihm in der Zeitung gesehen und erteilte lächelnd die Erlaubnis, fast noch ehe er ihr eine mehr oder minder plausible Erklärung für diesen Besuch geliefert hatte. Und Ellens Zustand war ja auch nicht kritisch, wie ihm mitgeteilt wurde. Sie war vielleicht noch ein wenig verwirrt, ihre Genesung machte aber rasche Fortschritte.

Und doch war es ein ziemlicher Schock, sie da liegen zu sehen, ganz allein in dem relativ großen Zimmer, reduziert zu einer flachen, bewegungslosen Figur unter einer dünnen Krankenhausdecke. Ihr Gesicht auf dem Kissen war fahl, eingesunken und gleichzeitig aufgedunsen, fremd und doch vertraut. Der gelbe Plastikschlauch, der aus ihrer Nase ragte, betonte noch die Blässe, die nur von den brutalen Blutergüssen unter ihren Augen durchbrochen wurde. Diese Blutergüsse waren so schwarz wie die Flecken, die dort, wo die Kanüle steckte, ihren Handrücken bedeckten. Ein Arrangement von komplizierten Geräten war am Kopfende angebracht.

»Sie sieht schon viel besser aus. Ich hole eine Vase«, sagte die Schwester, die ihn hereingeführt hatte, und verschwand.

Er glaubte, sie schlafe oder sei sogar bewußtlos, und deshalb näherte er sich dem Bett auf Zehenspitzen. Aber sie schlug die Augen auf und sah ihn an, zuerst mit leerem Blick, dann bewegte sie die zerbissenen Lippen, als ob sie etwas sagen wollte, nur hörte er nichts und konnte auch nicht erkennen, ob sie ihn erkannte oder nicht. Aber er trat an ihr Bett, zog sich den Stuhl heran, setzte sich und beugte sich vor:

»P. B. . . .«, flüsterte sie. »Himmel, P. B . . .«

Sicher hatte sie ihn erkannt!

»Bist du das wirklich?«

Dann schloß sie die Augen und blieb einige Sekunden wie schlafend liegen. Aber er sah, daß in ihrem Augenwinkel eine Träne hing, als sie schließlich sagte:

»Diesmal habe ich mich richtig blamiert, was?«

Er verspürte das plötzliche Bedürfnis, sie zu berühren, zumindest ihre Hand zu nehmen, wie zur Versicherung, daß er wirklich da sei, bei ihr. In diesem Moment hätte er ihr auch liebend gern versichert, daß er bleiben würde, so lange sie wollte. Aber der Anblick der Kanüle und der schlimmen Blutergüsse hinderte ihn daran.

»Auch dieses Mal, meine ich…«

Die Ironie zwang sie dazu, ihre mißhandelten Lippen zu einer Art Imitation eines Lächelns zu verziehen, aber diese Anstrengung schien sie noch tiefer ins Kissen sinken zu lassen. Der Schlaf schien in Wellen zu kommen, die sie hochhoben und forttrugen, während es ihr gelang, sich gelegentlich ins Bewußtsein zurückzukämpfen.

»Du mußt ganz still liegen«, bat er. »Du darfst dich nicht anstrengen. Du bist ziemlich zerschlagen, weißt du.«

»Danke, daß du den ganzen Weg gekommen bist, um mir das zu erzählen…«

Diesmal gelang nur ihm ein Lächeln. Ihres wurde zu einer Schmerzensgrimasse.

»Mein Kopf!«

»Sei froh, daß du noch einen hast.«

Als er das gesagt hatte, hatte er plötzlich Angst, zu weit gegangen zu sein, aber es kam keine Reaktion von ihr.

»Und Blumen hast du auch mitgebracht!«

Er hatte sie auf die Decke gelegt, aber noch nicht ausgewikkelt. Jetzt machte er sich in aller Eile an dem vielen Papier zu schaffen und versuchte, vorsichtig zu sein, um sie nicht mit dem Geraschel zu stören.

»Wie schön...«

Er hatte keine Ahnung von Blumen und hatte ganz willkürlich zwischen den Farben und Sorten in den Blumeneimern auf dem Markt seine Wahl getroffen.

»Die bringen gleich eine Vase.«

»Ich hab' solchen Durst«, sagte sie.

»Ich weiß nicht, ob ich dir was geben darf.« Er zögerte.

»Ich hab' solchen Durst.«

Sie versuchte, sich die Lippen anzufeuchten.

»Aber du wirst doch intravenös versorgt.« Er war ziemlich ratlos.

»Aber ein Schluck Wasser kann doch nicht schaden, P. B. Bitte!«

»Ich habe Erdbeeren mitgebracht«, sagte er plötzlich, ohne nachzudenken, einfach nur aus dem Wunsch heraus, ihr eine Freude zu machen. »Jetzt gibt es welche. Ich habe sie auf dem Markt gekauft, zusammen mit den Blumen.«

»Erdbeeren...«, sagte sie, und plötzlich wirkte sie unendlich traurig. »Erdbeeren vom Markt... ich weiß gar nicht mehr, wann ich das letzte Mal frische Erdbeeren gegessen habe.«

Ihre tränenerstickte Stimme ließ ihn seinen Erdbeerkauf bitterlich bereuen.

»Die anderen wollten immer Erdbeeren, Erdbeeren mit Sahne, Erdbeergrütze, Erdbeermarmelade, aber ich habe gesagt, nein danke. Nur alte Weiber gehen auf den Markt und kaufen Erdbeeren. Vom Selberpflücken gar nicht zu reden! Nur Leute wie meine Mutter pflücken Erdbeeren und machen sie ein. Ich nicht. Keine einzige Erdbeere durfte es in meinem Haus geben. War ich gemein, P. B.? War das falsch von mir? Ich weiß, daß ich gemein war. Ich war gemein...«

Sie versuchte gar nicht erst, ihre Tränen zurückzuhalten.

»Tut mir leid«, sagte er unglücklich. »Es war dumm von mir, Erdbeeren mitzubringen.«

»Aber ich mag Erdbeeren so gern! Das war schon immer so. Es wäre so schön, eine zu essen, nur eine…«

»Ich weiß nicht, ob das geht. Bei diesem ganzen Kram hier.« Hilflos zeigte er auf den Schlauch, der aus ihrem Gesicht ragte, auf das Gestell, an dem der Beutel mit der Flüssignahrung hing.

»Bitte!«

»Vielleicht so«, sagte er und zog das Erdbeerkörbchen aus seiner Tüte. »Wenn ich sie zerquetsche, dann…«

Er zerdrückte zwischen den Fingern eine Beere und ließ den Saft zwischen ihre Lippen tropfen. Sie leckte ihn mit geschlossenen Augen auf. Sie schien schlucken zu können. Er wiederholte das Manöver. Eine Beere nach der anderen wurde gepreßt, und ihr Saft verschwand in Ellens halbgeöffnetem Mund.

»Schön…«

Er glaubte, draußen auf dem Flur Schritte zu hören, und stellte die Fütterung ein.

»Jetzt müssen wir eine Pause einlegen.«

»Aber du gehst noch nicht?«

»Nein. Ich bleibe, solange du willst.«

»Und du kommst wieder.«

»Wenn du willst.«

»Morgen?«

»Ja. Morgen.«

Als er durch das Krankenhausfoyer auf den Ausgang zuging, kam er sich vor wie ein Patient, der nur vorübergehend Ausgang hatte. Dieses Gefühl hätte ihn beunruhigen sollen, aber es gefiel ihm. Wenigstens ein bißchen.

Als er durch die Skolegate ging, dachte er an Janne. Das heißt, im Grunde dachte er daran, daß er in den letzten beiden Wochen kaum an Janne gedacht hatte. Seit der Fall geklärt war und er vor allem in den Lokalzeitungen zum Helden des Tages avanciert war und gemerkt hatte, daß es ihm inzwischen hier in der Stadt ganz gut gefiel, hatte er nur noch ganz selten an Janne gedacht. Und wenn seine Gedanken ihr gemeinsames Leben gestreift hatten, war er sogleich in eine ähnliche Stimmung versetzt worden wie beim Gedanken an die Reihenhauswohnung in Asker. Auf diese Entfernung hin erschien ihm seine Beziehung zu Janne wie ein Stück schöne Natur, das durch Flurbereinigung, Parzellierung, Durchfahrtsstraßen und unpassende Konstruktionen zerstört worden war: seine Arbeit. Ihre Arbeit. Ihr Lebensstil und die Trends, die ihn prägten: ihre vielen Pläne. Die Ansprüche des modernen Paares an Mobilität, materiellen Komfort, zeitsparende Routinen und praktische Einrichtungen, sinnvoll genutzte Freizeit, Gesundheit, Fitneß und Ferienreisen. Die anspruchsvolle äußere Ästhetik. Und, nicht zuletzt, eine erfinderische erotische Bereitschaft, wenn sich die Gelegenheit bot. Alle diese Dinge, die sie beide wollten und die für sie beide so gut liefen.

Janne war dreißig, nicht besonders groß, blond, achtete auf ihre schlanke Figur und war immer gepflegt. Kurze Haare. Effektiv. Tüchtig im Beruf. Sie arbeitete in der Verkaufsabteilung einer Autoimportfirma, die ihr günstig ein fesches kleines Auto besorgt hatte. Lippenstiftrot. Sie war nie verheiratet gewesen und hatte auch mit niemandem zusammengewohnt, als sie sich vor zwei Jahren begegnet waren. Sie aß lieber im Restaurant, hatte weder Geduld noch Talent zum Kochen. Zur häuslichen Gemütlichkeit steuerte sie vor allem Tütensuppen bei. Er war in diesen beiden Jahren mit ihrer Beziehung zufrieden gewesen und hatte sich niemals nach einer Veränderung gesehnt.

Aber jetzt merkte er, daß er sich Jannes Gesicht nur noch undeutlich vor Augen rufen konnte, ihr Mienenspiel, das Funkeln in ihren Augen, den Bogen ihrer Lippen. Es war schon leichter, sich ihren gepflegten, geschmeidigen Körper vorzustellen. Aber auch dieser Körper, den er so gut kannte und der ihm soviel Freude bereitet hatte, wirkte langsam wie ein Stück synthetischer Natur auf ihn. Der Braunton ihrer Haut, der das ganze Jahr über unverändert blieb. Ihre Haare, die immer so kurz und gutfrisiert waren, daß sie nie zu wachsen oder ihre Form zu verlieren schienen. Die Linien ihres Körpers, die durch sorgfältig aufeinander abgestimmte Gymnastik, durch Übungen mit Gewichten und Tanz beibehalten wurden. Die stramme, feine Muskulatur von Rücken, Oberarmen und Hals, Oberschenkeln und Bauch schien zu einer Skulptur geworden zu sein, ein für allemal perfektioniert, unbeeinflußbar durch den Zahn der Zeit und die Jahreszeiten des Frauenlebens. Sie hatten niemals ernsthaft über die Möglichkeit gesprochen, ein Kind zu bekommen. Das hätte ihre Beziehung zerstört. Und es gab eine Unzahl von vernünftigen Gründen, weswegen ein Kommissar, der immer im Blickfeld der Medien stand, und eine junge Karrierefrau sich nicht die zusätzliche Last aufpakken sollten, die ein Kind nun einmal bedeutete. Nicht einmal den Klang ihrer Stimme konnte er noch herbeirufen. Worte und Redensarten, an die er sich erinnerte, schienen von einer Telefonstimme ausgesprochen zu werden, fern, wohlmoduliert, aber gekünstelt und neutral.

Als er durch die Skolegate schlenderte und noch einmal versuchte, sich in Gedanken auf Janne zu konzentrieren, seine Lebenspartnerin, und auf all die Attraktionen, die sie doch immerhin zu bieten hatte, schob sich immer wieder das Bild von Ellen mit den schwarzumrandeten Augen und dem mißhandelten Mund dazwischen.

Es lag an diesem Ort, der Stadt, der Umgebung. Aber auch an Ellen. Ihr dramatisches Wiedersehen hatte alles Halbvergessene wieder hervorgeholt. Es war, als ob er den Staub von einer alten Fensterscheibe gewischt, hineingeschaut und festgestellt hätte, daß er alles im Haus wiedererkannte. Alles, was er hinter sich gelassen hatte. Ist die Haut des Vergessens so dünn? Hätte das Leben einen anderen Verlauf genommen, wenn sie und er…? Damals?

Aber so sieht es in der Welt nun einmal nicht aus, korrigierte er sich energisch. In fünfundzwanzig Jahren ändert man sich, das tun alle. Alle. Niemand steigt zweimal in denselben Fluß und so weiter. Nostalgie ist ganz nett, und in bestimmten Stimmungen sind wir ihr alle ausgeliefert. Aber dieser Gedanke, »zurückzukehren«! Blödsinn! Was hatte er hier in Hamar eigentlich verloren? Wo er doch seit zehn Jahren keinen Fuß mehr in diese Stadt gesetzt hatte. Mindestens. Nicht einmal Eltern hatte er hier noch. Sogar deren Haus war abgerissen worden. Er war Kriminalkommissar in Oslo. Während der letzten vierzehn Jahre hatte er in Asker gewohnt. Er war ein dynamischer Stadtmensch, ein Kosmopolit, kein verschlafener Kleinstadtwachtmeister. Er wußte nicht, ob er über sich lachen oder sich endlich zusammenreißen sollte, um aus dieser seltsam rührseligen Stimmung herauszufinden, der er in letzter Zeit immer wieder zum Opfer fiel.

Und doch, als er nach links in die Seminargate abbog und über den Parkplatz in Richtung Pension ging, mußte er einfach die Aussicht auf Åkersvika und Stangeland hinter den alten Hausdächern auf Holsethøyden bewundern. Und dann ging ihm auf, daß noch eine Figur aus der Vergangenheit ins Bild gerückt war und sein Augenmaß und seinen Verstand in Mitleidenschaft gezogen hatte. Eine große unförmige Gestalt in einem langen Mantel, die in all diesen Jahren durch Hamars Straßen gegangen war, die alles in sich aufgenommen und versucht hatte, es auf ihre ureigene Weise zu vermitteln. Die hier die ganze Zeit, seit er von hier weggegangen war, um alle Niederlagen zu vergessen, die ihn in diesem verdammten Kaff widerfahren waren, gelebt und den bitteren Becher ihrer eigenen Tragödie geleert hatte. Allein war er seine Pfade gegangen, in diesem Grenzland zwischen dem Abgrund des Wahnsinns und dem Abscheu der menschlichen Gesellschaft, hatte deren stummen Schreien gelauscht und die Länge des Bleistiftschattens auf dem Papier gemessen und notiert. Das alles stand in diesen Notizen. Wer suchte, konnte hier die Spuren der immer ängstlichen, immer tastenden und hilflosen Unbeweglichkeit finden, die die Menschen an diesen Ort fesselte. Dort kamen die verlegenen Leerräume aus ängstlichem Wohlwollen zum Ausdruck, die schwierigen Pausen von Wortkargheit und schüchterner Distanz, diese immer unausgesprochene Sehnsucht, die die Menschen hier aneinanderband. Und die Abgründe. Das alles war dort zu lesen. Das alles hatte er, Bo Mailand – ausgerechnet der! – ihm ins Bewußtsein gerufen: die Zusammenhänge. Die Zusammenhänge waren deutlich geworden, seltsame, unerwartete, provozierende und umwerfende Zusammenhänge. Und deshalb hatten sich bei P. B. Bakker neue Eindrücke gebildet. Und Dunkles und Verdrängtes und Vergessenes war wieder zum Leben erweckt und neu gedeutet worden.

P. B. hatte Bos Notizen gelesen. Gründlich. Zuerst mit einer gewissen professionellen Neugier, auf der Suche nach für den Fall bedeutsamen Informationen. Dann mit immer größerem Widerwillen, als er entdeckte, wie intim die Beobachtungen aller Personen und Ereignisse wurden, so daß sogar er als Außenstehender das Bedürfnis empfand, sich vor dieser Form von Berührung zu schützen. Aber dann war sein Widerstand doch nach und nach von der Intensität der Schreibereien dieses armen Sonderlings bezwungen worden. Die unberechenbaren, aber immer präzisen Hinweise auf die Verbindung zwischen aktuellen Ereignissen und Vergangenheit. Das ergriff ihn, und es erweiterte den Rahmen für seine eigenen Gedanken bezüglich Gegenwart und Vergangenheit. Das Wiedererkennen verbarg sich noch in den ausgefallensten Gedankensprüngen. Er wußte, daß er nie mehr irgendeinen Ort aufsuchen würde, wo er so *einbezogen* sein würde wie hier. Wo alle Ereignisse für ihn von doppelter Bedeutung sein würden, wie dieser seltsame Kriminalfall, der ihn hergeführt hatte und der eigentlich gar kein Kriminalfall gewesen war, jedenfalls nicht im üblichen Sinn.

Stellenweise, so wie er jetzt zwischen Holsets Schornsteinen und alten Giebeln die großartige Einrahmung der Stadt erkennen und die schöne Lage von Herzen bewundern konnte, so stellenweise ging ihm auf, daß Hamars unbeachteter, unaufdringlicher, ja fast schon unmerklicher Charme ihn wie ein laues Bad umschloß. Still und freundlich umschloß es ihn wie der schwärzeste Waldsee in Stangeallmenningen, und wie einen Ertrinkenden zog es ihn in seine verlockende Umarmung. Aber er wehrte sich nicht dagegen. Er war ihm egal. Nein, er freute sich darüber!

28

Als es ihr besser ging, unternahmen sie gemeinsame Spaziergänge. Und meist suchten sie sich Wege aus, die nicht durch die beliebten Freizeitgebiete führten. Dort liefen weniger Leute herum und stierten, und das war ihnen nur lieb, obwohl sie nie offen erwähnt oder diskutiert hatten, daß sie so wenig Aufsehen wie möglich erregen wollten, wenn sie unterwegs redeten und redeten, als müßten sie sich gegenseitig ein ganzes Leben schildern und erklären, und als ob die Zeit dafür einfach nicht ausreiche. Und im Grunde stimmte das ja auch. Wenn sie unterwegs erkannt wurden und man sich nach ihnen umdrehte, nahm er ihren Arm, um ihr Stütze und Trost zu sein. Jetzt war sie es, die hier in der Stadt mit scheelen Blicken betrachtet wurde und ausgestoßen war. Er war der beliebte Held der Öffentlichkeit und der Lokalzeitungen. Ein Paradoxon voller Spannung, selbst nach fünfundzwanzig Jahren noch, und die Spannung erfüllte ihn mit Kraft und Großmut, die er freudig über sie ergießen konnte.

Sie hatte sich relativ gut erholt. Die Vergiftungen waren nicht kritisch gewesen. Aber sie wurde von Kopfschmerzen gequält und wurde schnell müde. Sie mußte antidepressive Medikamente nehmen, rührte aber keinen Alkohol an. Sie beteuerte, die Überdosis sei ein Unfall gewesen, eine unvorsichtige Mischung von Pillen und Schnaps. Eine Unvorsichtigkeit, die sie, wie sie zugab, schon seit längerem beging, jedenfalls seit ihrer Scheidung. Wenn er sie ansah, fand er keinen Grund, daran zu zweifeln. Obwohl sie »sich gut gehalten hatte«, wie ihre Freundinnen gesagt hätten, wenn sie welche gehabt hätte, war sie einwandfrei eine Frau von über Vierzig. Aber gerade dieses Alter, die leichte Andeutung von Verfall, sprach ihn so konkret und direkt an, daß es ihn selber überraschte. Ihr Gesicht war durchaus keine perfekte Palette für avancierte Schminktechniken. Ihr Körper – das, was er davon gesehen und gespürt hatte – war gepflegt und anziehend geformt, aber dennoch geprägt von den weicheren, schwereren und zerfließenderen Linien, die signalisieren, daß bei einer Frau das mittlere Alter näherrückt. Auf keinen Fall war sie eine perfektionistische Collage von individuell skulpturierten Muskelgruppen. Und auch das sprach ihn ungeheuer an.

Die Wahrheit war, daß er sie begehrte. Er wollte mit ihr ins Bett. Eine erotische Beziehung zu ihr eingehen. »Sie besitzen«, wie das in den Schundromanen hieß, die sie im Krankenhaus gelesen hatte, wie sie ihm gestanden hatte. Und er wünschte sich diese Intimität mit ihr nicht wegen der alten Zeiten. Er sehnte sich nicht nach ihr als Phantom der schönen, munteren jungen Frau, die sie damals gewesen war. Er wollte die, die sie jetzt war, die sie geworden war. Als ob ein enger Kontakt zu ihr ihm noch klarer sagen könnte, wer und was er selber geworden war. Und dieses Gefühl war so stark und eindeutig, daß er es nicht einmal über sich brachte, ihr gegenüber eine Andeutung zu machen. In einer anderen Situation, mit einer anderen, wäre es natürlich gewesen, einen scherzhaften Annäherungsversuch zu unternehmen, es wegzuflirten, denn normalerweise langte er nicht so freimütig zu, er war kein Don Juan, obwohl sein gutes Aussehen auf Frauen immer Eindruck machte. Er fühlte sich zu Ellen hingezogen, aber diese Anziehung war so indiskutabel, so ganz ohne die üblichen eitlen Manöver, so befreit von den albernen Ablenkungen und der besessenen Egozentrik der Verliebtheit, daß sie ihm wie ein Fingerzeig des Schicksals vorkam, ein Entweder-Oder, ein Sein oder Nichtsein, eine höhere Bestimmung in seinem Leben, der er nicht zu folgen brauchte. Doch ob sie nun ihre Erfüllung fand oder nicht, sie würde sein Leben auf jeden Fall entscheidend beeinflussen. Das war ihm klar, und es machte ihn nicht unruhig oder ängstlich, sondern im Gegenteil ruhig und nachdenklich.

Ihre Gespräche berührten die dramatischen Ereignisse, die sie wieder zueinander geführt hatten, fast nie. Anfangs wunderte ihn das, er war auf das Gegenteil vorbereitet gewesen, darauf, ihr von den Ermittlungen erzählen zu müssen. Das hätte ihm die Möglichkeit gegeben, seinen eigenen Anteil gerade an ihrer Freilassung zu unterstreichen, daß er es zum Beispiel gewesen war, der eine Obduktion des toten Olav Johansen angeordnet hatte, die schließlich belegte, daß er eines natürlichen Todes gestorben war. An einem ganz normalen Herzinfarkt, mindestens eine Stunde, ehe ihm jemand mit einem spitzen Gegenstand ins Auge gestochen hatte. Es hätte ihm gut getan, ihr das erzählen zu können. Nicht, weil er um jeden Preis als Ritter in strahlender Rüstung erscheinen wollte, sondern weil es ihm nun wichtig war, seine Glaubwürdigkeit als Freund zu betonen, klarzustellen, daß er die ganze Zeit an ihre Unschuld geglaubt hatte, daß ihn seine Rolle als Chefermittler jedoch dazu gezwungen hatte, den umständlichen Weg über Beweisführung und Dienstweg zu nehmen, um ihre Unschuld unter Beweis zu stellen.

Aber sie hatte das alles nie erwähnt. Sie hatte ihm nie Fragen gestellt, die ihm einen Vorwand geboten hätten, seine Erklärungen anzubringen. Und es hatte sich auch keine natürliche Gelegenheit gefunden, näher auf den Leichenfund im Park einzugehen und ihr zu erzählen, wie die Polizei festgestellt hatte, daß der Junge dort an einer selbstgesetzten Überdosis gestorben, und daß ihm der Stich ins Auge erst später zugefügt worden war…

P. B. hätte gern ruhig und vernünftig mit ihr über diese Dinge geredet. Ein solches Gespräch wäre nach allen Belastungen ein wichtiger Schritt auf dem Weg zur vollständigen Genesung gewesen. Das sagte ihm seine Erfahrung. Aber nein, sie verriet kein Interesse, auch nicht für ihren Sohn. Für ihren wütenden, siebzehnjährigen Sohn. Für den verhaltensgestörten Knaben, der fast achtundvierzig Stunden ununterbrochen bei ihm im Verhör gesessen und seinen verzehrenden Haß in krampfhaften, fast unverständlichen Wort- und Satzfetzen aus sich herausgestoßen hatte. Den Jungen, der mit einem toten Kumpel die Jacke getauscht hatte, um selbst von der Erdoberfläche »verschwinden« zu können. Der seine Mutter, diese Nutte, und ihre Liebhaber, die Hurenböcke, verfluchte. Der seinen schwachen, wohlmeinenden Vater wegen dessen Feigheit und Handlungsunfähigkeit verachtete. Der seine Freundin angegriffen und verletzt hatte, weil er sie im Verdacht hatte, sich zu prostituieren. Der einen armen, verwirrten Menschen mißhandelt hatte, weil der sich in seiner Phantasie an ihn gehängt hatte und ihn deshalb vor der Festnahme retten wollte. Im Laufe seiner endlosen, alptraumhaften Zeugenaussage hatte er nur eins bedauert, nämlich, daß er nicht für tot erklärt, eingeäschert und begraben worden war, so wie er es geplant und gewünscht hatte, um danach von allen vergessen in Ruhe zugrunde gehen zu können.

Aber nicht einmal das schien seine Mutter hören zu wollen. Und sie hatte ihn kein einziges Mal im Gefängnis besucht. Aber egal, dachte er, sicher kannte sie die wichtigsten Details aus den Zeitungen. Auf jeden Fall kam es ihm ziemlich überflüssig vor, daß er sich mit solchen Überlegungen quälte, während sie über diese Tragödie doch offenbar schon hinweg war.

Denn es gab soviel anderes, über das er nachdenken und worüber er reden mußte. So viele andere Themen, mit denen sie die gemeinsam verbrachten Stunden viel besser ausfüllen konnten. Die Vergangenheit, zum Beispiel. Das Leben, wie es verlaufen war, seit ihre Wege sich getrennt hatten, bis sie sich hier, in ihrer Heimatstadt, dann unter so dramatischen Umständen wieder gekreuzt hatten. An diesem Punkt war sie nicht aufzuhalten. Anfangs hatte er das Gefühl, kaum etwas zu erzählen zu haben. Seine erste gescheiterte Ehe war rasch abgehakt. Seine Beziehung zu Janne erwähnte er so wenig wie möglich, nicht weil er sich ihrer schämte, sondern weil sie ihm im Laufe dieser Wochen immer unwirklicher vorgekommen war. Wenn er an sich und Janne dachte, schien er in einem großen Bilderbuch zu blättern, in dem jedes einzelne Bild so scharf, so schön aufgebaut und so glänzend bunt war, daß es ihm schwerfiel, sich auch auf nur einem einzigen davon wiederzuerkennen.

Aber sie hatte Interesse, stellte Fragen, brachte Details zutage, über die er nie weiter nachgedacht hatte, ließ noch Banalitäten interessant und fesselnd erscheinen. So unermüdlich, wie sie sich über sein früheres Leben verbreiten konnte, schien sie sein jetziges kennenlernen zu wollen. Wenn er von seiner Arbeit erzählte, von Fällen, die er bearbeitet und die es zu Schlagzeilen gebracht hatte, ja, sogar wenn er sein absolut normales Reihenhaus von einhundertsiebzig Quadratmetern auf zwei Etagen beschrieb, seine achtzehnminütige Autofahrt vom Asker ins Zentrum, seine Dienstreisen ins Ausland und seine Wochenendausflüge mit dem Boot, dann versank sie in einen Zustand tiefster Konzentration und warf ihm ab und zu aus strahlenden Augen einen Blick zu.

Aber sie sprach am meisten. Die Erzählungen strömten nur so aus ihr heraus, über die Schulzeit, über ihre gemeinsamen Freunde, über die übereilte Ehe mit Erik, über ihr Leben als junge Mutter in Hamar, über die Langeweile, die eheliche Erotik, über Hindernisse und Sehnsüchte, über zuviel ungelebtes Leben, über die Freude, als schon etwas ältere Frau endlich ins Berufsleben einzutreten, über Kollegen, Ausflüge, Betriebsfeste, Versuchungen, Untreue. Sie erzählte einfühlsam und lebhaft. Sie verschonte weder sich noch die anderen Mitwirkenden in den Szenarien, die sie für ihn schuf. Er war von der Hemmungslosigkeit dieser Selbstentblößung gefesselt und verwirrt zugleich. Sie schien ihm Geschichten über eine fremde Person aus grauer Vorzeit aufzutischen. Sie schien sich von diesen Ereignissen vollständig distanziert zu haben und nun mit nachsichtigem Verständnis und voller Belustigung zurückzublicken. Nur ihre Beziehung zu Jon, ihrem Sohn, blieb unerwähnt. Und auch das fand er anziehend. Er hatte das Gefühl, noch nie einer so lebendigen, so umwerfend charmanten und intellektuell unerschrockenen Frau mit einem dermaßen geladenen erotischen Spannungsfeld begegnet zu sein. Dieses komplexe Gefühl, auf schwankendem Boden zu stehen, wenn er sich ihr näherte, und sich gleichzeitig durch eine vertraute und liebgewonnene Landschaft zu bewegen, erregte ihn. Sie war ja keine männermordende Hexe, sondern im Gegenteil eine Frau mittleren Alters aus Hamar, mit unleugbarer Kleinstadtprägung, noch dazu eine Jugendfreundin, eine Frau, die er früher gut gekannt, ja, in die er sogar einmal verliebt gewesen war und die ihm noch immer auf seltsame dauerverliebte

Weise intim vertraut war. Und doch hatte sie etwas Unbekanntes und Undurchdringliches. Und aufgrund dieser Widersprüche war er nur noch mehr von ihr fasziniert. Begriffe wie »Berufsethik« oder »berufliche Neutralität« hatte er längst hinter sich gelassen.

Aber er überschritt in seinem Inneren noch weitere Grenzen. Es konnte zum Beispiel vorkommen, daß er folgende Überlegung anstellte: »Bald werde ich vierundvierzig, das liegt schon über dem Durchschnittsalter für Kripofahnder. Es ist eine physisch und psychisch anstrengende Arbeit. Ich merke, wie mich jedes Jahr mehr schlaucht. Wie lange kann ich nach menschlichem Ermessen wohl noch so weitermachen?« Er, der sich immer auf seine unverbrüchliche Jugendlichkeit, seine starke Form und seinen zähen Willen, das beste Ergebnis zu erlangen, verlassen hatte! Manchmal dachte er auch: »In zwei, drei Jahren hat der Polizeichef hier in Hamar das Pensionsalter erreicht, und dann wird eine gute Stellung frei...« Er, der sich immer vorgestellt hatte, frühzeitig aus dem Polizeidienst auszuscheiden und das Rentenalter an einem einigermaßen mondänen Ort mit angenehmem Klima zu verbringen, zum Beispiel auf einer gepflasterten Terrasse neben einem Swimmingpool am Ortsrand von Marbella.

Wenn sie nicht zusammen waren und er seinen Gedanken freien Lauf lassen konnte, dann stellte er sich in immer lebhafteren Details vor, wie er sie verführte.

An einem schönen Tag, einem Donnerstag, fuhren sie mit seinem Auto zum Vangsåsen, um dort einen Spaziergang zu machen. Das Wetter hatte sich wieder aufgeklärt, die Sonne schien, der Wald war üppiggrün und schattig. Jetzt, mitten in der Woche, standen auf dem Parkplatz bei Gåsbu nur wenige Autos. Sie hatten eine Thermosflasche und Proviant bei sich. Und den Berg hatten sie fast für sich allein. Sie gingen nicht weit, einige hundert Meter über den Hauptweg nach Lageråkvisla, dann bogen sie nach rechts ab und gingen ostwärts in Richtung Borsetra, wo es viele Moore und Lichtungen gibt. Auf einer mit Kiefern bewachsenen Felskuppe ließen sie sich nieder. Er machte aus Zweigen ein Bett. Sie breitete zwei alte Anoraks als Unterlage aus. Und noch ehe sie ihren Proviant und ihre Plastiktassen ausgepackt hatten, lag sie auch schon unter ihm auf den Zweigen. Es war wie in alten Tagen, nur daß damals immer Winter gewesen war. Im Winter pilgerte Hamars Jugend in die Berge, um Ski zu laufen oder um mit dem Liebsten allein zu sein. Ansonsten war das Vorgehen dasselbe: Einige hundert pflichtbewußte Meter der angeblich geplanten Tour, dann abbiegen, eine ruhige Stelle finden, Zweige abbrechen und dann so heftig und leidenschaftlich knutschen, wie sich das in voller Skimontur bewerkstelligen läßt.

Er wußte nicht, ob der Duft der Zweige oder der Duft der Frau, Ellens Duft, ihr Duft, ihn so ungeduldig und geil werden ließen wie früher. Jedenfalls mußte er sofort an ihren Kleidern herumzerren, um ihr nahe zu kommen. Und doch war das nicht so leicht, sie hatte zuviel an, und zu allem Überfluß lagen sie ja auch noch auf diesem unbequemen Bett aus Zweigen. Schließlich erbarmte sie sich seiner und streifte ihren Pullover nach oben, damit er an ihren Brüsten lutschen konnte. An diesen Brüsten, die sie ihm schon einmal vor fünfundzwanzig Jahren dargeboten hatte. Er konnte sich deutlich an sie erinnern, sie waren seine erste Eroberung gewesen, fest, kleine Himmelfahrtsbrüste mit hellroten Brustwarzen. Wund und geschwollen waren sie geworden durch sein unermüdliches Küssen und Liebkosen, und ohne irgendeine Ähnlichkeit mit diesen Mamatitten, die jetzt unter dem Pullover hervorfielen, die sich unter seinen Blicken hoben und senkten, die träge in anderem Rhythmus als der sich hebende und senkende Körper vor sich wogten. Er glaubte, zum ersten Mal wirklich die Süße der Rundungen einer reifen Frau zu erleben, von so nachgiebiger Fülle, so widerstandslos weich unter seinen gierigen Berührungen, so nackt, so bloß und weiß im schattigen Wald, so unbegrenzt zugänglich, ein Obstgarten, in dem er nach Herzenslust ernten durfte... Das Mädchen von damals und die Frau von heute, dieselbe und doch zwei Personen, er erkannte sie wieder, während er unbeholfen seine Leidenschaft auslebte. Denn das war es, es war eine wirkliche Leidenschaft. Die erste seines Lebens. Er kämpfte mit einem unmäßigen Appetit auf sie, auf alles an ihr, auf alles, das mit ihr zu tun hatte. Er war so unermüdlich zudringlich, wie es die unbequeme Lage erlaubte. Er erforschte sie mit atemloser Entdeckerleidenschaft. Er fand und erinnerte sich, er entdeckte und entdeckte aufs Neue. Ihre doppelte Existenz in ihm versetzte ihn in eine Ekstase, von der ihm schwindlig wurde. Es war, als ob er sich selber verlöre, bis zu einem Punkt, an dem er sich dann physisch unwohl fühlte: Er brauchte eine Atempause, mußte nach Luft schnappen. Sie stöhnte: »Nicht... nicht jetzt!« Aber da hatte er auch schon zwei Wanderer entdeckt, die wie die Salzsäulen auf der Lichtung standen, ehe sie plötzlich kehrtmachten und durch das Unterholz verschwanden.

»Leute!« keuchte er. »Verdammte Wanderer! Scheiß...!«

Sie zog ihren Pullover wieder nach unten, legte ihm den Arm um den Nacken und zog sein Gesicht zu sich herunter.

»Du mußt mal zum Abendessen kommen, weißt du. Zu Hause bei mir gibt es garantiert keine Wandersleute.«

Auch in ihrer trägen, sonnenerfüllten Mittagsumarmung lag das Echo des verliebten jungen Mädchens. Zwei Arme um den Hals, an die er sich so gut erinnerte, eine Umarmung, in der er sich zu Hause fühlte und die doch soviel mehr enthielt, so viele Geheimnisse und Verheißungen. So wie seine Begegnung mit seiner Heimatstadt und ihrer Umgebung, die er zu kennen geglaubt hatte wie seine Westentasche, schließlich zu einer derart innigen und unvorhersagbar fesselnden Umarmung geworden war, daß es ihm wohl kaum gelingen würde, sich daraus zu befreien. Niemals.

29

Wenn Esther Astrakhan, die schöne, international erfolgreiche Journalistin, in eine kritische Lage geraten ist, in der alle Auswege verschlossen scheinen und in der jede andere aufgegeben hätte, verzweifelt sie nicht. Nein, sie nimmt ein Bad, pflegt sich, macht sich so schön wie möglich, ehe sie sich ihrem Schicksal stellt. Und weil Esther Astrakhan eine Romanheldin ist, hat das Schicksal dann immer noch eine Überraschung für sie im Ärmel. Zumeist besteht diese Überraschung aus einem anziehenden Mann, der Esther Astrakhan mehr als gerne hilft, den Knoten zu entwirren.

Ellen Linde hat mit Esther Astrakhan die Gemeinsamkeit, daß sie es wichtig findet, ein gepflegtes Äußeres abzugeben. Sie findet es sogar von entscheidender Wichtigkeit. Tatsächlich stehen ihr am klarsten die entsetzlichen sanitären Verhältnisse ihrer vier Wochen langen Untersuchungshaft vor Augen, wenn die Erinnerungsbilder sie zu überfluten drohen und ihr Gedächtnis terrorisieren. Seit ihrer Entlassung badet sie mindestens zweimal am Tag. Dieses viele Baden ist durchaus nicht übertrieben. Sie braucht es eben. Sie braucht das Gefühl der Reinigung. Tatsächlich hat ihr dieser Badeeifer das Leben gerettet, nachdem sie in ihrer Unvorsichtigkeit zuviel getrunken und zu viele Pillen genommen hatte. Sie verlor das Bewußtsein in der Badewanne, während das Wasser noch lief, und die Leute in der Wohnung unter ihr schöpften Verdacht, als dieses Wasser an den Wänden ihrer Wohnung herunterlief.

Aber anders als Esther Astrakhan ist Ellen niemals ein Lebensretter begegnet, wenn sie wirklich einen brauchte, schon gar keiner, der reich, fesch und ledig gewesen wäre. Sie hat sich zwar oft einen gewünscht und nach ihm gesucht, und manchmal sogar geglaubt, nahe dran zu sein, aber sie hat nie einen gefunden. Erst jetzt. Jetzt ist ihr der Ritter in funkelnder Rüstung begegnet. Der, der sie aus dieser Hölle herausholen kann, in die sich ihre Umgebung hier verwandelt hat, und der das offenbar auch will: aus dieser ganzen verdammten Stadt mit dem bösartigen Klatsch, aus dieser alten Mietskaserne und der Gegend um die Welhavens gate mit den hundert giftigen Augenpaaren hinter hundert frischgebügelten Küchenvorhängen. Sogar ihre eigene Wohnung sieht aus wie ein Slum, mit der Papplatte vor dem Wohnzimmerfenster, das irgendein Rowdy eingeworfen hat. Ihre Welt ist zum Schlachtfeld geworden, zu einem Schlachtfeld, auf dem der Leichengestank über den Kratern hängt, die die Ruinen ihres eigenen Lebens darstellen.

Aber so darf sie jetzt nicht denken! Esther Astrakhan ist Expertin in der Kunst, alles Unangenehme hinter sich zu lassen, ein Bad zu nehmen, ihre Fassade zu verschönern und den Herausforderungen des nächsten Tages mit einem Lächeln zu begegnen. Um diese Eigenschaft beneidet Ellen sie, und sie versucht, von ihr zu lernen. Und heute abend ist das wichtiger denn je. Positiv denken. Vorwärtsgerichtet denken. Sie erwartet Gäste – einen Gast – und das, was heute abend passiert, wird die größten Konsequenzen haben, das ahnt sie nicht nur, das weiß sie. Sie hat beschlossen, daß es so sein wird. Deshalb schäumt das Badewasser hoch auf und dampft extra heiß: um die Kälte zu vertreiben. Um ihre Haut mit Wohlgerüchen zu balsamieren. Um die Freude, Frau zu sein, wiederzuerwecken, um *sie selber* zu sein.

Sie sieht ihren Körper im Spiegel nicht mehr. Sie kann sich kaum noch daran erinnern, wann sie sich zuletzt über die nackte weibliche Form gefreut hat, obwohl sie ihren Körper doch immer geliebt hat. Mit ihrem Körper geliebt. Aber damit war in einer Nacht auf Tyvholmen Schluß. In dieser Nacht drang die Kälte in sie ein. Und die Furcht verstärkte in den achtundzwanzig Nächten hinter den verschlossenen Türen des Hamarer Kreisgefängnisses noch ihren Griff. Furcht und Abscheu. Abscheu ist schlimmer. Die Kloecke. Die spärlichen, scheußlichen Möbel. Der Anstaltsgeruch. Untersuchungshäftlinge dürfen ihre eigenen Kleider tragen. Sie hat die Kleider, die sie im Gefängnis anhatte, am Tag ihrer Entlassung weggeworfen. Jedes einzelne Stück. Am Tag ihrer Entlassung lag sie vier Stunden lang in der Badewanne. Aber die Wärme kam nicht zurück. Achtundzwanzig lange Nächte hatte sie auf dem schmalen Gefängnisbett gelegen, ohne ihren Körper zu berühren. In diesen achtundzwanzig Nächten hatten Kälte und Furcht und Abscheu in ihrem Körper gewütet und ihn fremd, brach und feindlich werden lassen. Zur Wüste werden lassen. Und auch ungezählte Berührungen, Bäder, Beruhigungstabletten und starke Wodka-tonics konnten daran nichts ändern. War es denn da ein Wunder, daß sie sich in die Dunkelheit fallen ließ, die sich schließlich um sie geschlossen hatte?

Aber warum jetzt daran denken? Sie war doch im Begriff, das alles hinter sich zu lassen. Ihr Körper hatte wieder Gefühle, die richtigen Gefühle. Das hatte sie auf ihrem Ausflug auf den Vangsåsen gemerkt. Als er ihr zum ersten Mal nahegekommen war. Wann wird es passieren, hatte sie sich Abend für Abend gefragt. Es war auf dem Vangsåsen passiert, als er sich über sie gelegt hatte, ungeduldig, einfach so. Da war es passiert. Da hatte sie gemerkt, wie ihr Körper unter seinem Gewicht ins Heidekraut gepreßt wurde, als ob er einem Befehl gehorche. Und in diesem Moment hatte sie das Gefühl seines zudringlichen Verstoßes und ihrer eigenen weichen, fügsamen Antwort genossen. Und als sie dann von zwei Wanderern unterbrochen worden waren, so daß die heißeste Süße in einem unveränderlichen Raum der Erwartung ruhen konnte, war alles perfekt gewesen. So war es ihr immer am liebsten gewesen. Der Vollzug, die Penetration, war für sie immer eine ambivalente Sache. Selbst, wenn sie wollte, selbst, wenn sie die Initiative ergriff und die Ereignisse lenkte, fühlte sie sich danach immer überwältigt, durchbohrt und vernichtet. Vor zwei Tagen auf dem Bett aus Zweigen auf dem Vangsåsen war es nicht so gewesen. Die unvermeidliche Abfolge von konkreten Liebeshandlungen war unterbrochen worden, während die Spannungen zwischen ihnen einfach weiterströmen konnten. Seither schwelten die Erinnerungen wie Glutfäden in der Asche, eine unregelmäßige, prickelnde Wärme, wie Meeresleuchten, das durch den Körper jagt. Und ihre Badeséancen waren wieder zu langwierigen Ritualen sinnlichen Genusses geworden.

Und jetzt schwimmt sie mit ihrer ganzen Schönheit im warmen Wasser, und ihre Gedanken fließen noch leichter, während sie an die unterbrochene Liebesszene im Grünen denkt. Plötzlich trat er aus der freundschaftlich korrekten Rolle heraus, die er ihr gegenüber gespielt hatte, um ihr sein wahres Ich zu zeigen, um wie jeder andere Mann zu werden, gierig auf sie, unersättlich, um sich an dem zu bedienen, was sie ihm anbot. Das hatte sie beruhigt und davon überzeugt, daß er in dieser Hinsicht war wie jeder andere. Er war der Lebensretter, der in ihr Leben hineingeritten war. Er war der, der die Beweise ihrer Unschuld herbeigebracht hatte. Er hatte sie im Krankenhaus besucht. Er war immer wieder mit ihr durch Hamar und Hamars Umgebung gewandert, hatte mit ihr gesprochen, ihr zugehört. Er hatte sie gewissermaßen ins Leben zurückgesprochen und -spaziert. Zumindest zurück in eine Art Leben. Würde er sie auch noch in das Leben transportieren, das sie sich wirklich wünschte?

Doch sie sieht ein, daß sie jetzt nicht die Zeit hat, auf diese Weise den ganzen Nachmittag zu verträumen. Alles muß für heute abend vorbereitet werden, für acht Uhr, wenn er zu kommen versprochen hat. Alles ist geplant, sie hat alles eingekauft, aber dennoch gerät sie in Panik bei dem Gedanken, vielleicht etwas übersehen zu haben. Sie muß noch alles mögliche aufräumen. Sie hat ihre Wohnung ja kaum wiedererkannt, nachdem ihre Mutter während der Wochen im Gefängnis hier kampiert hatte. Ihr Versuch, Ellens Wohnung nach ihren eigenen Vorstellungen von Ordnung und häuslicher Gemütlichkeit umzumöblieren, hatte Ellen in den ersten Tagen nach ihrer Entlassung immer wieder dazu getrieben, sich hemmungslos schluchzend aufs Bett fallen zu lassen, wenn sie aufs neue eine Stelle entdeckte, wo die zensierende Hand der Mutter eingegriffen und die Requisiten ihres Lebens umgestellt hatte.

Der Barschrank in der Küche ausgeräumt. Alle Zeitschriften und Illustrierte weggeworfen. Bücher aus dem Regal entfernt, vor allem Liebesromane und alles, was irgendwie nach Erotik, Feminismus und Geschlechterkampf aussah. Die Möbel waren umgestellt worden. Eine Sitzgruppe nahm jetzt den Boden mit dem wunderschönen flauschigen Teppich ein, auf dem sie sich nachmittags so gern geräkelt hatte. Peinliche Ordnung herrschte jetzt in allen Schubladen und Schränken, die Vorstellung, daß *sie* sich die Freiheit genommen hatte, sich an ihren privaten Dingen zu schaffen zu machen, sich alles mögliche erlaubt hatte, sich eingemischt hatte, um ihrer Tochter – der Strafgefangenen – angeblich wieder auf den richtigen Kurs zu helfen! Und das Schlimmste: Überall standen jetzt gerahmte Familienbilder herum, in Regalen, auf Beistelltischchen mit Häkeldeckchen. Bilder auf dem Kamin, auf ihrem Nachttisch, Bilder von ihr und Erik, von ihr und Jon, von allen dreien, und dann noch einige scheußliche Hochzeitsbilder, Bilder, die in der untersten Schublade gelegen hatten, und, noch schlimmer, alte Bilder, die sie aus dem Wohnzimmer ihrer Mutter in Bondesvea kannte.

Obwohl sie sich alle Mühe gegeben hat, hat sie nicht das Gefühl, die Wohnung wieder in ihren alten Zustand kreativer Unordnung zurückversetzt zu haben, den sie so mag. Sie findet hier keine Ruhe. Es ist nicht mehr ihre Freistätte, kein Ort zum Bleiben. Aber es muß genügen, zumindest für heute abend. Und danach wird vielleicht alles anders... Sie steigt aus der Badewanne und sehnt sich sofort nach einem Wodka-tonic. Sie hat vor dem Bad ein Valium genommen, ein kleiner Wodka jetzt gegen den Durst kann so schlimm nicht sein. Sie ist eine Expertin des kontrollierten Mißbrauchs, eine Meisterin des Balancegangs auf Messers Schneide, abgesehen von dem einen Mal, als sie stolperte und abstürzte in die Finsternis.

Auf dem Weg in die Küche kommt ihr ein neuer Gedanke: Der Aperitif! Sie muß ihm einen Aperitif anbieten. Das gehört sich so, wenn alles seine Ordnung haben soll. Daran hat sie noch nicht gedacht. Der Rotwein temperiert auf dem Küchentisch, zwei bereits geöffnete Flaschen. Sie hat auch eine halbe Flasche Cognac, wenn er gern etwas zum Kaffee möchte. Und natürlich Wodka. Aber der Aperitif!

Esther Astrakhan serviert immer Champagner, wenn sie einen Mann zum Tête-à-tête bittet, das reine Schmieröl für ein geselliges Zusammensein, Zündflüssigkeit für zärtliche Gefühle. Und Esther Astrakhan läßt sich die Gelegenheit nicht entgehen, solche Situationen auszunützen. Ellen hat in der Krankenhausbücherei zwei alte Esther-Astrakhan-Romane gefunden und zusammen mit ihrer ehemaligen Freundin herzzerreißende und bizarre Abenteuer erlebt. In ihrem schlechten physischen und psychischen Zustand war das Gefühl der Identifikation mit der Romanheldin allerdings nicht so stark gewesen wie zur Zeit ihrer gemeinsamen Größe. Die vereinfachten Texte des Unterhaltungsromans in ihrer verblümten Sprache hatten bei Ellen eine Lawine nostalgischer Wehmut ausgelöst, die plötzliche, wehe Entdeckung einer Distanz, einer Distanz zwischen früher und dem Jetzt mit all seinen tragischen Ereignissen und unübersichtlichen Komplikationen, die ihr Leben erfüllten. Die eine Entwicklung erfüllten, die ihre Lage hier in der Stadt einfach unerträglich gemacht hatte. Die umworbenste Frau der Schule war zwischen damals und heute in die meistverleumdete, verdächtigte und verabscheute geschiedene Hausfrau von Anfang Vierzig verwandelt worden. Schrittweise, zwischen Schmerzausbrüchen und dem von schmerzstillenden Medikamenten verursachten Dämmerschlaf, waren ihr einige schmerzliche Wahrheiten über sie selber und ihr Leben aufgegangen, und sie hatte sich von Esther Astrakhan verabschiedet.

Aber was hilft das alles, wenn es fast sechs Uhr ist und sie ohne einen Tropfen Champagner im Haus dasitzt?

30

Zwei großzügige Wodka-tonics später, ungefähr um sieben, fällt Ellen plötzlich ein, daß sie vergessen hat, sich die Beine zu rasieren, und sie stürzt ins Bad, um das noch schnell zu erledigen. Denn jetzt drängt die Zeit wirklich. Sie hat die Steaks schon gewürzt. Aber die werden ja erst unmittelbar vor dem Essen zubereitet. Der Salat muß noch gewaschen und gerupft werden – ein echter Franzose würde lieber seine Großmutter erstechen als dem Salatkopf mit dem Messer zu kommen, hat sie in einer Illustrierten gelesen –, und sie muß die Soße komponieren: Knoblauch oder kein Knoblauch? Und gebackene Kartoffeln brauchen doch mindestens eine Stunde im Backofen? Die Kräuterbutter dagegen muß bis zur letzten Sekunde im Kühlschrank bleiben, um nicht zu schmelzen und zu zerlaufen. Oder sollte sie sie lieber sicherheitshalber ins Gefrierfach legen? Das alles dauert länger als geplant. Sie hat sogar mit dem Gedanken an eine Vorspeise gespielt und deshalb zwei

Scheiben Paté gekauft, die ebenfalls mit passender Garnierung auf zwei Tellern angerichtet werden müssen. Aber soll sie dazu Baguette oder Toast servieren? Und mitten in diesem überstürzten letzten Einsatz fällt ihr ein, daß sie sich die Beine nicht rasiert hat.

Runter mit dem Kimono, her mit dem Herrenrasierschaum, wieder in die Badewanne, her mit der Handbrause, das Wodkaglas auf den Wannenrand, und dann wird rasiert. Es geht ja leicht, und es gefällt ihr, danach über die anormal glatte Haut zu streichen, von der die starren Haare jetzt entfernt sind. Er mag seine Frauen bestimmt glatt und gepflegt. Sie hat schon begriffen, daß diese Janne, mit der er gerade zusammenlebt, in dieser Hinsicht ein Prachtexemplar ist. Vielleicht sollte sie sich auch das Vlies noch ein wenig frisieren, wo sie schon dabei ist? Wenn sie den Bademodenreklamen glauben will, dann ist es gerade hochmodern, sich nur noch einen kleinen Irokesen stehenzulassen. Sie nimmt noch einen Schluck, überlegt sich die Sache und kichert, das hat sie immerhin noch nie versucht. Sie spreizt die Beine und entfernt versuchsweise einige Haare ganz außen, fühlt sich aber nicht gerade gut dabei, und auch nicht erregt, hat nur das Gefühl, ein bißchen lächerlich auszusehen, wie sie da nackt in der leeren Badewanne sitzt und die Beine breitmacht. Nein, es muß auch Grenzen geben. Schnell noch ein Schluck, dann nimmt sie sich das andere Bein vor. Es eilt. Sie hat nur noch eine gute halbe Stunde, um sich zu schminken und anzuziehen.

Und dann schneidet sie sich mit dem Rasiermesser. Es tut nicht weh, der Schnitt ist nicht tief, aber ziemlich lang, und das Blut rieselt und tropft über die nasse Haut. Sie schreit auf. Sie hat sich nie besonders vor Blut oder Wunden gefürchtet, aber jetzt heult sie in ihrer Panik los, kneift die Augen zusammen, fletscht die Zähne, packt die Handbrause und versucht, das Blut wegzuspülen. Als sie sich traut, die Augen wieder aufzumachen, sieht sie aber, daß sie nun um so heftiger blutet. Das blutige Wasser strömt unten in der Wanne zusammen. Jetzt scheint sie in einer wachsenden Blutlache zu sitzen, und sie rollt sich aus der Badewanne, landet bäuchlings auf dem Boden, kriecht zur Toilette und erbricht sich lange. Dann bleibt sie so liegen und preßt ihre Wange an das Porzellan. Die Fußbodenmatte wird vom Blut, das von ihrer Wade tropft, rot gefärbt, aber immerhin tropft es jetzt langsamer. Sie traut sich nicht, hinzusehen, sie schafft es nicht! Ihre Verteidigungswälle sind gebrochen, sie zittert, sie schluchzt verzweifelt: Sie erlebt wieder diesen entsetzlichen Abend, als sie mit Olav Johansen und seinen Freunden im Sea Side war, als sie ihn anfangs auf der Tanzfläche nicht am Fummeln gehindert hat, obwohl sie das vom ersten Moment an widerwärtig fand. Und doch... Wie kommt es, daß Frauen, so viele Frauen so oft in solche Situationen geraten? Wie kam es, daß sie sich trotz allem zu diesem fatalen »Nachtspaziergang« nach Tyvholmen einladen ließ? Warum? Sie hat sich selber damit gequält, aber sie kennt die Antwort nicht. Es gibt keine vernünftige Antwort, höchstens die – die nicht besonders vernünftig, aber vielleicht die einzig richtige ist –, daß jeder, oder besser gesagt, jegliche Gesellschaft, in diesem Moment verlockender wirkte, als um halb ein Uhr nachts mutterseelenallein nach Hause gehen zu müssen. Gerade an dem Abend. Auf jeden Fall glaubte sie, die Regeln dieses Spiels ziemlich gut zu beherrschen. Sie glaubte, allerhöchstens das Risiko einzugehen, einen Frosch küssen zu müssen. Aber dann hatte dieser arme Trottel wohl irgendein Signal mißverstanden, oder auch die ganze Situation, jedenfalls hatte er vergessen, mit wem er es hier zu tun hatte. Also stürzte er sich mit den schlimmsten Absichten auf sie, so blau, daß er kaum aufrecht stehen konnte, aber dennoch so entschieden und so widerwärtig hartnäckig, daß sie um sich schlagen mußte, um ihn loszuwerden, aus Leibeskräften um sich schlagen. Bis er plötzlich verstummte, sie anglotzte und in sich zusammensank. Und das Blut da war, das Blut, das aus seinem Mund strömte, in einem schwarzen, schäumenden Strahl, der niemals mehr zu versiegen schien…

Sie hatte lange gebraucht, um zu begreifen, daß sie trotz allem nicht an seinem Tod schuld war. Ein Polizeibeamter und später ihr Anwalt hatten ihr alles erklärt, geduldig, immer wieder: Olav Johansen war eines natürlichen Todes gestorben, an Herzversagen. Die vielen Jahre als Alkoholiker hatten seine Blutgefäße geschwächt und seinen Blutdruck bis zum kritischen Punkt ansteigen lassen. Es war nur eine Frage der Zeit bis zum Zusammenbruch gewesen, es hätte jederzeit passieren können, bei jeder Anstrengung oder Aufregung. Und seine Leber war am Ende gewesen. Das erklärte den Blutstrom aus dem Mund. »Sophagus Varizen« lautete der medizinische Terminus für Blutansammlungen in den erweiterten Gefäßen des Kehlkopfes aufgrund von Schrumpfleber. Die groteske Mißhandlung, die der Leiche später widerfahren war, konnte ihr nicht zum Vorwurf gemacht werden, da sie sehr viel früher, als diese Schändung stattgefunden haben konnte, am Taxistand gesehen worden war. Es bestand kein Mordverdacht gegen sie, sie konnte gehen, wohin sie wollte, konnte ihr Leben weiterführen. Konnte weiter daran arbeiten, den schrecklichen Abend mit Olav Johansen zu vergessen, seine kleinwüchsige, korpulente Gestalt, seinen Mundgeruch, den Überfall und die Prügelei, das Blut. Sie konnte jetzt versuchen, auf eigene Faust all das Entsetzliche, Unvorstellbare, Unerträgliche zu verarbeiten, das rund um die Uhr ihr Bewußtsein marterte, im Schlafen und im Wachen, obwohl es keinen wirklichen Bezug zu ihr hatte. Sie konnte versuchen, sich frei davon zu machen, es auszusperren, und das verdankte sie dem Fahnder P. B. Bakker, der eine neue Obduktion angeordnet und endlich die richtigen Informationen beschafft hatte.

P. B. Backer, der vielleicht gerade in diesem Moment seine Wangen mit Rasierwasser einreibt, der sich den Schlips bindet, sich davon überzeugt, daß der Kragen seines Jacketts im Nacken gut liegt, der vielleicht sogar nachfühlt, ob er in der Tasche auch wirklich eine kleine Schachtel mit Kondomen hat; dann fällt ihm in letzter Sekunde noch der Blumenstrauß ein, und er schaut auf die Uhr, um zu entscheiden, ob er noch einige Minuten warten soll, ehe er sich zu seinem Rendezvous begibt. Zu ihr.

Dieser Gedanke rettet sie. Die Vorstellung des Ritters, der vielleicht gerade in diesem Moment auf sein Pferd steigt, um zu ihr zu reiten, hierher, wo sie ihn erwartet. Dieses Bild versetzt sie wieder in eine Art funktionstüchtigen Zustand. Sie rappelt sich auf und fängt an, mit raschen, automatischen Bewegungen aufzuräumen, während die Gedanken durch ihren Kopf wirbeln. Die Gedanken an ganz andere Dinge als das, was sie gerade macht. Und das ist nur gut so, denn von dem vielen Blut, das sie hier aufwischen muß, wird ihr schlecht. Und sie muß sich doch auch noch herrichten, so schön und attraktiv wie nur möglich, ja, verführerisch. Kann sie das in dieser kurzen Zeit schaffen? Kann sie sich in fünfzehn Minuten so zurechtmachen, daß sie ihren Plan durchführen kann? Ihren Fluchtplan, der gleichzeitig ein ganz entscheidender Teil des Freispruches ist, nach dem sie sich so verzweifelt sehnt? Das muß sie, sie weiß es, und sie arbeitet wie eine Besessene an ihrer Erlösung.

Denn Ellen Linde ist schuldig. Ihr Leben lang hat sie sich für schuldig gehalten, verantwortlich für Elend und Unglück der anderen. Obwohl sie sehr gut *weiß*, daß es in Wirklichkeit nicht so ist, hat sie einen vergeblichen Kampf gegen diese Schuld ausgefochten, die an ihr klebt, an ihren Gedanken, ihrem Körper und allem, was sie damit macht. Dieser Kampf war ihre Auflehnung. Ihr paradoxer Lebensentwurf, ihr Übermut, ihre Lügen und ihr Verrat, ihre ganze Anpassungsunfähigkeit an ihr eigenes Leben war ihr Aufruhr gegen dieses bodenlose, ungerechte Schuldgefühl. Aber die Ereignisse der letzten Wochen haben sie gezwungen, ihren Aufruhr zu rekonstruieren, seine Kosten zu berechnen und Bilanz zu ziehen: Wie viele Opfer liegen noch auf dem Weg, den sie in ihrem wütenden Kampf um Gerechtigkeit entlanggerast ist? Was kann sie zu ihrer Verteidigung anführen, ehe sie das endgültige Urteil über sich fällt: schuldig. Schuldig am einsamen, verbitterten Alter ihrer Mutter. Schuldig am Schicksal Erik Lindes, der jetzt am Storhamarstand liegt und sich zusammen mit dem Bodensatz der Stadt vollaufen läßt. Schuldig an der Tragödie ihres Sohnes Jon, der in seinen Wahnsinnsanfällen von Mutterhaß Unglück über alle bringt, die mit ihm zu tun haben. Schuldig an Olav Johansens fatalem Blutsturz draußen auf Tyvholmen. Sogar schuldig an den Leiden des armen Bo. Nicht so sehr, weil Jon ihn überfallen hat. Sondern, weil ihr aufgegangen ist, daß sie sich vor langer, langer Zeit hätte um ihn kümmern müssen, als sie noch alle jung und vom Leben unverdorben waren und in Hamar zur Schule gingen, und einige zusammenkamen und andere nicht, und Bo einer von denen war, die niemals mit irgendwem zusammen waren, vielleicht, weil er zu schüchtern war, oder weil er soviel anderes im Kopf hatte. Das glaubten damals jedenfalls die meisten. Oder vielleicht lag es daran, daß er sein Geheimnis hütete, das niemand kannte, ein so grauenhaftes Geheimnis, von dem niemand etwas erfahren durfte, das er mit niemandem teilte, niemandem anvertraute, keinem Mädchen, nicht einmal seinen Freunden. Was dann passierte, sprach dafür, daß es so gewesen war. Deshalb – als ob es hier einen selbstverständlichen Zusammenhang gäbe – hat sie sich überlegt, daß gerade *sie* ihn hätte retten können. Möglicherweise hätte sie damals ihren Überfluß auch über Bo Mailand ergießen müssen, hätte ihn an ihrer Umschwärmtheit teilhaben, ihn die geheimnisvolle, brodelnde Weiblichkeit ahnen lassen müssen, die in ihr wie eine Flut wuchs und anstieg und die sie aus allen Verankerungen zu reißen und sie wegzutragen schien, triumphierend, fort von allem hier, von allen... Aber hätte sie Bo Mailand wirklich vor dem entsetzlichen Schicksal bewahren können, das ihn und seine Familie überkam, nur, indem sie ihm ihre Mädchenarme um den Hals legte, ihr Gesicht an das seine schmiegte und ihn diese Lippen kosten ließ, um die schon damals so viele Schlange standen? Hätte das gereicht, um diesen umherschweifenden Flüchtling festzuhalten? Noch eine Frage, mit der sie sich quälen konnte, noch ein kleines Schuldgefühl, das sie tragen mußte, weil sie eine Frau ist, die einmal schön, umschwärmt und jung war.

Die Badewanne ist wieder sauber, und der Boden um die Kloschüssel auch. Sie hat die Matte aufgerollt und in den Mülleimer geworfen. Sie hat sich ein Pflaster auf die Wunde geklebt. Ihre Haare lassen sich sicher mit Fön und ein wenig Gel in Ordnung bringen. Das rote Kleid, das sie herausgelegt hat, ein kurzes Kleid mit tiefem Ausschnitt und freiem Rücken – er ist doch scharf auf Titten, oder was? – kann sie jetzt nicht anziehen, wo sie doch den langen, entstellenden Schnitt auf dem Bein hat. Sie muß eine Hose anziehen. Sie hat eine schwarze, weite, aus einem schönen Woll-Seide-Gemisch, und dazu eine grüne Seidenbluse. Das sieht gut aus, jedenfalls verdeckt es ihren peinlichen Patzer. Sie muß sich noch einen Drink mixen, um den unangenehmen Geschmack wegzuspülen. Diskrete Schminke, die Augen betonen, den Blick, die feingeschwungenen Augenbrauen, sie kann der Natur noch immer sehr dankbar sein. Die frische, leicht sommersprossige Mädchenhaut hat immer Gesundheit und frische Luft signalisiert, jetzt ist sie fleckig geworden. Wann ist das passiert? Sie ist blaß, nach diesem rekordheißen Sommer ist sie blaß – man könnte ja sagen, daß ihre Möglichkeiten, sich an der frischen Luft aufzuhalten, eingeschränkt waren, ja, ja. Und an den Mundwinkeln haben sich tiefe Linien eingegraben. Sie hat zwei Kilo abgenommen und sich darüber gefreut, aber es paßt ihr nicht, daß sich das auch im Gesicht zeigt, es läßt sie alt und streng erscheinen. In der schwarzen Hose werde ich jedenfalls schlank aussehen, denkt sie, als sie sie aus dem Schrank nimmt.

Aber die Nägel! Die hat sie vergessen. Sie sind ein Kapitel für sich. Sie hatte immer lange, gepflegte Nägel, aber jetzt sind nur noch abgebrochene Reste übrig. Das hat seine Geschichte – sie trinkt einen Schluck und fühlt sich stark genug, um an den ersten Tag im Gefängnis zu denken, an die erste Nacht, als das Licht ausging und die Gefängnisgeräusche in die Zelle drangen und sie umschlossen, als die Gefängnisgerüche sie zu ersticken drohten, als sie versuchsweise, ungläubig fast, aufstand und feststellte, daß die Tür tatsächlich abgeschlossen war, daß sie wirklich in dem kleinen Zimmer eingeschlossen war, allein mit sich selber, und als die Panik sie überkam und sie die Fassung verlor und schrie, nicht sehr laut, aber sie schrie. Und als niemand kam, ging sie auf die Tür los und danach auf Wände und Boden und schlug und kratzte, kratzte und schlug, bis das Blut aus ihren geschundenen Fingerspitzen floß.

Aber jetzt sind die Nägel nachgewachsen, eine Runde mit der Nagelfeile und ein wenig Lack vermögen das Schlimmste zu verbergen. Ganz zuletzt, die Nägel immer zuletzt, damit kein Kratzer den Lack verunziert. Sie steht vor dem Spiegel im Schlafzimmer. Sie wagt es jetzt, ihren Körper anzusehen, diesen Körper, der trotz Pflege und Hege nicht mehr jung ist. Auf dem Bett liegt elegante Unterwäsche, eine Hose mit angesetztem Spitzenbein, ein Spinngewebe von BH, der dennoch die Brüste hebt. Ihre kräftigen blonden Haare hat sie zu einer munteren, jugendlichen Frisur nach hinten geföhnt, die die grauen Strähnen an der Schläfe verdeckt. Blasse Haut ist nicht unkleidsam, sie ist sogar hochmodern, und deshalb hat sie nur ganz wenig Rouge aufgelegt. Ihr Mund glänzt, die Augen sind seelenvoll. An der Taille gibt es kaum überflüssiges Fett, in das der Hosengummi sich hineinbohren könnte, und ihre Brüste fügen sich weich und natürlich in die Körbchen und scheinen von selber nach oben zu streben. Der Stoff schmiegt sich leicht an den Körper und liegt angenehm glatt auf der Haut. Und nun die Nägel. Jetzt drängt die Zeit wirklich. Sie sieht ihre Nägel an und ballt die Faust, zieht eine häßliche Grimasse und muß einen verbissenen Moment mit sich kämpfen, um nicht loszuheulen und zu schreien und abermals auf die Wände loszugehen. Auf diese undurchdringlichen Sperren, die ihr eigenes Gefängnis markieren, in dem sie nun voller Panik herumrennt, auf der Suche nach der Nagelfeile, eingeschlossen in den erstickenden, engen weiblichen Raum, den sie sich selber geschaffen hat.

31

Er kommt etwas zu früh, atemlos, eifrig, gutaussehend, mit Blumen und einer Flasche Sekt. Er hat Sekt mitgebracht! Sie drückt ihn an sich und geht Vase und Gläser holen.

»Du hast es hier ja gemütlich«, ist das erste, was er sagt.

Sie hat keine Sektgläser, deshalb nimmt sie zwei Weißweingläser. Er ist beim Öffnen geschickt, und der Korken knallt nicht lauter, als er soll, und er füllt die Gläser, ohne einen Tropfen daneben zu gießen.

»Prost!«

Sie stehen sich lächelnd gegenüber, ungefähr in der Mitte des flauschigen Teppichs. Die Blumen, fünf rote Rosen, stehen neben der offenen Flasche auf dem Wohnzimmertisch. Und wo sie schon dabei sind, prosten sie sich gleich noch einmal zu.

»Wie schön, daß du Sekt mitgebracht hast«, seufzt sie. »Und

so schöne Blumen!« Jetzt findet alles seine Ordnung. Unfaßbar, daß hier noch vor zehn Minuten die Panik geherrscht hat.

»Und du bist so schön!« sagt er und lächelt leicht verlegen, so daß sie sieht, daß er es ehrlich meint.

»Du bist schön«, muß sie antworten, sie kann sich nicht beherrschen, obwohl sie vielleicht zu schnell vorgeht. »Du warst immer schon schön. Viel zu schön. Zum Fressen schön!«

Denn so ist es doch, und sie sehnt sich schon seit fünfundzwanzig Jahren danach, ihm das zu sagen.

Dann umarmen sie sich, er will zu ihr, sie merkt, wie gierig er schon ist, und sie gibt sich in einem Kuß hin, denn noch ist alles unter Kontrolle. Es ist noch viel zu erledigen, ehe die Rede davon sein kann, noch weiter zu gehen. Sie werden Sekt trinken und sich unterhalten und miteinander vertraut werden, und dann werden sie gemütlich essen und Wein trinken und vielleicht ein wenig flirten, ehe Kaffee und Cognac auf den Tisch kommen, und wenn die Stimmung danach ist, kann sie danach noch einen Longdrink servieren. Und danach.

Aber vorläufig hat sie ihn nun eingeladen, sich aufs Sofa zu setzen, nachdem er die Gläser wieder gefüllt hat, und sie setzt sich neben ihn und merkt, wie sehr ihr seine Anwesenheit gefällt, sein Geruch, der Anblick seiner schön geformten, braunen Männerhände. Hände, die die Schale mit Erdnüssen anbieten, Hände, die im Vorübergehen wie zufällig eine ihrer Brüste streicheln, und obwohl das ein wenig zu früh geschieht, um ganz richtig zu sein, passiert es doch auf so höfliche und diskrete Weise, daß sie ihn noch einmal küssen muß, und deshalb tut sie es, schließlich hat auch sie Lust auf ihn. Große Lust.

Und dann scheint er das Tempo drosseln zu wollen, denn er erhebt sich vom Sofa und läuft umher, als wolle er sich richtig umsehen. Und dabei plaudert er leichthin über dies und jenes, fragt, ob er nicht einen Blick in ihre Küche werfen könne, weil er so gern kocht (dort hängt ihr blödes Schlankheitsmenü an der Küchentür!), sieht sich die Bilder an den Wänden an, billige Reproduktionen, aber immerhin gerahmt, betrachtet die Fotos – Himmel, hat sie noch immer nicht alle weggelegt –, geht ans Fenster und schaut hinaus, das heißt, er hätte hinausschauen können, wenn nicht die größte Fensterscheibe durch die Papplatte ersetzt worden wäre, wenn er bloß nicht glaubt, sie wohne hier in einem Slum… Aber er wirkt sehr zufrieden, er sagt noch einmal, es sei so gemütlich, die Welhavens gate und Østbyen überhaupt seien eine angenehme Gegend in Hamar, alte, gewachsene Bebauung und doch zentral. Gärten, Alleen und viel Grün. Und gleich daneben der Park. Er war immer schon gern hier, ist oft hergekommen, um im Park Tennis zu spielen. Er fragt, ob sie vielleicht noch weiß, daß er in Vestbyen gewohnt hat, ein Stück weit draußen, in der Grønnegata, in einer alten Holzvilla im Schweizer Stil, die abgerissen wurde, als sich die Brauerei vergrößerte. Natürlich weiß sie das noch! Wie oft ist sie mit dem Rad durch die ganze Grønnegata gefahren, um vielleicht einen Blick auf ihn werfen zu können, wenn sie ihn auf dem Tennisplatz nicht entdeckt hatte! Damals, als sie er-liebt-mich-er-liebt-mich-nicht spielte. Damals, als sie ihn wirklich geliebt hat.

Aber er hört sich nicht an wie einer, den plötzlich eine Stimmung überkommen hat und der sich gerne an seine Jugend erinnern möchte. Er hört sich an und benimmt sich wie einer, der sich hier umschaut, sich Wohnungen ansieht und selber herziehen möchte. Das überrascht sie. Es enttäuscht sie sogar ein wenig, denn sie hat das Gefühl, mit Østbyen und Hamar überhaupt fertig zu sein. Hier hat sie in den letzten zehn, fünfzehn Jahren nur dahinreguliert, unbehaglich, beengt und bedroht, wie auf einem sinkenden Schiff. Jetzt ist das Schiff endgültig untergegangen, und sie kämpft mit dem kalten Wasser. Jetzt möchte sie vor allem an Land kommen, festen Boden unter den Füßen spüren, sich nicht an alte Schiffstrümmer anklammern müssen und hoffen, daß die sie noch ein Weilchen über Wasser halten. Sie weiß, daß das ein naiver Traum ist, eine romantische kleine Lüge, aber sie wünscht sich nach Asker, eine halbe Autostunde von Oslo entfernt – außerhalb der Hauptverkehrszeiten –, wo nette, wohlhabende, vornehme Menschen in netten, gepflegten Villen oder Reihenhäusern mit großen Gärten wohnen, über breite Schnellstraßen mit glänzenden Autos in die Stadt fahren, wo sie in eleganten, von Architekten entworfenen Bürolandschaften mit großen Fenstern und viel Licht und Grünpflanzen und offenen Wendeltreppen und durchsichtigen Fahrstühlen aus Chrom und Plexiglas ihre Arbeit tun. Und abends möchte sie sich auf einem teuren Sofa auf zimtbraunem Leder räkeln und sich ein Glas auserlesenen Rotwein eingießen und die Wahl zwischen siebenunddreißig Fernsehkanälen und acht Broschüren mit Kursangeboten haben, während sie auf ihn wartet. Denn er hat angerufen, weil er leider ein wenig länger arbeiten muß. Und sie wird sich für alles genügend Zeit lassen können und jede einzelne Minute genießen, weil sie die ganze Zeit wissen wird, daß sie nie, nie in die Welhavens gate zurückkehren muß, daß sie nie mehr im Einkaufszentrum CC einkaufen muß und dabei der Versuchung erliegt, sich im Schnapsladen nebenan eine Flasche Gin zu kaufen, daß sie nie mehr im tristen Büroklotz des Amtsgerichts arbeiten muß, daß ihr nie mehr diese Blicke in der Kantine, im Bus, auf der Straße, in den Schlangen vor der Kasse begegnen werden, Blicke, die es offenbar für angebracht halten, sie an ihren Exmann und ihren Sohn zu erinnern, die ein böses Ende genommen haben, und daß sie hier mit ihrer Schnapstüte herumläuft, obwohl alles ihre Schuld ist, in erster Linie ihre Schuld. Nie mehr. Nie, nie mehr.

Eigentlich hat sie geglaubt, er habe das begriffen, so, wie sie ihn gierig nach allen Einzelheiten seines Lebens ausgefragt hat, während sie selber ihre traurige Geschichte von A bis Z durchgekaut hat, als wolle sie beichten, geläutert werden, sich ein für allemal ihre Existenz in Hamar aus dem Leib reißen, und für eine Zeit, die danach kommen wird, neu und sauber dastehen, für ein Leben danach.

Dann kann er doch nicht einfach dastehen und Gemütlichkeit und Atmosphäre dieser engen, altmodischen, ziemlich heruntergekommenen Bude preisen und sich lyrisch über ihre gemeinsame Jugendzeit im alten Hamar verbreiten! Sie muß ihn zum Schweigen bringen, und das geht am besten, wenn sie auch aufsteht, zu ihm hinübergeht, die Arme um ihn legt und ihn küßt. Und das tut sie dann auch, obwohl es in gewisser Hinsicht die richtige Reihenfolge dieses nach klassischen, gutdirigierten Regeln geplanten *diner à deux* durcheinanderbringt. Denn nun kommen sie gefährlich nahe an das heran, was sie als Dessert geplant hatte, als Schlußakkord, als *grande finale*, als das Ende von etwas und zugleich den Anfang von etwas Neuem. Natürlich ist sie davon ausgegangen, daß sie mit ihm ins Bett gehen wird. Daß er sie »bekommt«. Und sie ihn ja auch, obwohl es ihr schwerfällt, das so auszudrücken. Sie will es ja – das ist kein kaltblütiges, manipulierendes Vorgehen ihrerseits, es ist die Erfüllung eines über zwanzig Jahre alten Dranges, diesem Mann nahezukommen, ihm den Hof zu machen und ihn zu verführen, ihn in sich zu spüren. Durch alle tragischen und aufreibenden Ereignisse hindurch, an denen er noch dazu aktiv beteiligt war, hat sie ihn vor allem als *Mann* betrachtet. Sie hat ihn so gesehen, wie er war, und so, wie er geworden ist. Und beide ziehen sie an, der junge Mann, den sie als einzigen aus einer Unmenge von Liebhabern und Schwärmereien nicht vergessen konnte, eben weil damals aus ihnen »nichts werden« konnte. Und den älteren, weil er sein Aussehen und seinen Charme bewahrt hat und weil er gleichzeitig neu und erwachsen wirkt, ein »stranger in town«, den sie dennoch kennt, eine einsame und wurzellose Seele wie sie selber –

und Scheiß auf die Lebenspartnerin, die ist schon so gut wie aus dem Spiel! –, die ihr eine Hand hingehalten hat, und diese Hand hat sie gepackt.

Jetzt streckt er nicht mehr nur die Hand aus. Sie spürt, nicht zuletzt an sich und den Reaktionen ihres Körpers, daß die Dramaturgie der Liebe gerade dabei ist, die Regie zu übernehmen. Unmöglich, jetzt aufzuhören und über gebackene Kartoffeln zu sprechen, die im Backofen vor sich hinbrutzeln. Also versucht sie es lieber mit einem pragmatischen Rundumblick zwischen den Umarmungen, die jetzt so heftig werden, daß sie sie beide umzuwerfen drohen, um zu entscheiden, ob es besser wäre, es jetzt gleich hier im Wohnzimmer passieren zu lassen, sofort, leidenschaftlich und wild auf dem flauschigen Teppich, oder ob sie versuchen soll, ihn ins Schlafzimmer zu manövrieren und einen innigeren, ausgedehnteren Liebesakt einzuleiten, der sich vielleicht für zwei Menschen mittleren Alters besser eignet, für zwei ehemalige Liebende, die sich endlich wiedergefunden haben. Und während sie noch selber glaubt, mit ihrem Liebhaberinnenblick diese beiden Möglichkeiten vernünftig abzuwägen – mit einem abgenutzten Rest ihrer Erfahrung als *femme fatale* mit Herrenbesuch in der Wohnung –, sind sie schon auf dem Boden gelandet, miteinander verflochten auf dem Teppich, wo sie anfangen, einander die Kleider vom Leibe zu reißen, mit einem solchen Eifer, daß sie kaum noch registrieren kann, daß sie Angst vor der Penetration hat, er auf ihr und in ihr wie ein Reiter, ein Unterdrücker, ein Sieger, denn schon sind sie dabei. Sie kann sich fast nicht mehr darüber wundern, daß sie mit demselben Eifer reagiert, denn schon ist er mit der seit Wochen angehäuften Ungeduld auf ihr und in ihr, und sie sieht ein, daß sie einfach mitmachen muß, wenn sie überhaupt etwas davon haben will, während in ihr ein kleiner Ärger wächst, den sie eigentlich nicht wahrhaben will, ein Ärger darüber, daß die weiblichen Handlungen dieses Aktes sie zu einer passiven, hingebenden Rolle zwingen, die im Moment nun wirklich nicht ihren Gefühlen entspricht. Und natürlich kommt er zu früh, mit kräftigen Zuckungen und wehem Schluchzen, Männergeräuschen, von denen sie sich schon lange nicht mehr rühren läßt, und deshalb versucht sie, sie zu überhören, während sie sich über das Muskelspiel seines geschmeidigen Rückens freut.

Danach, als die gebackenen Kartoffeln im Ofen sicher längst zu kleinen Kohlestücken verbrannt sind, ist immer noch Zeit. Er ist jetzt redselig und muß ihr noch einmal von den widersprüchlichen Gefühlen erzählen, die ihn erfüllen, seit er wegen dieses Falles nach Hamar gekommen ist. Über das ganze Spektrum, von Herablassung und Widerwillen diesem Kaff gegenüber, über Wiedererkennen und Erinnerung, bis zu dem Gefühl, »dazuzugehören«, »heimgekehrt zu sein«. Und nun hört sie wieder zu, mit wachsender Angst vor dem, was da noch kommen kann, denn sie glaubt, mitten in seinem sprunghaften, eifrigen Redefluß eine seltsame Ruhe zu spüren, eine eiserne Entschlossenheit hinter den Worten, die ihn in eine bestimmte Richtung treibt, und hier auf dem schönen flauschigen Teppich spürt sie ganz klar, wo diese Richtung liegt, und das macht ihr noch größere Angst als das, was gerade passiert, denn ihr geht auf, daß seine Schlußfolgerung das genaue Gegenteil von dem sein wird, was sie von ihm zu hören erwartet und gehofft, ja, um das zu hören sie heute abend ihr Leben eingesetzt hat.

Statt dessen sagt er, er sei mittlerweile und vor allem in den letzten Wochen zusammen mit ihr zu vielen wichtigen Erkenntnissen gekommen. Er sieht sein Leben jetzt anders. Er ist vierundvierzig. Er hat festgestellt, daß er sich eigentlich nach einem anderen Lebensrhythmus sehnt als dem hektischen Hin und Her zwischen einem anstrengenden Beruf und einem aktiven, kontaktfreudigen sozialen Leben, das in den letzten Jahren sein Leben geprägt hat. Hier oben in Hamar hat er zu einer merkwürdigen Gemütsruhe gefunden. Er glaubt wirklich, sich hier wieder wohl fühlen zu können. Er spürt, wie die klare, sauber umrissene Landschaft seiner Kindheit Besitz von ihm ergreift und seine innere Verwirrung zu harmonischen, sauber umrissenen Formen fügt, so wie die niedrigen blauen Hügel von Nes und Helgøya draußen im Nessund ihre Finger miteinander verschränken. Er hat sich die Zeit genommen, darüber nachzudenken, was das bedeutet. Er glaubt, die Antwort gefunden zu haben, und er ist zu einem Entschluß gekommen: Er will sie fragen, ob sie sich vorstellen kann, sich mit ihm zusammenzutun und hier in Hamar ein neues Leben zu beginnen. Anfangs wird er wohl zwischen Hamar und Oslo pendeln müssen, aber später, in zwei Jahren, wird hier oben die Stellung des Polizeichefs frei werden, und um die wird er sich bewerben. Er weiß ja, daß das ziemlich plötzlich für sie kommt. Sie soll sich unter keinen Umständen bedrängt fühlen. Sie braucht ihm nicht sofort zu antworten. Eigentlich wollte er nicht mit allem auf einmal herausplatzen, aber dann hat es sich einfach so ergeben – die Gefühle gehen mit ihm durch, wenn er mit ihr zusammen ist, das war schon immer so … Und er legt sich wieder über sie, um sie lange, innig und ausdauernd zu küssen, bis sie sich von ihm befreit, ihn anfaucht wie eine Katze und wütend um sich faßt, um etwas zu finden, einen Gegenstand, eine Waffe, egal was, um sich damit zu verteidigen, etwas, das ihn davon abhält, sich ihr wieder zu nähern, dieses Mannsbild, das unter Vorspiegelung falscher Tatsachen als *Invasor* zu ihr gekommen ist.

Esther Astrakhan greift nicht oft zur Waffe, aber wenn ein Mann ihr Vertrauen mißbraucht hat, ist es schon vorgekommen. Ihre silbrigglänzende Kaliber 28 mit dem Perlmuttschaft ist eigentlich keine Mordwaffe, aber eine Kugel aus ihrer Mündung kann schmerzhafte Löcher in einen Oberarm oder Oberschenkel bohren. Einmal hat sie einem untreuen Liebhaber ein Ohr abgeschossen, aber zumeist versucht sie, solche Situationen zu vermeiden. Esther Astrakhan verabscheut Gewalt, und nur die Provokation durch einen Mann, einen Mann, auf den sie gesetzt hat, kann sie dazu verleiten, die Beherrschung zu verlieren.

Esther haßt nicht so sehr den Mann auf dem Teppich wie das Gefühl, ihm preisgegeben zu sein. Als er mit dämlichem Gesicht die Hand ausstreckt, um sie wieder zu berühren, spürt sie, überwältigt von intensiven Gefühlen, wie sehr Männer in ihrem Leben *bestimmt* haben, wie sehr es Männern *zugekommen* ist, über ihr Leben zu bestimmen. Von einem abwesenden Vater angefangen bis zu einem untauglichen Ehemann und einem verhaltensgestörten Sohn, und dazwischen, Liebhaber, Freunde, Chefs, Kollegen und jetzt ein Kriminalkommissar, der mit Schuld und Unschuld, Gefängnis und Freiheit, Vergangenheit und Zukunft schaltet und waltet. Mit Leben und Tod. Und sie mußte sie alle über sich ergehen lassen, sie alle, ja, das gesamte männliche Geschlecht, scheint zwischen ihren Schamlippen aus- und eingegangen zu sein, in ihrer Vagina. Sie kommt sich vor wie eine Bienenkönigin, ein einziger langer Fortpflanzungsakt, ohne Hoffnung auf eine selbständige Existenz, einmal abgesehen von der Funktion, für einen Mann Frau zu sein. Und das erträgt sie einfach nicht mehr. In diesem Moment weiß sie, daß sie das nicht mehr erträgt. Und als er nun den Arm ausstreckt, um sie wieder zu berühren, mit einem ungläubigen, nachsichtigen, ja, nach einigen Sekunden fast munteren Gesichtsausdruck, zum Teufel!, schlägt sie immer weiter wild um sich, um eine Waffe zu finden, etwas, mit dem sie ihn erschrecken, mit dem sie ihm klarmachen kann, daß sie das ernst meint, dieses eine Mal ernst meint ... Sie hat keine Pistole mit Perlmuttgriff, aber als sie aus Versehen die Spitzendecke (die verdammte Spitzendecke ihrer Mutter!) vom niedrigen Beistelltisch neben dem Sofa reißt, fallen zwei gerahmte Fotos und die Nagelfeile auf den Boden. Die schnappt sie sich und hält sie drohend vor sich hin. Und er begeht den Fehler, streng und gebieterisch zu werden, setzt sich halbwegs auf, streckt die Hand aus und verlangt, daß sie ihm die Waffe gibt, redet anormal langsam, tadelnd, fast ein wenig herablassend mit ihr, als sei er im Dienst und müsse eine hysterische Hausfrau beruhigen, die in ihrer Wohnung Amok läuft. Und als er dann noch eine Bewegung auf sie zu macht, um ihr mit Gewalt die Nagelfeile zu entreißen, beugt sie sich nach vorne, als wolle sie sich seinem starken Zugriff ergeben. Aber als er die Arme sinken läßt, um sie an sich zu ziehen, während er die liebevollen Worte vorbereitet, die sie beruhigen und überzeugen sollen, stößt sie die Nagelfeile blitzschnell in sein Gesicht, in sein schönes, ebenmäßiges Männergesicht, das ihr in ihrem ganzen Erwachsenenleben nicht aus dem Kopf gegangen ist, stößt zu, und reißt eine tiefe Schramme in sein Gesicht, die vom Ohr bis fast zum Mundwinkel reicht. Und das Blut strömt.

DRITTER TEIL

Herbst und Winter

32

Am letzten Tag des Sommers springen einige junge Leute, ein Mädchen und drei Jungen, immer wieder von der Pontonbrücke bei Domkirkeodden. Der Himmel ist bedeckt, Wind weht, aber es ist mild, fast schwül, und das Wasser ist überraschend warm. Kabbelige Süßwasserwellen lassen die Pontonbrücke auf- und abhüpfen, so daß es besonders viel Spaß macht, von dem niedrigen, zweistufigen Sprungturm zu springen, eine Welle zu berechnen, sich abzustoßen und zu versuchen, das Wasser zu treffen, wenn die Welle sich erhebt und auf einen zukommt. Wer das schafft, hat etwas Wichtiges gemeistert, hat die Natur herausgefordert, sich wie einen lebenden Pfeil durchs Chaos der Wassermassen geschossen und ist heil wieder herausgekommen. Es ist Nachmittag, und sie sind allein hier, die Badesaison ist zu Ende. Am nächsten Tag fängt die Schule wieder an. Aber davon reden die vier auf der Brücke nicht. Es ist ihnen egal, daß es jetzt kalt wird, sie merken es nicht, obwohl sie schon so lange im Wasser sind, daß ihre Lippen sich blau verfärben und sie mit den Zähnen klappern. Sie springen und klettern auf die Brücke, sie springen wieder und lachen, als ob sie eine Art Ausdauerspiel trieben oder miteinander und der Natur abgemacht hätten, daß sie gemeinsam hier draußen den Sommer dazu bringen konnten, noch ein wenig auszuhalten, solange zumindest, wie *sie* aushalten.

Die Badestelle, der grüne Wall zwischen dem Strand und dem Tanzboden, liegt öde da, eingerahmt von einem roten Museumshaus, den leeren Tischen und Stühlen des Strandcafés und der majestätischen Domruine, die oben am Hang thront. Museum und Cafeteria sind bis zur nächsten Saison geschlossen. Zwei Zelte, eines mit einem Glücksrad, das andere zum Luftgewehrschießen, sind noch nicht abgebaut worden, aber schon leergeräumt.

Jetzt ist niemand mehr hier. Nur die vier Jugendlichen auf der Pontonbrücke, die sich wie in einem zerstückelten und asynchronen Tanz hin- und herbewegen, in dem jeder in einem eigenen Rhythmus auf die Stöße reagiert, die die Wellen der Brücke versetzen. Und wenn sie ihn gefunden haben, suchen sie an der Sprungbrettkante das richtige Gleichgewicht und lassen sich mit voller Wucht fallen, in einem Augenblick verbissenen Ernstes, als opferten sie sich den Elementen, um noch einen Hauch des Sommers zu erhaschen, der kein Ende nehmen will. Vor allem der größte Junge ist unermüdlich bei der Sache, springt wieder und wieder, bleibt lange unten, bis er auf der nächsten Welle wieder nach oben kommt, lachend, wild entschlossen, es noch einmal zu versuchen, so kalt ist es schließlich auch wieder nicht. Der Sommer ist noch nicht vorüber. Auf dem grauen, leeren Bretterboden der Tanzfläche zerrt der Wind an einem Haufen von Kleidern und Handtüchern, die fest um den Clou dieses Ausfluges gewickelt sind: ein Kofferradio mit eingebautem Plattenspieler und einigen EPs mit großem Loch in der Mitte. Elvis, Cliff, The Four Aces, The Platters: »The great pretender«...

Sie springt nicht mehr und setzt sich auf die Brücke. Der größte Junge zögert kurz, dann beschließt er, sich neben sie zu setzen, nicht dicht, aber dicht genug. Sie atmen beide schwer. Die Anstrengung und ihr langer Aufenthalt im Wasser sorgen dafür, daß sie die Kälte nicht sofort spüren. Die beiden anderen setzen ihren Kampf gegen die Elemente fort. Die Springerei und die unruhigen Strömungen im Wasser haben dem Stoff ihres Badeanzuges zugesetzt und ihn gedehnt, so daß er jetzt vor ihrer Brust heruntersackt. Beide geben vor, das nicht zu bemerken. Die beiden anderen stoßen sich gegenseitig ins Wasser und merken nichts. Das scheint das Mädchen zu ärgern. Es wird langsam spät, bald müssen sie zum Abendessen nach Hause, aber das erwähnen sie nicht. Und niemand erwähnt, daß morgen die Schule wieder beginnt und das Ende des Sommers markiert. Das Ende eines Sommers, in dem die vier jeden Tag miteinander verbracht haben, in einem seltsamen asynchronen Reigen, in dem sie alle Kumpels und einander nah sind, und niemand einen anderen besitzt. Und vom nächsten Tag an werden sie alle in dieselbe Schule gehen, jeweils zwei und zwei in dieselbe Klasse.

Sie sitzt so, daß nur er etwas sehen kann. Und er kann es nicht vermeiden. Will das natürlich auch nicht, wagt aber kaum, hinzusehen, weiß, daß er nicht stieren darf, stiert aber trotzdem, denn es ist unmöglich, ihre Brüste nicht zu sehen. Sie sind im Grunde nicht groß, aber doch »gewaltig«, überwältigend, obwohl sie nicht riesig sind, irgendwie unverhältnismäßig. Er findet, sie müßten absolut das »Größte« an ihr sein, größer als ihr Gesicht mit seinen kleinen, feinen Zügen, den schrägen Augen, den geschwungenen Brauen, den klappernden Zähnen hinter den schmalen blauen Lippen. Alles an ihr ist klein und adrett im Vergleich zu seiner eigenen langgestreckten, muskelschweren Form. Aber diese Brustwarzen kommen ihm groß vor, irgendwie ein wenig ausufernd, nicht ganz kreisrund, nicht ganz identisch, der ganze Anblick ihres entblößten Oberkörpers vermittelt einen Eindruck von *Asymmetrie*, ganz anders als… ja, als was? Als das, was er sich vorstellt, wenn er sich nackte Mädchen vorstellt, was er zumeist zu vermeiden versucht, obwohl er in Zeitschriften Bilder gesehen hat… Nicht daran denken! Sollen die wirklich so aussehen? Gefällt es ihm, daß sie in Wirklichkeit so sind, oder hat diese Offenbarung etwas Unvorhersagbares, etwas »Unschickliches«, das ihn beunruhigt? Sicher beunruhigt ihn das! Er befindet sich in stillem, brodelnden Aufruhr. In seinem langen, athletischen Körper gibt es keine neutrale Stelle, wo er Zuflucht suchen könnte. Aber dennoch muß er so tun, als sei ihm das alles gleichgültig, als könne so ein Anblick nun wirklich keinen Eindruck auf ihn machen. In Wirklichkeit aber ist er wie gelähmt vor Erregung: Wenn er nur eine ungeschickte Bewegung macht, kann dieser Anblick für immer verschwinden.

Sie ändert ihre Haltung, und ihre Brüste ändern gleich darauf die ihre, wie selbständige Körper, die einer anderen Schwerkraft unterliegen. Sie wirkt zerstreut, vielleicht weiß sie gar nicht, daß er sie anstarrt? Vielleicht interessiert sie sich nur für die beiden, die sich noch immer kabbeln und gegenseitig ins Wasser schubsen? Ist er denn ganz unwichtig? Ist er Luft für sie? Auf diesen Gedanken ist er den ganzen Sommer über noch nicht gekommen. Aber in diesem Moment, als sie ihm ihre Brüste zeigt und nicht damit aufhört, Minute um Minute, beiläufig, als sei ihr das egal, als merke sie es vielleicht nicht einmal…

Sie wartet wirklich lange, ehe sie sich langsam hinlegt und auf den Bauch dreht. Schluß mit dem Anblick. Aber schon bald dreht sie sich wieder um und liegt mit geschlossenen Augen flach auf dem Rücken und streckt ihren Körper, freimütig, als liege sie allein auf einem südländischen Sandstrand, und noch immer so verblüffend entblößt. Jetzt können alle soviel sehen, wie sie wollen. Jetzt blickt sie zu den beiden anderen hinüber und ruft. Jetzt will sie deren Aufmerksamkeit. Sie ruft, daß sie friert, daß sie nach Hause will. Sie hat eine Gänsehaut. Auch ihre unglaublichen Brüste haben eine. Aber die beiden Jungen wollen nicht hören. Sie wollen nicht sehen. Sie ringen jetzt am Brückenrand miteinander wie römische Gladiatoren. Das machen sie um ihretwillen, aber sie achtet ebensowenig darauf wie die Jungen auf ihre Darbietung. Sie ruft noch einmal, aber sie hören nicht, und nun springt sie auf, zieht sich den Badeanzug über die Brust, rennt los, springt ins Wasser und schwimmt mit kräftigen Zügen in Richtung Land.

Er springt einige Minuten nach ihr ins Wasser, schwimmt aber in die andere Richtung, aus der der Wind kommt, wo sich die Wellen türmen und über den Rand der Pontonbrücke schlagen. Er taucht und bleibt lange unter Wasser. Als er wieder auftaucht, hat er etwas in der Hand, das er auf die Brücke wirft, eine Muschel, dunkelbraun, oval, groß wie eine Kinderhand. Sie prallt von den nassen Brettern ab und trifft einen der Ringer an der Wade.

»He, was, zum Teufel, soll das…? Womit beschmeißt du denn hier die Leute, zum Henker?«

Das regelmäßige, hübsche Knabengesicht ist ein Spiegel, in dem alle plötzlichen, aufgeregten Gefühle wie Wolken vorüberjagen, dunkler werden und sich auflösen.

Er zieht sich auf die Brücke.

»Eine Muschel.«

»Eine Muschel? Im Mjøsa gibt es keine Muscheln!«

»Du hast aber gerade eine in der Hand.«

»Quatsch. Das ist ein Stein!«

»Das ist eine Muschel. Sieh doch mal genau hin!«

Der hübsche Junge holt aus und wirft die Muschel so hart auf die Bretter, daß die Schale platzt.

»Siehst du?«

»Ja, verdammt – eine Scheißmuschel!«

»Da unten gibt's noch mehr.«

»Wo?«

»Da unten. So drei, vier Meter tief. Die liegen im Schlamm.«

Der Dritte mischt sich ein:

»Der Mjøsa war früher mal ein Fjord. In Furuberget kannst du Versteinerungen finden, die vierhundert Millionen Jahre alt sind. Ob dieser Bursche hier vielleicht ein Überrest von damals ist?«

»Nein, das ist sicher eine schnöde Süßwassermuschel.«

»Da liegt vielleicht eine wertvolle Perle darin!« Der Hübsche hebt die geplatzte Muschel auf und stochert im blassen Fleisch herum. »Und da unten gibt's noch mehr, sagst du? Vielleicht stecken in allen Perlen, unbezahlbare Süßwasserperlen! Vielleicht werden wir reich!«

»Du kannst ja tauchen und nachsehen.« Der Größte scheint das Gespräch plötzlich satt zu haben, die ganze Situation mit den drei Jungen auf einer Brücke, und sich wieder an Land zu sehnen. Er sieht, daß sie dort drüben zum Tanzboden geht, wo die Kleider liegen.

»Wie tief, hast du gesagt?«

»Drei, vier Meter. Ganz ungefährlich.«

»Tja, ich weiß nicht…«

»Denk an alles, was unten im See liegt«, sagt der Dritte. »Alles, wovon wir nicht wissen.«

Ein Riß in der unruhigen Wolkendecke läßt weit draußen einen Sonnenstreifen über die dunkle Wasseroberfläche segeln. Das Spiel zwischen Dunkelheit und Licht in See und Himmel ist von seltsamer, dramatischer Wirkung.

»Denkst du vielleicht an die Seeschlange? Aber über die wissen wir doch alles«, schaltet der Hübsche sich ein und lacht, um die Stimmung aufzulockern. »Die hat sich doch im Mittelalter mehrmals sehen lassen, und als die Leute sie endlich erledigt hatten, verrottete sie hier am Strand, bis man sie verbrannt hat. Das ist solider Volksaberglaube. Und alles steht in der Chronik.«

»Das war ein Lindwurm«, korrigiert der Größte. »Darüber bin ich nämlich bestens informiert. Die Schlange war ein

Omen, es sollte nicht buchstäblich genommen werden. Die Schlange zeigte Unglücke an, die noch kommen würden.«

»Ach? Und sind sie gekommen, du alter Prof?«

Aber sein Gesprächspartner hat die Nase voll und steht schon auf dem Sprungbrett, um wieder ins Wasser zu springen.

»Schönen Gruß an den Lindwurm!«

Der Größte springt.

»Denk doch bloß an alles, was hier früher passiert ist...« In der Stille nach dem Platschen philosophiert der Dritte weiter. »Stell dir vor, wie es hier war, als Harald Hardråde Opplandene verwüstet hat! Oder im Mittelalter, als der Dom gebaut wurde. Damals lagen hier auf der Landspitze eine große Burg und ein Kloster. Stell dir Mönche in Kutten und so vor, die hier über die Wälle sprinten!«

»Warum nicht? War bestimmt auch nicht blöder, als noch zwei Jahre hier zur Schule zu gehen.«

»Du meinst, erotisch gesehen bringt es gleich wenig?«

»Ich meine, nicht ganz so monoton und langweilig. Ich gehe jede Wette ein, daß vor fünfhundert Jahren hier in der Stadt mehr los war als heute. Himmel, ich werde vielleicht froh sein, wenn ich meinen Kram zusammenpacken und von hier weggehen kann!«

»Und irgendwo in sicherer Entfernung von einer gewissen Badenymphe ins Kloster gehen?«

»Jetzt hältst du die Fresse!«

Der Hübsche wird angestupst und fällt rückwärts ins Wasser. Kommt prustend und johlend wieder zum Vorschein, gibt aber den Gedanken an weitere Aufenthalte auf dem Ponton auf und schwimmt an Land. Der Zurückgebliebene wartet nicht viel länger, ehe er diesem Beispiel folgt.

Oben auf der Tanzfläche hat sie sich inzwischen angezogen, er sitzt noch immer in seiner nassen Badehose auf dem Geländer, als der Hübsche den Wall hochkommt. Die beiden reden nicht miteinander, scheinen die Anwesenheit des anderen kaum zu registrieren, aber irgendwer hat eine Platte aufgelegt, und Ricky Nelsons melancholische Stimme läßt den alten Hit *»Lonesome Town«* über die Badestelle hallen: *»There's a place where lovers go – to cry their troubles away – and they call it Lonesome Town – where the broken heart stays…«*

»Verdammt, was für eine traurige Musik«, beschwert sich der Hübsche, der sich jetzt abtrocknet.

»Genau richtig, wenn du mich fragst«, murmelt der Größte auf dem Geländer und will die Kälte nicht wahrhaben, die ihm bei jedem Windstoß tiefer in die Haut schneidet.

»Dann nimm sie doch runter«, sagt sie, die die ganze Zeit so aussieht, als wolle sie davonstürzen, die aber trotzdem bleibt. »Nimm sie doch runter, ist mir doch egal. Ich kann das auch machen…« Sie bückt sich und reißt dermaßen heftig den Tonarm von der Platte, daß das Lied mit dem Kreischen der Nadel in den Rillen endet.

»He! Mach die blöde Platte nicht kaputt!« Der letzte schließt sich ihnen bibbernd an.

»Du mußt dir fetzigere Musik zulegen, Mensch«, belehrt ihn der Hübsche. »Das hier hört sich doch an wie die Jugendlieder vom großen Bruder, oder was?«

»Ich habe keinen Bruder.«

Der Hübsche lacht, als ob sein Kumpel etwas schrecklich Witziges gesagt hätte. »Weiß ich, Erik. Ich hab' auch keinen, darum geht es doch gar nicht. Frag Bo. Der hat eine Schwester.«

»Halt die Fresse«, sagt der Größte mürrisch.

»Ist das nicht so Musik, wie deine Schwester sie gern hört, Bo?«

»Halt die Fresse, hab' ich gesagt.«

»Du meine Güte, ich frag' doch bloß, was für Musik deine Schwester gern hört!«

»Und ich sag' dir, daß du die Fresse halten sollst, sonst passiert vielleicht was Drastisches mit deinem griechischen Profil!«

»O verflucht, was für eine Bande!« ruft das Mädchen und rafft noch einmal seine Badesachen zusammen. Die anderen machen keine Anstalten zum Aufbrechen. »Will jemand nach Hause?«

Keine Antwort. Der Hübsche zieht sich gerade um, unter einem verschlissenen Frottee-Bademantel, und dreht ihnen den Rücken zu.

»Das Klima hier ist ja wirklich ziemlich mies«, meint der Dritte. »Solltest meinen, es wäre ein Verbrechen, einen blöden Plattenspieler mit an den Strand zu nehmen.«

»Der Spieler ist nun wirklich nicht das Problem, Erik. Der nicht. Kapierst du denn gar nichts mehr, oder was?«

Der Hübsche hat sich jetzt angezogen.

»Nein, offenbar nicht, du Klugscheißer. Nur, daß die Stimmung hier plötzlich ganz schön daneben ist.«

»Ich geh' ins Kino. In die Fünf-Uhr-Vorstellung. Kommt ihr mit?«

Der Große springt vom Geländer, als sei ihm die Zankerei, die er vom Zaun gebrochen hat, restlos egal. Ebensowenig scheint ihn die Kälte zu beeindrucken. Er hat sich als einziger noch nicht angezogen. Er wirkt jetzt wieder eifrig, aufgeheizt. Sein großer, starker Körper in der Badehose scheint zu fordern, daß ihre sommerliche Gemeinschaft verlängert wird, noch ein wenig. Die anderen reagieren kaum auf diesen Vorschlag.

»Nei-hein. Ich habe gesagt, daß ich zum Essen zu Hause bin.«

Sie ist die ganze Zeit aufbruchsbereit, geht aber nicht.

»Was läuft denn um fünf? Ein Kinderfilm? ›Der König der Affen‹ mit Bo Mailand in der Hauptrolle?« Der Hübsche läßt sich nicht so einfach mitreißen. Bei dem Dritten ist das schon leichter:

»Nein, heute ist Montag, da gibt's einen Western. Peng-peng! Ich würd' gern mitkommen, bloß bin ich gerade pleite.«

»Wenn es wenigstens was Französisches wäre, mit wenig Gerede und vielen Titten«, sagt der Hübsche, ohne das Mädchen anzusehen.

»Du meinst etwas Schwedisches«, korrigiert der Dritte. »›Sie tanzte nur einen Sommer‹...«

»Ich muß jetzt los«, sagt das Mädchen und entfernt sich wirklich einige Schritte von ihnen.

»Aber ich lade euch ein!« ruft Bo Mailand, der Größte von allen. »It's on me. Aber nur, wenn alle mitkommen.«

»Ich nicht, ich muß wirklich los...«

Aber sie geht noch immer nicht.

»Jetzt komm schon, Ellen...«, setzt der Dritte an. Aber das reicht nicht. Sie wartet auf mehr.

»Alles ist besser, als nach Hause zu gehen, oder etwa nicht? Seht mal, vielleicht können wir uns sogar noch Schokolade kaufen oder so...« Bo zeigt einen roten Hundertkronenschein. Die anderen glotzen.

»Woher, zum Teufel, hast du soviel Geld?« faucht der Hübsche, als ob der Anblick des Geldscheines ihn wirklich ärgerte. »Hast du jemanden überfallen? Oder stammt der vielleicht aus der geheimen Schatztruhe des Anwalts?«

»So ungefähr«, antwortet sein Freund leichthin. »Sagen wir es so: Nennen wir es Bo Mailands Rache.«

»Ich hab's gewußt!« pöbelt der Hübsche rachsüchtig. »Es bringt also nicht nur Kummer und Verzicht mit sich, wenn man den wohlhabenden Klassen angehört. Einige Vorteile hat man eben doch.«

»Aber nicht sehr viele«, antwortet Bo im selben aufgesetzt leichten Tonfall.

In ihrem Zank entsteht eine kleine, verlegene Pause. Die letzten Bemerkungen waren nicht ganz so gut. Alle wissen um Bos schwierige Familienverhältnisse. Aber er selber will sich das nicht anmerken lassen:

»Also, jetzt kommt es auf dich an, Ellen.«

Sie starrt noch immer vor sich hin.

»Na los, Ellen. Jetzt hast du dich lange genug geziert. Ohne dich ist es doch nicht dasselbe, das weißt du.«

Endlich blickt der Hübsche ihr ins Gesicht und zeigt das Lächeln, dem sie nicht widerstehen kann.

Dann schlendern sie den Hang hinauf, vorbei an der Cafeteria, über den Kiesplatz und zu den vier Fahrrädern, die an der Tannenhecke lehnen. Die einzigen vier Fahrräder, die hier an diesem letzten Sommernachmittag zu sehen sind. Und dann fahren sie Seite an Seite, in Windsrichtung, in die Stadt, in wechselnder Formation, sie immer in der Mitte, während die Jungen sie im freundschaftlichen Wettbewerb umkreisen und jeder ihr am nähesten sein will. Als setze schon jetzt der Wettstreit ein, im dunklen Kino neben ihr zu sitzen, auf der Armlehne den Arm an ihren zu drücken, vielleicht eine nackte Wade zu streifen oder einen Vorwand zu finden, sich zu ihr zu beugen und ihr etwas ins Ohr zu flüstern, und dabei mit dem Mund ihre Wange zu streifen. Als sei der Kampf darum, ihren Duft und ihr Herz zu besitzen, ihre ganze *Nähe* im dunklen Kino, und danach weiter durch die ungewisse Zukunft, bereits in Gang.

33

P. B. macht ein Fest, und alle sind da, nur nicht Bo Mailand, der sich in diesem Herbst immer mehr zurückzieht. Vielleicht schaut er kurz herein, denn er ist noch willkommen, aber er bleibt niemals lange. Plötzlich steht er auf, sagt, er müsse weg, weg und weiterwandern. Denn das tut er. Es ist Mitte November, und Bo Mailand wandert in Hamars Straßen auf und ab, schlurft mit den Schuhsohlen über starrgefrorene Blätter am Rand der Wohnstraßen, stapft durch Strandgata, Torggata, Torggata, Strandgata, schlendert und denkt, denkt und schlendert, eine düstere Figur, so einsam, wie das nur ein später Straßenwanderer in einer Stadt sein kann, in der nach Ladenschluß alles Leben erlischt. Und am einsamsten sind die Samstagabende im November. Als er kurz vor elf hinten in der Grønnegata auftaucht, geschieht das nicht, weil er das Fest mitmachen will, sondern weil er weiß, daß alle anderen dort sind, und dieser Gewißheit gelingt es, die Mauern seines Mißmutes zu durchdringen, die ihn von normalem Kontakt ausschließen und wie ein magnetischer Pol wirken, der seine Schritte lenkt. Denn er muß ja nicht hineingehen. Auch vor Häusern, in denen Feste gefeiert werden, passiert eine Menge. Autos bringen fröhliche Menschen, Autos fahren mit lauter Musik wieder davon. Manche, die schon früh eingetroffen sind, brauchen eine Pause, eine kurze Runde zum Luftschnappen. Andere, Paare, die ein wenig Freiraum brauchen, um sich auszusprechen, wandern auf dem Hof herum oder lehnen sich an eine Wand oder einen Zaun, finden nirgendwo ein Versteck für ihre heftigen Gefühle als hier draußen in der barmherzigen Novemberdunkelheit, unter den Bäumen.

Jetzt kommt ein Mädchen aus dem Haus gelaufen und setzt sich allein auf die überdachte Veranda, sie ist dünn angezogen, aber dermaßen aufgekratzt, daß sie weder die Kälte spürt noch die Musik hört, die zusammen mit dem Lichtschimmer aus den Zimmern strömt. Sie hört nur ihren eigenen keuchenden Atem. Ihre Brust hebt und senkt sich, als habe sie unter Wasser geschwommen und nun endlich die Wasseroberfläche erreicht, um Luft zu holen. Sie ist in sich zusammengesunken, als habe es ihre letzten Kräfte verzehrt, drinnen gerade und aufrecht zu gehen und gute Miene zu machen, bevor sie floh, als alle Stärke sie verließ. Das alles sieht Bo mit einem Blick, als er sich durch den Garten her nähert. Da sitzt sie vollständig begraben im hoffnungslosen Elend der enttäuschten Festerwartung, in ihrem Kummer, einem kleinen Partykummer, nicht einmal einem echten Liebeskummer, der vielleicht gerade mal bis zum Ende des Festes vorhalten würde, denkt er. Aber er findet sie doch schön, schön und anziehend, und er muß sich ihr nähern. Nicht einmal das Rascheln seiner Schuhe, die sich durch die Laubhaufen unter den Obstbäumen einen Weg zu ihr bahnen, lassen sie aufhorchen. Erst als er einen Fuß auf die Treppe setzt, so fest, daß der ganze halbmorsche Verandaboden aufzuseufzen scheint, bemerkt sie etwas und blickt auf, blickt auf mit einem endlosen Vorrat von verletzter Hoffnung im Blick, und sieht, daß nur er es ist.

»Hier sitzt du also?« fragt er.

»Hallo, Bo«, antwortet sie.

»Schönes Fest?«

»Ja, sicher... um zehn Uhr waren alle schon blau.«

»Große Klasse also?«

»Große Klasse. Willst du reingehen?«

»Glaub' ich nicht.«

»Möchtest du was trinken? Ich kann dir ein Bier holen. Es gibt noch massenhaft Bier. Olav und diese anderen Halbstarken haben mehrere Kästen mitgebracht.«

»Ist nicht so wichtig.«

»Ist es doch.«

Sie ist schon unterwegs, als habe sie einen Vorwand gesucht, um wieder ins Haus gehen zu können. Jetzt nimmt er ihren Platz auf der Hollywoodschaukel ein. Wenn sie sich wieder setzen will, dann muß sie sich dicht neben ihn setzen. Und das wünscht er sich und wünscht es sich auch wieder nicht. Erst nach einer Weile kommt sie zurück. Er hört Musik und Gelächter. Er kann nicht unterscheiden, ob sie auch zu den Lachenden gehört. Aber dann kommt sie. Sie reicht ihm wortlos die Bierflasche. Er hat keine Lust auf Bier, die Luft ist beißend kalt, und plötzlich merkt er, daß er nach seinem Marsch durch die Stadt in kalten Schweiß gebadet ist. Aber pflichtschuldig nippt er zweimal. Sie wirft einen raschen Blick durch das Fenster aufs Fest, das ohne sie weitergeht, dann setzt sie sich neben ihn, ganz dicht, sagt aber nichts. Er weiß nicht so recht, wie die Sache wohl weitergehen wird. Sie wirkt mürrisch und gleichzeitig ziemlich aufgeregt. Sie drückt sich fröstelnd an ihn, damit er den Arm um sie legt. Und als er das endlich macht, schmiegt sie sich an ihn und zieht die Beine hoch. Fast sitzt sie ihm auf dem Schoß und gleich darauf dreht sie ihr Gesicht seinem zu, drückt es an sein Gesicht, Nase an Wange, sucht mit geschlossenen Augen seinen Mund und will ihn küssen. Aber das erträgt er nicht. Abrupt reißt er sich los, springt auf und geht, ohne ihr einen Abschiedsgruß hinterlassen zu können. Als er durch das Tor geht, jagt mit brüllendem Motor ein Auto in Richtung Stadt, und er hört hinter sich eine betrunkene Stimme nuscheln, heute abend sei der »Schwede« dran, jetzt würden sie den »Schweden« endlich fertigmachen.

Und dann wandert er wieder, noch mißmutiger und erschütterter als zuvor. Obwohl seine Füße ihn den Sangvei hoch in Richtung Aluvei und Mæhlumsløkka führen, nach Hause, nach Hause zum Haus des Anwalts, zum Haus der Tränen, zum Haus der Trauer, weiß er, daß er nicht dorthin gehen wird, nicht nach Hause, nicht ins Haus, das zumindest nicht. Und doch zieht ihn eine Anziehungskraft, die nicht einmal der bitterste Ekel aufheben kann, immer weiter in diese Richtung: nach Hause. Bis er das Haus sieht. Licht im Fenster der Mutter im ersten Stock sieht, sich einbildet, ihren Schatten hinter dem Vorhang zu erkennen, wie sie mit ihrem enormen Umfang auf dem Bett sitzt und bei halboffenem Fenster eine Zigarette nach der anderen raucht…

Wenn es doch nur Zigaretten wären! Wenn es doch nur Zigaretten wären!

Im Wohnzimmer brennt eine einsame Lampe, eine zweite im Arbeitszimmer des Vaters. Aber wo befindet sich der Vater? In seinem Ohrensessel im Wohnzimmer, dem düsteren Wohnzimmer mit den vielen Jagdtrophäen, in seinem Sessel, der so steht, daß er mit seinem hellwachen Raubvogelgespür alle Treppen, Türen und den Flur kontrollieren kann, jeden Laut und jede Bewegung im Haus? Oder hat er sich in sein Geheimzimmer eingeschlossen, wo er, wie Bo sich das schon immer vorgestellt hat, fremde Götter anbetet und heidnische Rituale vollzieht, und wo er nie, niemals irgendeinem anderen Zutritt gewährt? Oder besucht er vielleicht Bos Schwester in ihrem Zimmer? Dort ist es still und dunkel.

Hilde, Hilde in den Klauen des Untiers! Und *sie*, die Mutter, schwimmt in ihrem eigenen Fett und gibt sich noch dazu ihren widerwärtigen Ausschweifungen hin. Und er in schluchzender Ohnmacht draußen vor der Tür: Der Anwalt und seine prächtige Familie…

Bo liest nicht nur für die Schule. Er liest alles, zum Beispiel Romane, von den Klassikern bis zu modernen Gesellschaftstableaus. Er ist zu den Büchern geflohen. Und dort hat er Bestätigung gefunden. Er hat von dramatischen Schicksalen gelesen, von anderen, die ebenso unglücklich waren wie er. Er hat sich mit ihnen identifiziert, hat ihre Lage begreifen können, und das hat ihn getröstet. Er hat sich in den Büchern vergraben, solange das hilfreich für ihn war. Aber jetzt ist Schluß. Er hat eine Schwelle überschritten. Jetzt gibt es keinen Trost mehr.

Es fing damit an, daß seine Großmutter ganz unerwartet an einem Blutgerinnsel starb. Er hatte sie fast nicht gekannt. Sein

Vater besuchte seine Mutter nur selten im Altersheim, und noch viel seltener ermöglichte er ihr einen Besuch bei ihnen zu Hause. Aber er nahm diesen Tod sehr schwer und saß jeden Abend wie versteinert mit dunkler Brille im Ohrensessel und verbot seinen Kindern, fernzusehen oder in ihren eigenen Zimmern Radio zu hören. Sie sollten ihm gefälligst Gesellschaft leisten, auch wenn er ihre Anwesenheit gar nicht zu registrieren schien. Es war so still im Haus, daß sie unten im Wohnzimmer hören konnten, wie der invalide Körper der Mutter oben im Bett die Stellung änderte. Eines Abends griff der Vater nach der Hand der Schwester, als sie aufstehen wollte, zog sie an sich und murmelte: »Willst du deinen armen Vater heute abend nicht ein bißchen trösten, kleine Hilde, in seiner traurigsten Stunde?« Bo kam gerade die Treppe herunter und sah, wie Hilde sich widerstrebend zum Ohrensessel und auf den Schoß des Vaters ziehen ließ. Und als sie da so saßen, in anormal liebevoller Haltung, erkannte er es: einen Vater mit einer erwachsenen Tochter auf dem Schoß, einen Arm beschützerisch um ihre Schulter gelegt wie bei einem kleinen Kind und eine schwere Hand auf ihrem Oberschenkel, sein Gesicht gebieterisch an ihres gedrückt, als sei sie seine Liebste, die er nun küssen wollte. Und sie, Hilde, seine schöne, scheue Schwester, die nie auf Feste ging und fast nie einen Freund hatte, sie saß nur so seltsam still da und ließ es geschehen, legte sogar den Arm um den Hals des Vaters, mit einer Bewegung, die so durchtrieben wirkte und zugleich so fügsam, daß Bo in einer einzigen entsetzlichen Sekunde begriff, was sich da im Wohnzimmer abspielte. Daß hier nicht die Rede war von einer zufälligen, lästigen, tröstlichen Umarmung zwischen Vater und Tochter, die durch ihre Ungeschicklichkeit zu intim ausfiel, weil die Protagonisten an einen solchen Kontakt nicht gewöhnt waren und die Handgriffe nicht beherrschten. Nein, ganz im Gegenteil, das war eingeübt! Es war so! Ein übler, widernatürlicher Zustand! Und er war von Dauer! Im nächsten Moment entdeckte Hilde Bo, der wie festgewachsen auf der Treppe stand und stierte, und sie riß sich aus der Umarmung los und stürzte auf ihr Zimmer. Der Vater blieb weiter hinter seiner Sonnenbrille verborgen da sitzen. Erst als Hildes Weinen durch das wütende Schweigen des Hauses zu ihnen drang, wurde etwas gesagt, der Vater erhob sich mit den Worten: »Die arme Kleine, sie nimmt das mit Oma so schwer. Ich muß mal nach ihr sehen.« Dann schritt er zu ihrer Zimmertür, ging hinein, ohne anzuklopfen, schloß sie hinter sich und war verschwunden.

Bo läuft durch die Ringgata, über Vangsveien und in Richtung Briskebyen. Er läuft schnell. Er ist ein guter Läufer. Er läuft viel, läuft, als könne er vor allem, was er gesehen und gelernt hat, weglaufen, vor allem, was er weiß und nicht wissen will, als könne er auf diese Weise einen Ort erreichen, an dem Gerechtigkeit herrscht, an dem die Schuldigen ihre Strafe erhalten und ihre Opfer Hilfe und Fürsorge. Deshalb läuft Bo. Aber statt eines Ortes der Gerechtigkeit finden seine Füße nur den Weg zurück zur alten Villa am Ende der Grønnegata. Jetzt stehen mehrere Autos vor P. B.s Tor, er kann mehrere Gestalten erkennen, und die Musik dröhnt noch lauter, und er weiß, daß er jetzt keine Auseinandersetzung erträgt, deshalb springt er über den Zaun und nähert sich dem Haus von hinten, still, wachsam, wie ein Indianer. Jetzt will er sehen, ohne gesehen zu werden. Jetzt will er mehr Geist sein als Mensch. Denn jetzt spielt seine Anwesenheit keine Rolle mehr, wenn es gilt, das brutale Benehmen der anderen zu bremsen oder unschuldige Opfer aus ihrem Unglück zu retten. Seine, Bo Mailands Anwesenheit, spielt nicht einmal in seiner eigenen Familie eine Rolle, nicht in seinem Freundeskreis, nicht im Leben selber. Er ist siebzehn Jahre alt, er ist groß und stark, aber so sehr er auch in seinem Inneren sucht, er findet keine Kraft, um einzugreifen und etwas zu verändern. Nicht hier, nicht dort, nirgendwo.

Nicht einmal, wenn ein Mädchen, das er mag, ihm die Arme um den Hals legt und ihn küssen will. Nicht einmal dann verfügt er über Tatkraft. Deshalb ist seine Existenz vollständig unnütz. So sinnlos, daß er sich am liebsten selber auflösen würde. Einfach aufhören. Nichts sein. Und das wäre auch möglich gewesen, wenn es nicht einen einzigen Funken gäbe, eine Spannung, ein Stück Energie, das ihn immer wach und in Bereitschaft hält: seine Wut. Eine langsam schwelende, starke, aber impotente nicht zielgerichtete Wut, die in ihm schwelt wie in einem unauslöschlichen Gluthaufen. Und diese Wut treibt ihn auf die Straßen, auf seine endlosen Wanderschaften, während er auf das Zeichen wartet, auf das Signal, das seine Kräfte sammeln, sie lenken, ihnen Richtung und Stärke geben wird, so daß er endlich ZUSCHLAGEN kann... denn er weiß, daß er irgendwo ganz tief in seinem jämmerlichen, gespaltenen Bewußtsein, hinter der lähmenden, selbstzerstörerischen Mauer des Mißmutes, Stärke und Stoff genug hat, um zum *wirklich* Handelnden zu werden, zum gerechten Rächer, zum Engel mit dem Flammenschwert, der von nirgendwo kommt und alle Bosheit und Ungerechtigkeit zur Strecke bringt, alle Invasoren, alle, die es nicht verdienen, auf dieser Welt unter den Menschen zu leben.

Aber von seinem Aussichtsposten in P. B.s dunklem, novemberkaltem Garten, sieht Bo nur berauschte Festgäste um das Haus herumtorkeln wie undeutliche Schatten. Einige erkennt er, andere nicht, keiner interessiert ihn besonders, bis er Ellen wieder entdeckt. Draußen. In der Nähe der Veranda. Jetzt ist sie betrunken und nicht allein. Sie lehnt sich schwer an einen kleinwüchsigen Burschen mit Schmalztolle. Bo erkennt sofort Olav Johansen, den Meistertänzer. Sie treten in den Lichtkreis eines Fensters und sind nun deutlich zu sehen. Sie schwankt. Er hält sie fest. Er ist in Hemdsärmeln. Alle wissen, daß er anderthalb Jahre zur See gefahren ist und von dort Tätowierungen mitgebracht hat. Er sagt etwas, das Bo nicht hören kann, deshalb schleicht Bo sich dichter an sie heran. Jetzt sieht er, daß Ellen weint. Olav Johansen versucht, sie zu trösten. Aber das scheint ihm nicht zu gelingen. Und nun greift er mit seiner tätowierten Hand unter ihren Rock. Das bringt ihm eine Ohrfeige ein. Er schlägt zurück. Sie bricht zusammen und heult los. Bo spürt wachsende Erregung: Ist das die Gelegenheit zum ZUSCHLAGEN? Ist das so ein Moment? Ist Olav Johansen ein würdiges Opfer? Ist er schweinisch genug? Ekelhaft genug? Böse genug? Aber Bo bleibt ruhig. Er hört, wie Olav versucht, alles wieder gutzumachen. Fragt, warum sie denn so außer sich sei. Ob jemand gemein zu ihr war. Ihr Freund vielleicht? Und sie schnieft und nickt. Und dieser Freund, fragt Olav weiter, ist das vielleicht P. B.? Dieser verdammte Schwede? Wieder nickt sie. Hat sie sich vielleicht mit ihm eingelassen, und danach hat er sie einfach fallenlassen? Olav Johansen ist einen halben Kopf kleiner als Ellen, aber dennoch hängt sie schluchzend an seinem Hals.

»Der hat mich fast vergewaltigt!« schnieft sie.

Das ist die Antwort, auf die Olav gewartet hat. Jetzt weiß er genug über den »Schweden«. Jetzt kann er handeln. Er setzt Ellen auf die Verandatreppe, er muß mit zwei Freunden etwas erledigen, erklärt er. Sie weint noch immer und scheint nicht zu begreifen, was hier passiert. Aber das tut Bo. Durch das Fenster sieht er Olav und drei aus dessen Clique in der hellerleuchteten Villa von Zimmer zu Zimmer gehen. Und als sie zuschlagen, kommt es, wie es kommen muß, Prügel, Schläge, Geschrei, Heulen, Brüllen und das Geräusch von umstürzenden Möbelstücken und zerbrechenden Gläsern, und dann sieht jemand Blut und ruft nach der Polizei, und zwei Autos jagen in gewaltigem Tempo davon.

Ellen klettert mit Mühe auf die Veranda. Auf der Hollywoodschaukel liegt ein Festgast, versunken im tiefen Schlaf des Rausches, unter einer Decke und einem Mantel. Bo glaubt, Eriks blasses Profil und seine dünnen blonden Haare zu erkennen, aber er kann sich auch irren. Nein, es muß Erik sein, der auf einem Fest so früh abstürzt. Er schiebt den Schlafenden beiseite, um sich auch noch auf die quietschende Hollywoodschaukel zu zwängen. Und dann zieht er die Decke über sie beide, und für sie ist das Fest zu Ende.

34

Am Nachmittag des dreiundzwanzigsten Dezember fängt es weich und still an zu schneien, als wolle die Natur eine barmherzige Decke über Hamars Weihnachtsstreß breiten. Es war ein ungewöhnlich kalter Dezember, der kälteste seit Menschengedenken. Längst sind Åkersvika, Rosenlundvika und der Furnesfjord zugefroren. Einzelne Eispilker haben vor dem Jessnes-Strand ihr Glück versucht, das ist rekordmäßig früh und erfreulich für die, die diesem Hobby frönen. Für andere dagegen bedeuten Dunkelheit und Kälte eine Erinnerung daran, wie kurz das Leben ist. Ein spröder Klang der Beängstigung, wie das Knirschen von Schuhsohlen auf harschem Schnee, schwingt in vielen der Stimmen mit, die im Advent die Weihnachtslieder über Hedemarken erschallen lassen, in Schulchören, Männergesangvereinen und Singgruppen. Aber der Wetterumschwung läßt auf Linderung hoffen.

Bo Mailand geht durch die Stadt nach Hause. Dieses eine Mal scheint er es nicht sonderlich eilig zu haben. Er trägt in der Hand ein kleines, viereckiges Paket. Es kann ein Weihnachtsgeschenk sein, ist aber nicht in Weihnachtspapier gewickelt. Er geht und sieht, wie seine Schuhe im frischgefallenen Schnee Spuren hinterlassen, und er denkt an andere Spuren, unregelmäßigere Fußstapfen nach ungleichmäßigem, stolperndem

Lauf über Reif und Eis. Vor zwei Wochen. So lange her. Es scheint gestern gewesen zu sein. Es scheint in diesem Moment wieder zu passieren. Für ihn ist es seither in jeder Sekunde aufs neue passiert.

Er geht langsam wie einer, der weiß, wohin er geht, und weiß, daß er dort ankommen wird, ob ein wenig früher oder später spielt keine Rolle. Er geht, als habe ihn eine milde, unerschütterliche Ruhe überkommen und seine Ungeduld gemildert, seine Eile gebremst, ungefähr wie der fallende Schnee der Landschaft hier und ihrer Umgebung gedämpfte, sanfte Umrisse verleiht. Aber seine Ruhe ist nicht mit dem Schnee gekommen. Seine Ruhe ist zwei Wochen alt, sie entstammt einem entscheidenden Moment, als sich einige wichtige Dinge zusammenfügten, als er wußte, was er zu tun hatte. Als er mit dem Laufen aufhörte. Es gab nichts mehr, vor dem er fliehen konnte. Es gab nur einen Weg nach vorn, entlang der Spur seiner stolpernden, flüchtenden Schwester Hilde hinaus in die Kälte.

Im Villenviertel ist in allen Einfahrten, auf allen Wegen der Schnee geräumt, und zwischen den Vorhängen leuchten rotgelbe Weihnachtssterne. Noch ist Nachmittag, aber schon herrscht Zwielicht, und es ist Zeit für tröstliche Lichter in allen Fenstern. Unten in der Stadt drängen sich die Leute auf den glatten Bürgersteigen, und in allen Läden wimmelt es von Menschen. Im Sportgeschäft hatte er eine halbe Stunde warten müssen, bis er bedient wurde. Aber als er dann an die Reihe kam, war alles glattgegangen. Keine Fragen. Kein Verdacht. Sie kennen ihn. Er ist schon immer mit solchen Aufträgen geschickt worden, auch diesmal ist sein Wunsch nicht auffällig, obwohl er im Grunde eine Bestätigung seines Vaters hätte vorlegen müssen, da er noch keine achtzehn ist. Aber jetzt ruht das Paket mit den Schrotpatronen beruhigend schwer in seiner Hand. Das Schrotgewehr seines Vaters hängt im Flur an seinem Haken, wie immer, unter dem Jagdgewehr und der alten Mauser. Und er selber ist auf dem Heimweg. Er hat seine Vorbereitungen getroffen. Er ist bereit. Er hatte es für schwieriger gehalten, alles in die Wege zu leiten. Aber es ist leicht, wenn der Entschluß erst einmal gefaßt ist. Leicht. Entschlossenheit, darauf kommt es an. Entschlossenheit hat ihm bisher gefehlt, bis vor zwei Wochen. Und seither war alles leicht. Seit er weinend am Strand den Spuren seiner Schwester folgte und sah, daß sie vom Land weg führten, bis sie am Rande des Eises endeten, war alles einleuchtend und klar. Er hat sich einfach entschlossen und ist dadurch souverän und mächtig geworden. Wie ein Gott, befreit von allen weltlichen Sorgen. Sogar vom Zorn, dem heiligen Zorn, von dem er erwartet hatte, daß der gerechte Engel der Rache davon erfüllt sein würde. Aber nein, keine Heftigkeit, kein Haß, nur Entschlossenheit. Schwere, unerschütterliche Ruhe. Und sein Körper nähert sich langsam und gleichmäßig seinem Ziel, um seine Tat auszuführen. Eine kleine Reihe von notwendigen Handlungen hat er zu einer Serie ganz unkomplizierter Bewegungen komponiert. Bewegungen, die er im Schlaf durchführen könnte. Taten, die er in Gedanken so oft wiederholt hat, daß ihm die wirkliche Ausführung schon fast wie eine Antiklimax erscheint. Aber dennoch muß es geschehen, und er sehnt sich danach, es hinter sich zu bringen. Das wird ein gutes Gefühl sein. Eine Befreiung. Eine Läuterung.

Der Himmel ist jetzt tiefblau, grau, von wirbelnder Wolle erfüllt. Die Straßenlaternen werfen ihre Lichtkegel auf die unbetretenen Bürgersteige des Villenviertels. Glocken läuten, während er langsam in Richtung Roald Amundsens gate geht. Noch anderthalb Blocks. Es sind Kirchenglocken, die da unten in der Stadt geläutet werden. Es ist fünf Uhr. Sicher der vorweihnachtliche Gottesdienst. Aber er hört die Glocken in einem anderen Zusammenhang. Kirchenglocken kündigen hier in der Stadt ein Unglück an. So war es im alten Hamar. Die Schlange und die Kirchenglocken und der Stier, der über das Wasser kommt. Bevorstehendes Unglück. Die arme Hilde konnte nicht auf dem Wasser gehen. Sie wurde erst Tage später aus dem Wasser gezogen, aufgedunsen, nicht zu erkennen. Ein abstoßendes Monstrum. Aber seine Gedanken dürfen nicht bei solchen Bildern verweilen. Das ist zuviel für sein Gemüt. Deshalb hält er sich an seinen Entschluß, denkt an die zu erledigende Arbeit. Das ist das einzig Sichere, was er noch hat.

Dunkelheit und Schneefall verwischen alle Konturen und versetzen ihn in einen herrlichen Zustand von Zeit- und Ortlosigkeit, der es ihm ermöglicht, sich ganz auf seine Aufgabe zu konzentrieren. Die Reihe der Lichtkegel hält ihn auf festem Kurs, und er erkennt das ein oder andere Fenster in einer Hausfassade. Gelbes Licht flackert durch das Undurchdringliche. Die Weihnachtssterne führen ihn heimwärts, zeigen ihm den Weg.

Und nun ist er da. Es ist fünf Uhr. Die Dunkelheit schellt in seinen Ohren. Er weiß, was ihn im Haus erwartet. Wenn er die Diele betritt, wird sein Vater rufen und fragen, warum er nicht auf die Zeit achtet und rechtzeitig zum Essen kommt. Er wird allein mit seiner Zeitung im Ohrensessel im Wohnzimmer sitzen. Die Mutter wird oben auf ihrem Zimmer sein. Sie werden allein im Haus sein. Die Haushaltshilfe serviert um vier Uhr das Essen und geht dann nach Hause. Aber er wird die Frage seines Vaters nicht beantworten, er wird einfach die fünf Schritte durch die Diele gehen und das Schrotgewehr von der Wand nehmen, beide Läufe laden, dazu braucht er nicht mehr als zehn, fünfzehn Sekunden, und das Schloß zuschnappen lassen, wenn er das Wohnzimmer betritt. Dann wird er zielen und aus zwei Meter Entfernung schießen, damit er sicher sein kann, daß er auch trifft. Mitten ins linke Auge. Und dann ist sie an der Reihe. Eine Zeitlang dachte er, sie müsse verschont werden, sie sei vielleicht ebenso ein Opfer wie Hilde. Aber das glaubt er nicht mehr. Jetzt hat er eingesehen, daß ihre vielen Gebrechen ihrem kranken Gewissen entspringen. Ihre abstoßende selbstverschuldete Invalidität ist nur ein Ablenkungsmanöver, Drückebergerei. Ihre Flucht ins Schlafzimmer im ersten Stock, in Sucht, Fett und Unbeweglichkeit, ist die feige Flucht vor dem Wissen um das Unbeschreibliche, das bis zuletzt vor ihren Augen hier passiert ist. Bis vor zwei Wochen. Es ist die Flucht vor ihrer selbstverständlichen Verantwortung als Mutter für ihr Kind, vor den unumgänglichen Pflichten der Elternliebe, und deshalb ist sie mitschuldig. Also schuldig, und die Strafe ist der Tod. Er selber hat das Urteil verkündet und wird dafür sorgen, daß es vollstreckt wird. Er selber wird die Hinrichtung übernehmen. Er ist bereit dazu, und es wird eine Befreiung sein.

Aber als er die beiden Treppenstufen hochgeht und die Hand auf die Türklinke legt, wird er dennoch von der Stimmung eines Augenblickes ergriffen und fortgetragen: die sich verdichtende Dämmerung, die maßlosen Schneemassen, die in allen denkbaren Formationen wachsen und schwerelos umhertanzen, die alle Flächen bedecken, alles Graue und Wintertriste der Kleinstadt in ein federleichtes, glänzendes Kostüm hüllen, die Lichter, die in allen Fenstern locken, die geschmückten Bäume in den Gärten, die ihn aufmuntern, und dann das Glokkengeläut! Glockengeläut: Weihnachtsstimmung! Plötzlich fühlt er sich von Weihnachtsstimmung ergriffen, und widersprüchliche Gefühle machen ihm zu schaffen. Er ist wieder ein Junge, mit der grenzenlosen Weihnachtsfreude eines Jungen, und gleichzeitig ist er durchbohrt von der bitteren Enttäuschung eines Jungen über die Weihnachtsfeier, die dann wirklich stattfindet. Die erste eigentliche Lebenserfahrung des Jungen ist die Einsicht in die Desillusionierung, die im wirklichen Leben auf eine so überdimensionale, grenzenlose Erwartung folgen muß. Er steht am Abgrund und steht eine Sekunde lang kurz davor, in die hilflose Antiklimax der Weihnachtsfeier zu stürzen, in den bodenlosen Schlund des Kummers, der sich auftut, wenn ein Kind einsieht, daß alle besten Absichten der guten Menschen, alle prunkvollen Dekorationen und überwältigenden Rituale nicht ausreichen, um die Bedürfnisse eines kleinen Jungen nach echter Liebe und den Taten echter Liebe zu erfüllen. Er ist wieder ein Junge und steht zu Hause mit der Hand auf der Türklinke, und in seinem Herzen empfindet er für eine Sekunde eine bodenlose Wehmut, weil alles so gekommen ist und nicht anders, und weil er nicht zu ihnen hineingehen und froh sein und grüßen und Weihnachten feiern kann. Aber das kann er ja nicht. So ist es ja nicht, das weiß er. Seine eigenen Spuren auf dem Fußweg zeigen in die entgegengesetzte Richtung von Hildes verzweifelten, fliehenden Schritten an jenem Abend, als sie nicht mehr konnte. Er ist wieder ein Junge, erfüllt vom gerechten Zorn des Jungen. Der Junge kämpft gegen das Unrecht. Der Junge will die Hilflosen beschützen. Der Junge fordert Rache an den Untätern. Der Junge hat die schreckliche Schlange im Mjøsa getötet...

Es ist zwei Minuten nach fünf, und die Glocken des Hamarer Doms lassen die hereinbrechende vorweihnachtliche Dunkelheit in seinen Ohren vibrieren. Er beschließt, es hinter sich zu bringen, ehe die Glocken verklingen und das Brausen der Orgel einsetzt. Er öffnet entschlossen die Tür und betritt den Flur. Der Schnee fällt so dicht, daß die Spuren auf dem Fußweg schon fast verwischt sind. Ein Schuß fällt. Draußen auf der Straße fährt ein Auto vorüber, Schnee klebt an den Rädern, lautlos, lautlos, der Schnee füllt alles aus, erstickt jedes Geräusch, nur die Glocken sind noch zu hören, ganz leise. Noch ein Schuß, dann Stille. Und Schnee, nur Schnee, der über Straßen und Zäunen und Gärten und Dächern fällt und die Stadt, die gerade einschläft und nicht geweckt werden darf, in Stille hüllt.

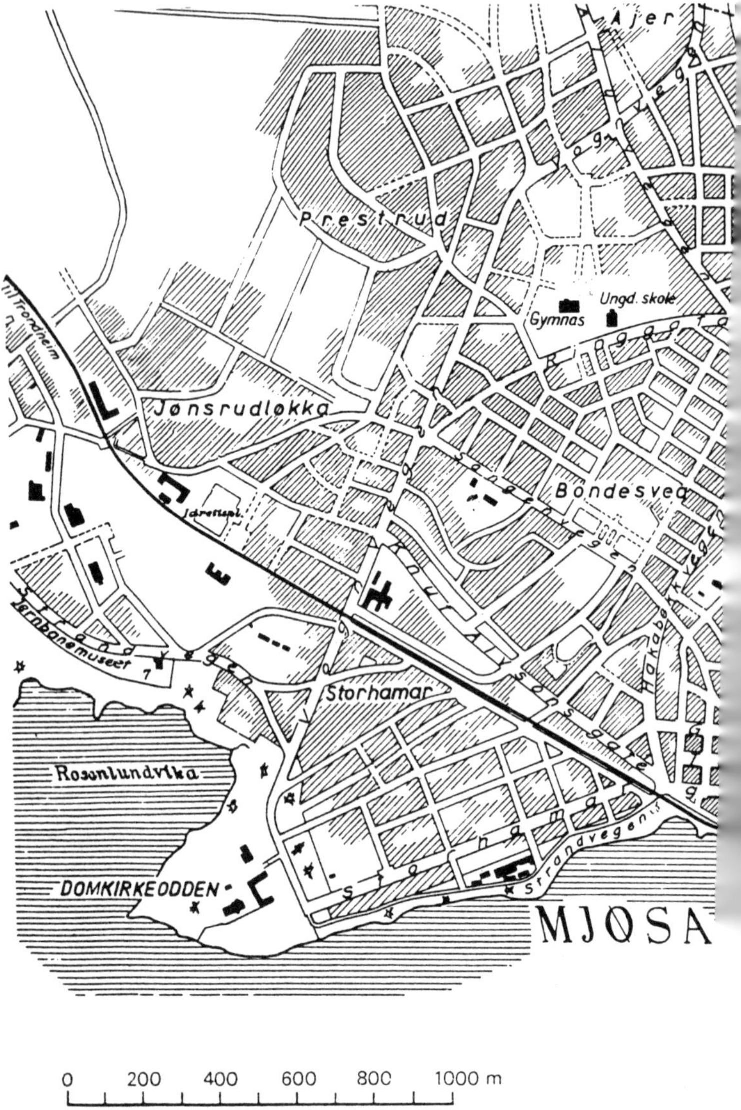
Ajer
Prestrud
Ungd. skole
Gymnas
Jønsrudløkka
Bondesvea
Idrettspl.
Jernbanemuseet
til Trondheim
Storhamar
Rosenlundvika
DOMKIRKEODDEN
Strandvegen
MJØSA
0 200 400 600 800 1000 m

Idrettspl.
VANG
Solvang
til Trondheim
Ungd. skole
bygrense
ogen
Disen
til Elverum
til Røros
Idretts pl.
Utstillings plass
Park
Briskebyen
Stadion
Nedre Briskebyveg
Akersvika
Jernbaneverkst.
Veslemjøsa
Tyvholmen
Mek.verkst.
til Oslo
til Oslo